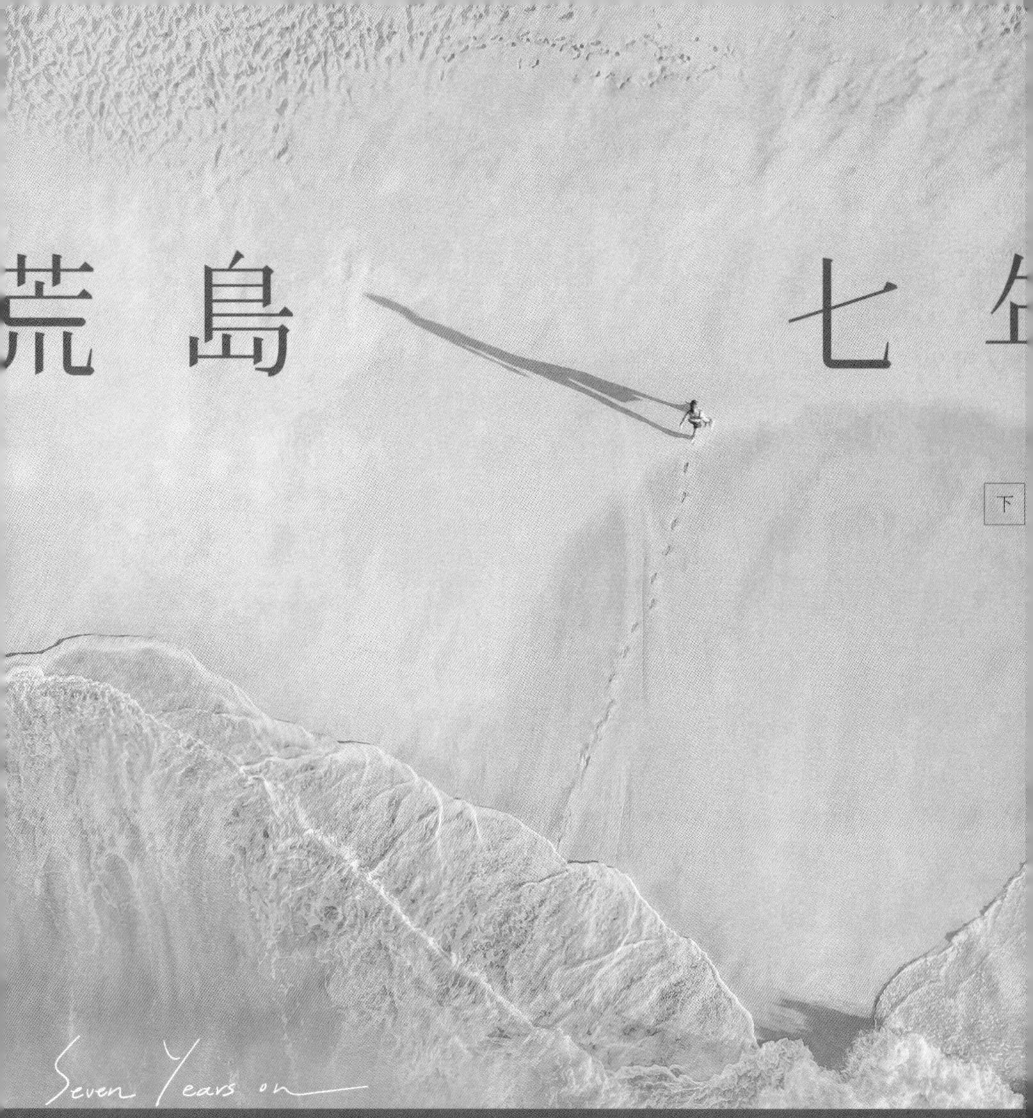

荒島七年

下

Seven Years on The Island

她想靠近那個女人，弄明白所有的不明白。
她想知道，那樣夾帶著慾望的情感，
是不是愛情。

鹿潮 著

第十三章

島嶼西南岸。

此處形成了小小的彎月狀瀉湖，湖中聚集大量的浮游生物和藻蟹，吸引小魚前來覓食，體型較大的海魚則追在其後，使得這兒格外適合補魚。

一隻大型海魚慢吞吞的在岩石間穿梭，時不時鑽入石縫尋找食物，黃色魚脊在海藍波浪中特別顯眼。

紀筱涵蹲在不遠處的海邊。她穿得很少，上半身只穿胸衣，下身則穿著遮住重點部位的草裙，長髮用藤蔓束成馬尾，手拿魚叉，腳邊躺著兩條魚。她靜靜看著不遠處悠游的大魚，好整以暇，並沒有任何狩獵的準備。因爲下手的，另有其人。

柏語笙像道影子，伏趴於上方大石頭，眺望底下大魚。

她穿得跟紀筱涵差不多，也像野人般赤裸，除了上身改用裹胸布代替胸衣，原本剪短的頭髮又留長到後肩胛骨的位置，爲了工作方便，另外在髮根處綁了用樹藤編織的髮箍，把額前頭髮往後梳。

柏語笙抓緊手中的魚叉，緊盯魚隻。

那大魚覓食後，離開岩縫，緩緩轉身，欲往大海方向游去。說時遲那時快，柏語笙看準方位，屏住氣息一躍而下，身體向下如箭矢俯衝，魚叉快狠準的貫穿魚腹，瞬間便逮住目標。

她擺動雙腿往上游，抓緊魚叉不讓劇烈掙扎的魚逃脫，隨後探出海面，高舉漁獲向岸邊大喊：「筱涵，妳看！是個大傢伙！」

見柏語笙獵捕成功，紀筱涵也露出兩個小酒窩迎上前去。柏語笙歡快的游回來，紀筱涵接過魚叉，把她拉上岸。

「這尺寸該是本週冠軍了？」

「我的才是冠軍吧。」紀筱涵指著自己的狩獵成果。她可以悠哉的看柏語笙獵魚，就是因爲已經得到不錯的獵績。

「比大小，輸的負責煮飯。」

兩人把個頭差不多的兩條海魚放到石頭上仔細比較，結果紀筱涵獵得的魚，魚身稍短些。

「妳的魚嘴巴比較尖才贏的。」紀筱涵取笑道，「嘴尖尖，跟妳一樣。」

「我知道、我知道。妳忌妒我會捕魚，姊姊我不跟妳計較。快點做飯吧，我餓了。」

紀筱涵在海邊就地處理食材，掏掉內臟，切掉不需要的部分，把最好吃的部位切成薄片，再將處理好的魚肉串上魚叉，兩人提著漁獲走回營地。

這是她們第三個營地。第一個營地毀於颱風，第二個無法解決排水問題，中間尋尋覓覓陸續換過幾次暫時居所，最後選定的便是這兒。

鄰近獵場，背靠大石，西迎海洋，東面竹林。

主屋背後倚靠石壁，其他三面牆用打入地底的木柱撐起，柱子間用藤蔓穿插編織更小的樹枝，下半面牆還在木牆外又鋪上泥磚穩定地基。因爲氣候炎熱，上半面牆壁爲了通風考量沒有完全密合，如果下起狂風大雨，只要把擱在牆角的竹蓋闔上，就能擋住外邊的風雨。

迎風的西側做了三層擋風牆，東側是開放式往外延伸的棚頂和晒場，中央穿過一棵老樹的枝椏，上頭掛了兩張吊床。

沿著石壁還另搭了一間儲物間和大草棚，儲物間主要放置柴薪、飲用水、撿回的漂流物等雜物。大草棚牆側擺滿整排的木架和柏語笙的島曆石板。草棚中間挖了個灶，旁邊擺了張石桌和兩張木凳，是平常開伙和討論事情的地方。主屋裡面也有可燒柴的小火坑，上方還挖了個獨立的通氣煙孔，只要燒好火，把石蓋掩上，就能讓屋裡保持溫暖，這裝置主要用於寒夜。

這個營地離海稍遠些，但距離也還能接受，不論是前往捕魚獵場、椰林區或深入樹林都方便；加上背靠石壁，特別堅固，颱風來也不怕，算是多方考量下最好的選擇了。

紀筱涵把魚肉放上石桌，然後往外面的林子走去，彎腰翻找一番，捏了顆果子又走回來。這種果實，雖然果肉少又酸澀，根本不能吃，但把果實榨出汁液，有檸檬般的酸甜，抹在魚肉身上可以增添不少風味。

紀筱涵又從旁邊放滿瓶瓶罐罐的木架上拿出一個糖果盒，裡面放了搜集回來的海鹽。她捏了鹽巴均勻抹上魚身，又撒了點之前備好的香料，把魚串好，小火慢慢烘烤。

弄好主餐後，她開始燒水，旁邊的臉盆放了稍早撿回來的螺貝，因爲不急著處理，所以先放到盛滿海水的臉盆吐沙，這樣也能延長海味的鮮度。

把提味的香料和螺貝都丟進大陶碗，擺上石板，讓碗隔著石板加熱，慢慢煮到水滾就可以開飯了。

她擦掉額前的汗，回頭一望，柏語笙躺在吊床，單腳搭在樹幹上，一副嗷嗷待哺的樣子。

「矜持點這位太太，腳不要叉那麼開。」

「太太？」柏語笙咯咯笑著，「好喔。老婆，妳菜做好了沒啊？我等不及了！」

紀筱涵做飯時，柏語笙在旁邊不停嚷嚷肚子餓，眞有點小煩。

「再吵就啃椰子殼。」

「哦。」柏語笙癟嘴，繼續望眼欲穿的盯著火堆。

紀筱涵看她可憐兮兮的樣子覺得好笑。她注意到柏語笙的頭髮還有點濕，便去晒場拿了條晒乾的布條，走到還在吊床上晃啊晃的人面前，要柏語笙下吊床。

「先把頭髮和上半身弄乾再吃飯，小心感冒。」

柏語笙很聽話的把裹胸布脫了。她也沒閃躲，就這樣赤裸上身面對紀筱涵，把布條解下擰乾，擦拭身體和頭髮。紀筱涵沒避諱，看她把身體稍微弄乾後，便把乾淨的布遞過去。

她們很早就沒衣服穿了。

柏語笙的高檔品牌春夏最新款洋裝，只適合在交際場合穿著，不適合野外求生，很快就隨著頻繁穿用不堪使用。紀筱涵的牛仔褲撐得比較久，但也是磨損嚴重，因爲天氣太熱，她乾脆把兩隻褲腳都裁了，給柏語笙製作胸衣。

穿上島的衣物越來越破爛，兩人開始學習用藤蔓和椰子樹的葉面製作簡易草裙，只在重點部位裹上布條。

起初失去衣物掩體讓她們充滿羞赧和不安。撿拾海味時，不小心看到前方那人光裸的臀部；摘採椰子時，假裝沒注意到走光的胸部；有的時候月事來潮，會看到對方極力遮掩的舉止和流到腳踝的一縷血痕。

衣物賦予人的，不只是單純的遮蔽禦寒，也彰顯了社會地位及心照不宣的群體共識。不穿衣服走動，總讓她們心底有股不安，好像隨時會闖入一船衣冠楚楚的男性，用虎視眈眈的目光審視她們。

這種不安全感隨著光陰飛逝逐漸淡去，天氣炎熱是個好理由，但或許也不需要理由。畢竟裸露上身色情與否，只有兩名居民兼裁判可以評斷，這裡沒有人會因爲裸露身體而招來敗壞風俗的惡評，沒有具備侵略感的凝視。色情始於踰越社會規律和法則——然而若裸體反客爲主成了社會常態，沒有跨越禮教的禁忌，也就沒有隨之而生的色情感。

現在她們已經很習慣於半赤裸著身子，赤著身體確實更適合在這座潮濕的熱帶島嶼長期工作。

因爲布料取得不易，她們也試著使用樹葉或貝殼代替裹胸布，只是目前還沒穿得很習慣。不過葉面與胸部之間有空隙，貝殼又觸感粗糙，工作一整天下來，摩擦到敏感的乳尖，著實不太舒服，所以還是會與裹胸布和內衣交叉使用。要劇烈活動時，柏語笙甚至會直接打赤膊，減少布料的耗損。

紀筱涵多數時候還是裹著胸，並不是出於羞赧，而是出於務實的工作需求。她的胸部尺寸驚人，不裹胸活動會有惱人的晃動感，裹著才比較方便作業。

柏語笙也變得跟以前很不一樣。

以前她體態纖瘦，女明星似的適合上鏡頭。然而在化外之島，脂肪與肌肉才是祝福，她的臀部變得結實渾圓，臂膀也漸漸稍有肌肉，膚色由於風吹日晒偏向古銅。

以文明的眼光來看，她是變醜了，手腳長厚繭，身體多出好幾處疤。以島嶼的眼光來看，她卻是更美了，厚繭讓她可以赤腳在海岸奔馳也不覺得疼痛，每一處傷疤都是她避開危險的學習刻痕，她的身體逐漸符合自然的脈絡，長成了易於野外生存的樣貌。

她們逐漸習慣島嶼的自然律動，雖然沒有時分秒，卻有風雨潮來告訴她們何時起身、何時休息；並且記錄自己的月事，知道何時自己比較脆弱，何時又比較強壯。月事來的時候少工作、不下海，狀況好的時候辛勤勞動，主動屯糧。

宛如原始部落，兩人緩慢的建立起一套與海和島和平共處的生活秩序和儀式。這是個純然女系，只有兩名成員的小小新生海洋部族，已經在島上生機盎然的存活了五年多。

待在這島實在太久了，連所謂的文明社會也變得遙遠模糊，不知道何時，紀筱涵想到「回家」這兩個字，已不會聯想到大洋彼岸的都市，而是現在這個跟柏語笙齊心建立起來的，原始而舒服的小窩。

偶爾她甚至會想，車輛奔馳於柏油路，戶戶有水電的現代社會，是否只是場大夢？而她與柏語笙所在的島才是真實世界，她們是末日的唯一倖存者，在這孤絕的島上相依爲命。

唯一能證明往昔不是幻覺的，是海洋垃圾。

海洋彼端似乎有個辛勤的郵差，不停朝大海投放垃圾，彷彿是現代社會寄來的瓶中信，每天的潮水會把新的漂流物推送到海灘上。除了常見的海洋漁業浮具、漁網跟寶特瓶以外，偶爾也會給她們意想不到的驚喜。

比如今天，柏語笙撿到一隻黃色玩具小鴨。她無聊的不斷按著小鴨屁股，發出叭叭聲響。

「妳三歲小孩嗎？」紀筱涵咬著魚肉，口齒不清問道。

「好可惜啊……」柏語笙語氣悵然，「難得撿到這麼完整、乾淨、還可以用的東西，卻是小鴨。」

她看了下小鴨屁股上印著的出廠年分，「嗯，還是兩年前出廠，新出爐的小鴨鴨喔。」

「妳沒有撿好東西的命啦。」紀筱涵笑道。

這幾年她們撿到很多漂流物，但柏語笙運氣不好，幾乎沒撿過好東西。她們閒暇時經常比賽，比誰抓的魚大、誰釣的魚多、誰撿的東西比較好。只要是比賽撿東西，十次有九次是紀筱涵贏，唯一的那一次……

「啊，有啦。上次是妳贏。妳撿的……」

「閉嘴！我不要聽！」柏語笙蓋住耳朵，手上使勁，捏得玩具小鴨一陣叫。

「畢竟我都沒撿過情趣用品，妳贏了。」紀筱涵笑得樂不可支。

也不曉得是怎樣，柏語笙特別容易撿到情趣用品跟奇怪的玩具。

「都是那些人啦！妳說說看，什麼樣的人才會把假陽具落在海裡？眞是的，一群沒公德心的傢伙！」

「……妳還可以撿到才神奇。」想到柏語笙當時一副篤定自己能撈到大寶的得意模樣，結果手一掏卻是根假陽具，她差點沒笑死。

「我只看到一團粉紅色，特別鮮豔，還以爲是什麼好東西落在海底嘛！」

「這也算是運氣特別好吧。」

「人家才不要這種運氣。」柏語笙氣嘟嘟的，不甘心的把玩具小鴨往後扔，「誰像妳啊，太過分了，隨便都撿到海洋之心。」

紀筱涵咯咯笑，有點得意，「這倒是，我運氣特別好。」

「運氣好也沒撿到鑄鐵鍋。五年多了，親愛的，我的鍋呢？我的全套廚具呢？」

紀筱涵笑得停不下來，眼角餘光瞥到那玻璃瓶，心下動念，把玻璃瓶拿過來，「不過就算運氣好，沒妳在的話也是白搭。」

「怎麼說？」

「沒妳鑑定，我會以爲這只是普通的項鍊。」

「拜託，這麼大、這麼亮的寶石，怎麼可能只是普通項鍊！」

「就是大顆才假，特別像地攤貨。」

「天哪！親愛的紀小小，妳眞的是有運氣、沒眼光耶。」柏語笙表情誇張的抱怨，「以後我來當妳的經紀人，撿到的東西都拿給我過目，三七分成，我七妳三，我眞怕妳又把寶藏當垃圾扔了。」

「好。」紀筱涵笑咪咪把魚骨遞過去，被柏語笙一掌拍掉。

五年前，那場強烈颱風來襲，紀筱涵從山壁中撈到一個厚玻璃瓶。從風暴中倖存下來後，重建營地讓她忙得昏天暗地，好不容易稍有空閒，想起還有這玩意，打開瓶子才發現裡面放了兩樣奇怪的東西。

其一是塊方正的塑膠片，不知道確切材質，特殊的工藝卻能抵抗漫漫時光與海風侵蝕。上頭的字跡清晰，寫著一串也不知哪國語言的文字，但竟有兩個漢字夾雜其中：中文。

紀筱涵沒想到能在荒島上看到熟悉的文字，倍感驚喜。

另一樣是一條鏽跡斑斑的寶石項鍊。項鍊在惡劣的環境下放這麼久卻沒斷裂，看來做工還不錯，材質也挺好。至於那顆寶石這麼大，想當然爾，肯定假的。

紀筱涵對閃亮的假寶石項鍊沒什麼興致，反正比不上玻璃瓶和那張小塑膠片有意思。她本想扔了，後來轉念一想，柏語笙也許會喜歡，便拿給柏語笙看。

在柏語笙幾乎凝固的視線和詫異的表情中，她才後知後覺的發現，自己似乎撿到不得了的東西。

紀筱涵撿到了稀世珠寶，海洋之心。

六十七年前，二月十四號，南非海岸山窟發現重達六千九百一十七克拉的鑽石原礦。

這是已知紀錄中最大的鑽石原石，經過一番激烈的競爭，柏青集團得到了這顆原石。

柏青集團將它切割打磨，做出九十九組寶石項鍊，並在情人節公開拍賣。

因爲原石形狀宛若雙心，並在情人節出土，加上編號一到十的項鍊是著名的珠寶設計大師離世前最後的作品，使得海洋之心的價值水漲船高。

九十九組項鍊皆以天價賣出，成爲了珠寶界津津樂道的傳奇。

「這可是妳家做的珠寶耶，難道妳自己沒看過海洋之心？」

「有啊，但是海洋之心標榜公開拍賣，連一件都沒有內定。就算是家族成員都得參與拍賣才能得到，雖然我的曾祖父有拍下兩條留做紀念，但編號最小也只有十六。可是這條……」柏語笙翻過項鍊，看向背後的小字。「是七號。我以前從沒親眼看到編號是個位數的海洋之心。」

「瞧妳興奮的。」

「哎呀，妳不明白。海洋之心編號越小，價值越高，這也是當初的宣傳噱頭。柏青把最好、最大的D級純鑽都留給編號個位數的項鍊，編號越大就越次等，而且只有前十號是知名大師設計製作，其餘是不同的設計師，雖然也頗有名氣，但價值差得遠了。我看過集團內部拍攝的紀錄影片，當時各國王室都派人來拍賣會競標，全民為項鍊花落誰家開出巨大的賭盤，也是柏青集團第一次成功把商品行銷至全球，從此晉升世界知名跨國企業。」柏語笙講到珠寶就滿臉興奮，信誓旦旦嚷著：「這座島肯定還藏著另一條項鍊。我跟妳保證。」

「妳又來了。」紀筱涵聳聳肩。

「這可不是空口說白話！我特別研究過，連當初的廣告臺詞都會背──海洋之心，永恆珍寶，用海洋之心證明你的愛。這款項鍊以一組兩條為單位，每一組設計都不一樣，但有同樣的隱藏機關。兩條對鍊合在一起便可開啓機關，看到底下客製化刻上的字，當初很多人把項鍊標下來就是為了送給戀人。」柏語笙講得口沫橫飛，「把珠寶放到沒人知道的荒島上，約定若感情不變，日後再回來取是很可能的！」

「就算如此。」紀筱涵道：「另一條項鍊也可能藏在別的島上啊，畢竟當初我們就是從另一座島上划船過來的。也許那對情侶沿路遊玩，看到順眼的地方就下船放項鍊，或者，他們也跟我們一樣碰上海難，瓶子不小心漂流到島上，不一定是刻意放的。」

「嗯，也不是不可能。但……」柏語笙咬著大拇指，滿臉不甘。

「妳就別惦記了。」紀筱涵手撐著下巴，安慰她，「反正到處走走順便注意下，有就有、沒有便沒有。別為此太過傷腦筋。」

她們之前已經找過整片山壁，但並未發現更多線索。紀筱涵覺得島上或許還有寶藏尚待尋獲的想像，為平淡的生活平添了點樂趣，倒也不排斥陪著柏語笙發夢。

她見柏語笙講得起勁，還剩下半條尾巴的魚老半天沒動，便問道：「剩下的不吃了？」

「不吃。」柏語笙把殘餘魚肉遞過去，「拿去餵滷蛋吧。」

「是法蘭。」

「滷蛋。」

紀筱涵笑了下，「妳猜今天牠會應哪個名字？」

「那傻鳥大概兩個都不應吧。」

紀筱涵端著殘羹走進樹林，在靜謐的林中放聲呼喚：「法蘭，吃飯了。」

林間毫無反應。

紀筱涵又喊道：「滷蛋、滷蛋放飯嘍。」

叫了老半天，林間依然靜悄悄。

紀筱涵清清嗓子大吼：「傻鳥，還不吃飯啊？」

不一會，一隻體型胖嘟嘟的海鳥從樹上撲下來，羽毛末梢帶著赭紅，嘴喙灰藍，身軀純白。

「眞的傻。滷蛋已經夠難聽了，你還不領情。偏要叫傻鳥才回應。」她戳著鳥頭抱怨。

滷蛋是那次颱風後孵出來的蛋。

難以說明為何在食物短缺的情況下，卻獨獨放過牠，也許劫後餘生的心情讓她們不想殺生，總之兩人養起了這隻品種不明的孱弱雛鳥。老實說，紀筱涵本來不覺得能養活牠，誰知道兩人胡亂養著居然沒死，還養得有些肥。

本該成爲盤中飧的小鳥倖免於難，但是柏語笙還是念念不忘牠本來很好吃的樣子，於是取名滷蛋。柏語笙宣稱賤名才養得活，但紀筱涵覺得柏語笙只是單純想吃鳥蛋。

紀筱涵則把牠命名爲法蘭，因爲鳥的配色有點像法國國旗。但鳥兒兩個名字都不領情，反而只對特別難聽的「傻鳥」有反應。

這鳥特別笨拙，很喜歡跟在她倆屁股後頭走來走去。比較奇怪的是，她們從來沒看過牠的同族，反正也是隨便養，有多餘食物就順便餵食，沒有就自生自滅，便讓鳥待了下來。鳥兒好像也清楚她們會定期投食，她們工作回營，常可以看到胖胖的鳥兒像國王一樣在營地穿梭巡視。偶爾餵晚了，還會啄她們的腳底要飯吃。

紀筱涵把魚肉撒完，便不管吃得正歡的滷蛋，逕自回營。在她餵滷蛋時，柏語笙已經整理好營地，躺在床上等她了。

柏語笙高舉那片塑膠片，左右琢磨。紀筱涵見怪不怪的躺在她身側。柏語笙非常想找到另一條項鍊，這幾年經常拿著塑膠片研究，希望能找出更多線索。

那塑膠片上寫著：親愛的L，你會爲了我學習世界上最困難的語言中文吧？

整段文字由德文寫成，只有「中文」二字刻意改用漢字書寫。

「到底藏在那兒呢……」柏語笙輕聲喃喃。

「妳的德語靠得住嗎？也許妳讀錯意思，其實上面寫著：啦啦啦，才沒有另一條項鍊呢，打我啊。」紀筱涵開她玩笑。

「是。我不會德語，只會瑞士語。上面應該用瑞士語寫著：親愛的紀同學，瑞士沒有瑞士語喔！」

紀筱涵臉有點紅，「這事我早知道了。」

「嗯哼？」柏語笙不懷好意的笑看她。

「被妳笑這麼多次，還不記得啊？瑞士沒有瑞士語，但有分四個語區，妳媽是德語區日耳曼人，所以妳會德語。」

「不錯、不錯。紀同學，背得很熟喔。」柏語笙調侃她，「給妳一百分。」

「但我也沒說錯吧。妳德語又不是從小跟妳媽學的，不算母語，誰知道會不會搞錯意思呢。」

「我爸是不讓我學德語啊，但我暗地裡逼管家幫我偷空，而且本人聰明伶俐，老師都稱讚我德語學得很好呢，嘻嘻。」

「無良老闆柏語笙。」

「好，來想想看吧。是什麼樣的人寫下這段話呢？對方的母語應該是德語，但也有相當好的中文造詣。語氣活潑調皮，想必是年輕女性。她的戀人L可能也是德語母語人士，但看不懂中文。所以我猜，這條項鍊如果能打開，裡面的密語應該全部是用中文書寫的，這張塑膠片只是她故意寫下的挑戰預告，以此考驗情人。畢竟對西方的外國人來說，中文這種方塊字確實挺困難的。就因為足夠困難，如果能為了愛人學會，才能證明L為了愛情付出足夠努力，然後——」

「妳眞的是柯南。」紀筱涵笑得有點停不下來。雖然柏語笙的論點有些道理，但那副正經八百又誇張的推理模樣戳中了她笑點。

「不信拉倒。我推斷眞相就是這樣，八九不離十。」

「好的。那大偵探妳知不知道，我的梳子放哪兒了？」

「根據我的推理，就在妳腳邊七點鐘方向，推理諮詢費用請支付兩條烤魚。」

「外頭還有法蘭吃剩的三份魚骨，不用找。」

兩人躺在草蓆上天馬行空拌嘴聊天，直到睡意來襲，紀筱涵慢慢沒了聲音。

柏語笙眼看她要睡了，便小心翼翼把塑膠片收回玻璃瓶，隨後轉身滑到紀筱涵身旁，相當自然的摟住她。

紀筱涵眼也沒睜，便把頭挪到柏語笙的懷裡。

荒島生活前三年，紀筱涵經常做惡夢。夢中她殺了水手無數次，卻總是救不回妹妹。那可怕血腥的意外把她撞得支離破碎，傷痕的碎片化入夢裡，在不安寧的夜裡反覆出現。她困在夢裡，被哀傷、痛苦和憤怒吞噬，手裡拿著刀，徬徨不知何處可去。

然後，有股熱源幫助了她。溫暖近乎發燙的熱度從背後延伸，擴及全身，驅除讓她渾身冰冷的負面情緒。同時之間，好像有什麼東西左右晃動世界，告訴她這一切只是個夢，妳可以離開的，那無以名狀的光熱將她撈出噩夢。

她睜眼，一張放大的臉在眼前。是柏語笙。

紀筱涵發現自己總是在柏語笙懷裡醒來。剛開始她還有些羞赧，以爲自己不自覺滾入對方懷裡。總是趁柏語笙還沒醒轉偷偷抽身，但沒多久又會被那人抱回去，如此反覆幾回後，她終於忍不住問始作俑者。

「幹麼偷抱我？」

「因爲好抱。軟。」

……眞是理直氣壯到她都沒脾氣了。

「不可以嗎？不給抱睡嗎？」

「不可以。不給。」每次都把她熱醒，還滿臉無辜。

「可是這樣我睡不著。」

柏語笙淚眼汪汪纏著她，好像不給抱睡欺負人似的。

她沒管她，要柏語笙躺遠點，各睡各的。結果那天晚上她又做惡夢了，而且深陷夢魘無法醒來，身不由己的陷入殺戮的輪迴中。

「筱涵！」

她終於驚醒，冷汗涔涔，濕透後背。

「妳叫好大聲，做惡夢了？」

柏語笙的金髮反射月光照出朦朧白光，好像來拯救她的天使。紀筱涵冷不防緊緊抱住眼前的人，眼淚停不下來。

「好可怕，我又夢到水手了……還有我妹妹……」

「沒事的。我在妳身邊，那個惡魔已經不在了，沒人可以傷害妳……沒人可以……傷害我們。」

那天晚上的柏語笙很溫柔，非常有耐性的安撫脆弱又敏感的她，她幾乎要溺斃在這種無止境的柔和關愛中，最後很不爭氣的被哄睡了。再之後睡覺被貼上，便也不好意思把柏語笙趕走。

而且她發現有柏語笙抱著，自己也睡得比較好，至少不會遇到身陷噩夢無法醒來的情況。有一個活生生的人，一個溫暖的熱源，源源不絕的給她溫暖，這是孤絕島嶼上唯一的慰藉了。

現在她很少做惡夢了，往昔的傷痕慢慢被時間填平，但還是經常在柏語笙懷中醒來。久而久之，便養成了奇怪的習慣，如今需要身體一部分靠著對方，確認對方還在才能睡著。

偶爾熱醒，紀筱涵會掙脫開來，讓晚風吹拂一陣，又自己躺回原來的位置，貼著柏語笙睡覺。就算很熱，也要腳靠著腳或是枕在柏語笙手臂上，感受著另一人肌膚的溫度才能入眠。

這是一種難以言喻的安全感。柏語笙也有雷同感受，睡到一半被海洋潮響或林中走獸驚醒，只要摸摸懷中人的肌膚，感覺到身旁這個人還存在，便能安然入眠。

只要對方不在身邊睡，感受不到另一人的體溫就有些忐忑不安，也許是因爲身旁這個人是這荒島上唯一的光、唯一的火，所以睡前得確認溫度是否還安在。

柏語笙總是比較晚入眠。她低頭看著懷裡那寧靜的睡顏，偷摸她軟軟的臉頰、小小的鼻子、耳朵和眼睫毛。摸了好幾次以後，那人終於有些反應，無意識的揮手咂嘴，但沒有眞正醒過來。

不知爲何每次看紀筱涵安睡的臉龐，她的心底深處便輕輕騷動，忍不住想逗弄。她掩嘴偷笑，又輕捏對方軟嫩的小耳垂，不停的騷擾終於把剛睡著的人吵醒。

「柏……怎麼了？」細細小小、口齒不清的問，聲音還帶著睡迷糊的黏膩軟糯。

眞可愛。

「沒事。」柏語笙滿足了。身體徹底放鬆，把手伸到她脖子底下，輕柔撫著她的頭髮，「乖，再繼續睡啊，明天還有的忙呢。」

紀筱涵在她懷裡扭動，調整到舒服的位置，迷迷糊糊又睡著了。

「妳好了沒啦，柏・笙・笙。」紀筱涵站在主屋棚口，等不及的聲聲催促。

「快好了——筱涵，妳來幫我看看有沒有綁歪嘛。」柏語笙對著小小的鏡子左看右看，不滿意的皺眉。

柏語笙的鏡子摔裂成三瓣，颱風時又遺失一塊，餘下兩塊尺寸太小不敷使用，常常老半天都喬不到想要的角度。

確實有點綁歪了。紀筱涵站到她身後，把辮子鬆開，又重新綁過。

紀筱涵的手特別靈巧，因爲一手把妹妹拉拔長大，會綁很多不同的髮型。儘管柏語笙這方面有點刁鑽，經常指定要各種造型，一會說今天要清爽鄰家的感覺、一會又改口要高端的漂浮感——鬼才知道她想要什麼呢。但紀筱涵卻能抓到大略意思，綁出她喜歡的髮型，儼然已經是個人專屬髮型師。

她見紀筱涵相當自覺的主動幫忙綁髮，樂呵呵輕笑幾聲。

「脖子怎麼有傷？」紀筱涵注意到她脖子紅腫破皮。

脖子被碰觸有點癢，柏語笙笑著按住她的手。「不知道，昨晚就有點癢了。」

紀筱涵的表情稍微凝重。

「妳臉繃太緊了，別這麼緊張啦。」柏語笙捏了下她的臉，「蟲咬罷了。」

「明天再觀察看看，如果沒消下去……」

「沒消下去，妳又要做身體檢查了？」柏語笙好整以暇的態度有些欠打。

「對。把妳脫光光拿放大鏡檢查。」

「好啊，來。」柏語笙作勢要脫衣服，她趕緊阻止。

她瞪著笑咪咪的柏語笙，想調侃人卻鬧得自己先雙頰通紅，比不要臉，她真是比不過柏語笙。

兩年前，柏語笙曾經大病一場。

她撿野味時在礁石上摔得全身是傷，整個右手臂鮮血淋漓，剛開始她不以為意，以為幾天就能自行康復。但不曉得是傷口細菌感染，還是被水母或其他海洋生物螫到，疾病來得又快又猛，小小的傷口不到幾天就化膿發腫。

柏語笙高燒昏迷好幾天，紀筱涵幾乎以爲自己要失去柏語笙了。插不上手的等待讓人倍感絕望，島上沒有任何醫療資源，紀筱涵束手無策，只能拚命祈禱，直到柏語笙憑自己的免疫力自癒。

否極泰來後，兩人就特別注意彼此的身體狀況，是不是有多出的傷痕、外表有什麼特殊變化，盡量不要讓自己受傷。紀筱涵那陣子特別精神緊張，經常幫柏語笙把活都攬了，也時時刻刻注意柏語笙身上多出的傷口，搞到後來，柏語笙都覺得她有些反應過度了。

基本上可以說，柏語笙身上有多少傷痕，紀筱涵閉上眼睛都記得一清二楚：右臂後側有些微外凸的增生性疤痕，是傷癒後留下的，左小腿肚上的兩道痕，是游泳時踢到礁石留下的，後背接近腰窩有道近乎垂直的疤，是颱風天被掀起的木頭撞的，手掌上那無數的劃傷是把一塊上好漂流木從海邊拉回來時割的，還有肩膀上……有個咬痕。

好像變淡了。

她湊過去就著原來的痕跡，張口咬下。柏語笙透過鏡子看到她的所作所爲。

兩人對視，她還對柏語笙眨眨眼，刻意露出牙齒深深咬下去。柏語笙無奈的揚起眉毛，有些縱容的苦笑，沒說什麼，好像這是司空見慣的事情。

看著那有些深的痕跡，紀筱涵滿足的鬆開她的肩膀。

「走吧。」

兩人提著裝備出發了。

今天她們來到北方岩山區。這座島北方地勢偏高，是連綿不絕、崎嶇高聳的岩區，無數海鳥盤旋在高處。

「還是這麼臭……」柏語笙捏緊鼻子皺眉。

第一次探勘全島時，可以看到北方最高處有白色的岩石群，那時因爲時間和裝備有限，她們只在遠處眺望，沒進一步爬過岩山勘查。這幾年把整座島都走遍了，她們才發現，遠看的白色岩石其實是厚厚一層的鳥糞。

這兒除了常駐的海鳥群，每到春秋兩季也有大量的過境候鳥，北方的岩區特別適合鳥兒築巢，岩山底下直通斷崖和深海，正適合海鳥覓食，漫天飛舞的鳥群使得滿地全都是鳥屎穢物。

「一下就結束了，忍忍吧。還有我看到尖嘴鳥了，待會跑快點啊，柏笙笙。」紀筱涵拿出鐵罐和木棍。

「……我們改天再來吧。」

「都到這兒了，說什麼傻話呢。要走嘍？預備……一、二、三。跑！」

紀筱涵往鳥群跑去，用力敲打鐵罐，咚咚咚的吵鬧聲嚇得神經質的鳥群紛飛，以她爲中心無數海鳥往空中竄起，也暴露出底下的鳥巢。

跟在後頭的柏語笙飛快的把鳥蛋掏到竹簍裡面，不一會便收穫滿滿，目的達成她立刻對紀筱涵使眼色，抱頭向後逃跑。她的身後跟著氣急敗壞的母鳥。

「快點，妳要被啄了！邁開妳的大長腿啊！」

「風涼話！下次換妳偷蛋我敲鑼！」

兩人氣喘吁吁的跑路，逃跑的線路早選好了，滑下坡道，逃入林子裡，只要再跑遠點那些母鳥就會回去了。

「還有追來嗎？我看到上次啄我的傢伙了，牠每次都追到最遠——」柏語笙扭頭往後查看。

「應該沒——啊！」

紀筱涵沒留神腳邊，跟柏語笙撞到一塊。兩人不約而同的伸手搶救柏語笙手上的竹簍，儘管著陸姿勢狼狽，但竹簍險險的被兩人撐在中間，沒有任何蛋摔出。

她倆面面相覷，看到對方驚魂未定的表情，忍不住笑成一團，相互攙扶起身，歡快的帶著勝利品回到營地。柏語笙得意洋洋，把鳥蛋擺進櫃子。

「十四顆，大豐收。這兩個月應該都不用再去北山了吧。」

紀筱涵點收櫃中食物，「鳥蛋有了……我們這個月還缺什麼？」

柏語笙貼過來，下巴靠在她頭頂。

紀筱涵瞇眼審視食物櫃，「蔬菜吃太少了。」

「每次都是蔬菜啊。」柏語笙嘆氣，「我討厭蔬菜。」

「沒辦法，為了營養均衡嘛。」

兩人解決糧食不足的危機後，逐漸有時間去提升菜譜品質和多樣性。

已經不只是要吃飽了，還要吃得健康、不生病。長期營養不良會導致許多疾病，這點是晨間會議時提出討論的。她們缺乏醫療資源，防範勝於治療，得在平時就有意識的讓自己吃得更健康。

營養學相關的知識，兩人還眞是畢業就還給老師了，絞盡腦汁也沒想起多少課堂上學過的東西，乾脆不管那麼多，經常變換菜單攝取不同類型的營養就是了。這也是爲什麼明明食物充沛，卻還大老遠跑去撿鳥蛋的原因，上個月都沒吃到蛋，所以這個月得補充。

北山區時常有不同的候鳥駐留，越往高處海鳥越多。不過她們也不想爬太高，只在低處偷鳥蛋，畢竟有些鳥頗具攻擊性，還是少接觸爲妙。

除了偷鳥蛋之外，兩人也試圖捕獵過鳥隻。但捕獵飛鳥難度比抓魚高，肉品處理也麻煩許多，肉質卻沒有魚肉鮮美，便沒有一定要去獵鳥。

除此之外，北山區雖然臭了點，不適合長期久留，但確實是個寶庫。她們從那兒撿了不少羽毛，用於製作過冬的被子。

紀筱涵拿出做到一半的製品，埋頭繼續工作。倉庫放了不少之前搜集的羽毛，把羽毛洗淨、晾乾，用拆開的漁網線和磨細的骨頭當針線，逐一串起來。

兩人唯一的禦寒衣物，是紀筱涵那件經過多年風吹雨打，羽毛幾乎掉光光，已經不太有禦寒效果的羽絨外套。

這個簡易羽毛披蓋，不僅做工複雜，撿回的羽毛也不是全都能用，半個夏天也才弄好這麼小半張。不過這兒天氣變冷時，穿太少睡覺很容易感冒，她們沒有生病的本錢，雖然辛苦還是得慢慢做起來。

她串羽毛，柏語笙串貝殼，兩人各窩在涼棚一角幹活。

不知道低頭工作多久，紀筱涵感覺到身後的人爬起來，作勢要往外走去，立刻扭頭追問。

「柏笙笙，妳去哪兒？」

「廁所。一起來嗎？紀小小。」

「去吧，不要踩到臭臭。」

「別咒我。」柏語笙嘻嘻笑笑的走遠。

紀筱涵又繼續穿羽毛。魚骨不小心刺到指尖，她舔掉小小的血珠，想著：到底從什麼時候開始，看到柏語笙離開身邊，就理所當然的過問行蹤？她們非常習慣向對方報備。

一開始是爲了安全考量。畢竟這兒沒有網路和手機，如果獨自活動，一旦陷入困境無法移動，這麼大的島，另一人怎麼知道該往哪兒找？

除了柏語笙因爲迷路發現海蝕洞那次，兩人也各自都有找不著對方的經歷。

第一次，是紀筱涵因爲豐收，踩著夜色才打道回府，在昏暗的天色下趕路，不小心滑落到岸邊的大石窟底，自已爬不出去。

惶惑不安的柏語笙乾等整晚，當她找到石窟裡的紀筱涵，淚水頓時奪眶而出，兩人抱成一團心有餘悸。此後，她們便約定不管到哪，都要讓對方知道。不管多近的距離、多小的事情，對方都可以問，自己也要主動告知。

第二次，是柏語笙搞失蹤。

雖然她有告知紀筱涵要去拿蒸餾好的水，但紀筱涵在發現她不見後，卻無法在海水蒸餾區域找到她。因爲她在回程的路程走上小路，想順道撿些果子，卻不小心扭傷腳踝。她的呼救聲音被海岸的潮響掩蓋住，即使兩人之間只隔了一道樹林也聽不到。

好不容易在天黑前把人找回，她們再次約好兩人都得隨身掛著哨子。當初救生衣上都附有求生哨，紀筱涵的登山包還有一個哨子，備品相當充足。只要隨身攜帶，一旦發生意外，就可以吹哨告知方位。

她們這幾年經歷了無數危險，每次驚險都讓她們締結新的生活公約，約法三章以避免再次發生危機。這兩個習慣演變到最後，變成不主動報備行蹤自己也渾身不對勁，兩人幾乎無時無刻黏在一塊，偶爾分開也知道對方的行蹤，變成彼此生活中理所當然的一部分。

柏語笙上完廁所回來了。

她很自然的靠向紀筱涵，把臉埋在對方頭髮中，像抱著心愛的玩具一樣。

「妳今天好香喔，用了鬱金草？」

她們胡亂替島上的花草鳥獸取名，畢竟有一些實在不知道眞實名字，只有比較常見的信天翁或棕櫚樹還辨識得出來。她們給這些生物命名，就像整理凌亂的抽屜，給予名稱以後，便能記憶它的功效和用途。

鬱金草是她跟柏語笙在尋找可食用植物時發現的。她們的糧食來源缺乏植物，爲了瞭解哪些食物可以吃，著實花了點功夫，畢竟有食物中毒的可能性。但長期缺少植物獨有的營養也會影響身體健康，這是必要的冒險。

兩人會先觀察是否有蟲鳥獸啄食過的痕跡，如果有便放入可食用觀察清單。

之後她們會謹慎的開始測試。首先，把植物的枝液或葉片抹在手背，慢慢等待，如果一整天都沒有灼熱腫痛等不良反應，便嘗試著把少許放到嘴裡嚼，但不吞入。如果等待一會依然沒事，才把植物眞正吞入腹內。

一次只能一個人實驗，實驗時要準備大量純水在旁，一個月最多只嘗試一種植物，注意任何食用反應。

紀筱涵與柏語笙雖然個性差異頗大，但是她們從來不嘲笑對方的膽怯。所有的不安和膽怯都是眞實的，要愼重看待，不管多微小的細節都可以拿來討論，這或許也是她們建立的生活公約之一。不嘲笑任何意見，安全謹愼第一。

兩個並非野外求生專家的年輕女性，就是靠著這套謹愼到近乎繁瑣的流程，在島上存活快六年。她們後來找到兩種類似馬鈴薯的塊根類植物，三種帶著鹹味的可食用海草，七種以火烘烤後散發迫人香氣的葉子，六種可以吃且味道還算可入口的水果。

還有一種酸澀的紅色果實，雖然不能直接吃，但紀筱涵把它當作調味料，磨碎了塗抹在魚身上也別有一番風味。

除此之外，也找到不少的泡茶原料。某些植物的葉片帶著淡淡芬香，吃入腹中沒什麼問題，雖然不夠果腹，也不曉得是否有營養，但可以當配料和茶葉。

鬱金草也是類似的方式找出來的，它雖然無毒，但實在難以下嚥，她們並沒有把它當食物來源。但這種草將葉片切開後會有一種類似柑橘的香氣，紀筱涵今天靈機一動，乾脆把它當成香氛使用。

「有香嗎？我洗頭髮時把它磨碎和到水裡，但我怎麼覺得好像太淡了？」

「夠了。再多就太濃了，我覺得這樣很剛好。」柏語笙很喜歡這個味道，把臉埋在她頭髮中嗅。

「有好康也不跟我說，我也要香香的。」

「我想說成功再跟妳說嘛。」紀筱涵在她懷裡不停挪動身體找最舒服的位置，「我還有剩下一些，要用嗎？」

「幫我擦。」

紀筱涵站起來，拿起罐子，倒在手上抹勻，叫柏語笙趴到床上，便開始按摩她的頭頭。紀筱涵的手雖小，卻很有力，按摩頭皮特別舒服，柏語笙眼睛瞇起，發出饜足的聲音。

今天撿完鳥蛋後，柏語笙便自個兒放風去了，都在搞自己的貝殼項鍊。紀筱涵整天坐在小椅子前彎腰串羽毛，柏語笙心想，該讓她好好休息。

「別按了，我們睡午覺。」

「要我按的也是妳，不要按的也是妳。柏笙笙，妳好煩喔。」紀筱涵軟軟的抱怨。

「不按了、不按了，小小，咱們快點睡覺。」

柏語笙把她拉過來，兩人靠得緊緊的，呼吸逐漸勻稱。

第十四章

在夏日午後的潮響蟲鳴中，她們好好的睡了個午覺。

紀筱涵醒來時，跟柏語笙的額頭抵在一起，肌膚相貼，熱得滿身是汗。她從柏語笙的臂彎下悄悄抽身，太陽光打在柏語笙的睡顏上，纖長的眼睫毛隨輕風拂動，光影巍巍顫動，金髮如瀑，完美的五官，好看的唇形，寧靜沉睡的臉龐宛如大理石雕刻的神像，非人般的美麗。紀筱涵細細打量，眼睛都捨不得眨。

紀筱涵早睡早起，而柏語笙難入眠也起得晚，總是她叫柏語笙起床。而柏語笙不知道的是，紀筱涵總會盯著她的臉好一會，才喚人起來。

只看臉真的很賞心悅目，就是平常講話太鬧人，毀氣氛。紀筱涵捂臉偷笑，戳戳柏語笙高挺的鼻子。見對方沒反應，指尖移動到臉頰，戳磨多下。

她很喜歡柏語笙睜開眼睛的瞬間。本來近乎雕像般的精緻臉蛋，因為主人的清醒逐漸賦予了人性化的表情，漂亮的琥珀色眼睛逐漸靈動起來，聚焦在自己身上，清澈的瞳孔裡面有自己的倒影。

這個過程讓人上癮，就好像她喚醒了初生的女神，新誕生的神祇因為雛鳥效應眼中只有自己。

「大懶豬，柏笙笙，起床了？」她細聲調笑，語氣溫柔。

柏語笙瞇開眼睛，對上一雙充滿笑意的月彎眼。她揉揉眼睛伸了個懶腰，發出滿足的嚶嚀，抓住對方還在臉上比劃的手，牽到側臉當作靠墊枕上去，懶懶的哼幾聲，繼續賴床。

「再不起來弄晚餐就要餓肚子了喔。」

「腿好痠喔……今天不要抓魚了吧，昨天還剩好多。」

「嗯，去後院再摘點蔬果就夠了。那些果子我看都熟透了，再不摘就壞了。」

把柏語笙喚醒後，紀筱涵從倉庫拿出竹籃和石鋤。兩人沿著營地後方小徑走，爬上緩坡，繼續直走到岔道右轉便可以看到茂密的樹林。

這兒就是她們的小後院，是離營地最近的蔬果採集點。兩人平常不會過度採集這兒的食物，這樣臨時偷懶便有一處天然菜園可以找東西吃。吃完的種子也會再扔回來，讓這兒的蔬果繼續盎然生長。

紀筱涵彎腰，鎖定一株植物用力連根拔起。她俐落的砍掉莖葉，把塊根丟入籃子。這植物的塊根外型神似馬鈴薯，香氣也雷同，但口感更脆些，兩人都叫它「假馬鈴薯」。

今年還沒有遇到颱風，各種植物都長得很不錯，應該很快就可以摘好需要的蔬果。她擦掉額前的汗，注意到柏語笙頭上亮晃晃的長了好幾枚豐碩的綠色果實。是麵包果，跟魚肉一起煮湯特別好吃。

果實長太高了，她踮腳尖跳起來也碰不到。

「柏笙笙妳來。」

結果柏語笙也搆不著，紀筱涵想了下，便叫柏語笙當人肉踏墊，靠著樹站好，雙手十指交叉掌心朝上，手背貼著膝蓋維持穩定。她踩著柏語笙的手掌，手裡再拿根木棍，往上撥動，把麵包果打下來。

天氣熱得要死，紀筱涵戴著大草帽，只穿胸衣工作。兩人正專心搜集水果時，一個肥胖的身影從樹上飛了下來。今天兩人沒去捕魚，完全忘了還有隻在窩裡等待投食的懶鳥。大概以爲她們進林子是要餵食，滷蛋歡快的繞著兩人打轉，見沒人理牠，便用長喙戳柏語笙。

「滷蛋，你別啄我的腳！」

被這鳥這麼一鬧，柏語笙有些站不穩，紀筱涵整個身體都靠在柏語笙身上沒有施力點，也被帶得搖搖晃晃。

「柏語笙，妳別管牠，站穩點！」

「我也想啊，可是牠一直啄我……走開啦，笨鳥！」

紀筱涵左右扭動試圖保持平衡，卻扯動到胸口的扣環，使用多年的前扣型胸衣鉤扣突然在這個瞬間宣告壽終正寢，在柏語笙眼前炸開。迸裂的鉤扣彈飛到柏語笙臉上——她先是被撞得有些懵，接著便被兩團湧上來的白肉壓得透不過氣。

柔軟綿密的觸感和熾熱汗濕的氣息讓人暈沉沉的，某個稍硬的小點貼著臉頰，戳著她的嘴脣和鼻子，上下跳動挑逗。她雙眼迷離的看著另一側，雪白的胸部上一點紅。

好像很可口。

柏語笙直覺的就把嘴邊那東西含進嘴裡，舌頭還無意識的舔了一下。紀筱涵尖叫，推開她，本來就站得搖搖欲墜的兩人登時在地上跌成一團。柏語笙還沒回過神，馬上一頓當頭痛擊。紀筱涵小手不停搥打，柏語笙抱著頭，認錯乖乖挨打。

「大笨蛋！妳、妳、妳——妳幹麼咬我——妳幹麼咬我啦！」

她抱著赤裸的胸部又羞又惱，發現柏語笙臉也紅得不像話，眼神飄移不敢看她。

「我先把水果拿回去。」柏語笙突然背對她站起，彎腰隨便撿了幾顆果子，飛快的落荒而逃。

「等！慢著——柏語笙！」

她氣急敗壞想喊住肇事者，對方卻邁開長腿一溜煙就跑個沒影了。

柏語笙直跑到海岸，她扭頭查看，確定紀筱涵沒跟過來，便往下一摸。

天啊。

滿手黏膩。

她默默洗掉手上和大腿根部的黏膩，扶著頭，望海發呆。

她一直知道自己遲早會跟某位家世良好、門當戶對的男性結婚，這是她理所當然的未來。婚約很早就決定了，她對婚姻沒有任何憧憬，甚至有些算計。她完全知道成爲一個富裕家族的妻子、媳婦和長孫媳要做什麼，也相信憑自己的智慧和手段可以過得很好。媽媽的遭遇她看在眼底，她會做很多準備，至少不會像媽媽那樣被夫家榨取和控制。

只要她能爲家族出嫁，便可以以此爲籌碼，跟爸爸索取更多的資源和自由。婚姻是可以放在天秤上論斤秤重的玩意，除此之外，毫無任何浪漫想像。

她對爸爸雖有怨懟，卻也理所當然的享受身爲獨生女的種種好處和優渥生活，即使知道爸爸有私生子也不吵不鬧，將利害關係算得分明。反正自己是那正大光明的法定繼承人，光鮮亮麗的婚生嫡女，她的出嫁必定轟轟烈烈，值得寫上好幾個零的嫁妝。

她就是如此市儈而矛盾。也或許過於明白所謂情愛背後換取的利益和代價，因此她對愛情並不感興趣，也從來沒爲任何男人瘋狂過。

善於社交，從小接受良好的禮儀訓練，能游刃有餘的跟任何年齡層的異性對談，既沒有特別喜歡，也沒有特別討厭。

很多朋友早就初嘗禁果，她雖然也有瘋狂的資本，但一方面爸爸管得嚴，另一方面她始終覺得自己背著一個枷鎖——妳的媽媽是個蕩婦——這句話迴盪在她的腦海中，她不想讓爸爸覺得，自己果然是那女人生的，妳們一樣淫蕩。她覺得爸爸就是說得出這種話，也許就等著她犯錯自證預言。

所以她跟異性保持禮貌的距離，分不清楚到底是本心，還是那句不停迴盪在腦中的詛咒使然。

她本以爲自己本就特別理智，又因爲階級身分和原生家庭，對性與愛冷感。

現在她已經沒有任何枷鎖了。她是這個島上獨一無二的柏語笙，不是柏青的新生代家族代表、不是威盛老總的未來長孫媳、不是葛毅的未婚妻、不是爸爸的女兒。

脫掉所有的身分，她才發現自己對紀筱涵，特別是那對漂亮豐滿的乳房萌生了性慾。

而且瞬間、猛烈異常的爆發出來，直到現在小腹都像火山爆發，黏稠液體從下身汨汨流出，好想被某樣東西撫慰、穿透，最好是那雙柔軟的小手……

柏語笙猛的站起來，又洗了一次身體，才沿著海岸線慢慢往回走。

在荒島上，柏語笙人生中第一次思考性向問題：她可能是彎的。

她突然更清晰的想起了兒時的心態，那時候的場景，還有……那雙眼睛。

坐在旁邊的小女孩，那雙害羞的眼睛總在課堂空檔偷看自己。

她經常被人偷看，早就習慣各種視線：獵奇的、驚豔的、好奇的、心悅的。但從沒有過這麼古怪的組合，同桌的女孩那張圓臉和過於寬大的衣服使她看起來特別稚嫩。她一直覺得同齡人都很蠢，而這個女孩更是一望到底的特別天眞好欺。

但這麼天眞稚嫩的人，卻炙熱異常的看著自己，黏膩的視線，熱烈到近乎崇拜。她的表情稚嫩懵懂，好像連本人都沒意識到，自己釋放出那麼濃烈的情感。

這道目光讓她又享受又厭惡。這也是爲什麼，她當初特別想伸出手，對這雙眼睛的主人搓揉輾壓，看看她那張單純天眞的臉，會不會哭、會不會破碎，想教會她惡意的形狀。

現在她當然沒有那樣純然的惡意了。但是心底深處依然爆發了原始的慾念，很想出手把那女孩推倒在草地上，撫觸那對柔軟如棉花的胸，將果實般甜美的乳頭銜入嘴內，想掀起草裙把頭探入，看看對方的身體是不是也如自己這般冒著火，那塊貝殼般的處女地是否已經被黏膩滾燙的火山熔漿徹底征服。

她沿著海岸線，看到遠遠的一個人影坐在營地門口。那人剛開始還目露擔憂，不過注意到她的身影後似乎鬆了口氣，臉也垮下來了，賭氣的撇過臉。

「水果都撿好了？還有剩的話，我去處理。」柏語笙討好的迎過去。

「早弄好了。」紀筱涵嘟著嘴，語氣不滿，「妳跑哪去了，都沒跟我說一聲。」

「妳擔心我喔？」

「我才——」紀筱涵扭頭看過來，咬唇瞪她，「對，我擔心妳。妳一個人突然跑走，身上什麼東西都沒帶，我當然擔心啊。不是說好一定要報備嗎？」

「抱歉、抱歉，我……哈哈，我嚇一跳嘛。」

「什麼啦，我才嚇一跳呢！大笨蛋。」紀筱涵不滿嘀咕。

「晚餐我來弄，別氣了。」

「本來就該妳弄，順便去把倉庫的東西收拾下。」

「好好好，馬上辦啊，別氣啦。」

「快點去啦！」紀筱涵笑著對她丟葉子，把黏到不行的人趕去工作。

晚上所有的工作柏語笙主動一手包辦，紀筱涵坐在矮凳上，很滿意柏語笙乖乖聽指示忙進忙出。

柏語笙蹲在地上燒柴，透過飄渺的煙霧偷看對面小小的人影，她的心情平靜，卻又敏銳的在日常的細縫中嗅到一絲滲透出的、不那麼一樣的味道。雖然她們似乎如往常一般相處，但某種未知的情緒風暴在緩緩醞釀，行將發生。

柏語笙不自覺的彎起嘴角。

「妳笑什麼？」

紀筱涵看她獨自燒柴，居然自得其樂偷笑起來，有點納悶。

「沒事。」

儘管對這場變化懵懵懂懂，但她覺得自己幾乎有些期待這股不可名狀的未知性，這個改變可能是一場災難，破壞她跟紀筱涵五年多的平穩生活，但也可能通往另一條更好的路——一條她從沒走過的路，一場全新的冒險。

這條嶄新的路該怎麼走，她會找到答案。

雨季快到了。

紀筱涵聽到遠方雷聲悶響低低傳來，趕緊加快手邊動作，把木架重新固定好。

她所在之處是由木樁和引繩圈起的空曠場地，中央挖了大大小小十數個坑洞，每個坑都用防水布或塑膠袋密實的蓋住。布面中央放了一塊小石頭，讓塑膠布自然垂落，這是她跟柏語笙自行製作的蒸餾器。

這兒的沙土又硬又潮濕，海水倒進去不會馬上就被土壁吸收，正適合用來製作蒸餾器。

當初從救生筏帶下來的工具早在颱風中遺失，但兩人知曉基本原理，經過一番研究，利用天然資源和人工垃圾，做出好幾個構造雷同的裝置。全部的蒸餾器都放滿運轉時產能不小，除了日常飲水，也逐漸有了多的庫存可以拿來煮湯、泡茶，偶爾甚至可以洗澡。

紀筱涵掀起防水布，看到裡面倒滿海水，一個塑膠水盆在上頭載浮載沉，已經搜集到一些清水。她把手指伸進盆裡，舔了下蒸餾成果，確定海水沒汙染搜集的清水，很滿意採集成果，又把防水布蓋上。

她再次搖動木樁，確定不會輕易傾倒，便回頭找柏語笙，她在後方不遠處的林子裡幹活。

她看對方還在綁竹子，主動上前幫忙扶穩。柏語笙專心工作，似乎沒注意到後方動靜，見紀筱涵來幫忙，對她溫柔一笑。

「柏笙笙，妳沒人幫忙就不會弄了啊？」見對方進度緩慢，紀筱涵語氣玩笑。

「對啊，沒妳就懶。」

柏語笙嘻嘻笑笑，紀筱涵也感染了她的快樂，兩人一塊幹活，很快就把水道清乾淨。

「這兒的溝每次都堵，我們要不要試試往另一頭挖排水道？每隔幾月就得清泥巴，眞讓人受不了。」

「可以試試。」紀筱涵開她玩笑，「小公主怕被泥巴弄髒？」

「怕泥巴把我弄得太美，妳會受不了。」

「臭美。」

這兒的季節大致分爲夏季、雨季跟冬季。

夏季的時候，太陽又毒又辣。她們主要靠盛產的椰子和太陽能蒸餾器來取水，雨季的時候，則靠接水裝置集水，晒場外有一排小小的延伸區域，把剖半的竹子當水管，最底下放滿裝水容器，如此便可輕易的搜集雨水。而冬季最短暫，卻是最舒心的季節，沒那麼熱，沒有可怕的颱風，太陽不定時露露臉，雨量不多不少。

惱人的雨季與夏季，有著截然不同的困擾。

雨季雖然不缺水，但是營地容易淹水，得不停清理堵塞的排水溝，而且必須在雨季來臨前盡量搜集柴薪和乾草，因爲過於潮濕的天氣難以起火。儘管她們已經對鑽木取火非常熟練，但是如果木柴太潮，技術再好也一籌莫展。所以儲物間有特別規畫一個大區域當柴房，裡頭擺放了大量吸收濕氣的乾草。

紀筱涵跟柏語笙抱著好幾捆乾草回營地儲藏室，這兒放著一些特別需要防潮的東西。她逐一檢查，確認防潮區是否還夠用、乾草是不是潮濕了，從左到右點收過去，過於專心，站起來時撞到額頭，放在中間架子的東西掉了出來。

是她們僅剩的信號火炬。

兩人頗有默契，不到緊要關頭不使用它，細心呵護這把僅剩的救命物件。

然而，她們已經好久、好久沒見到船了。

五年間，她們只看過三次船。第一年那次已是距離最近的一次，第二次見到的船過於遙遠，只能看到紅色的煙囪，很快又隱沒在地平線下。第三次是去年，在深夜望到遙遠的星火，基本確定船員不可能看到島上的她們，那船吐著火的身影漸漸消失在黑暗的海洋中。

信號火炬好像上個世紀的東西了，以前總是不離身當成寶，現在幾乎已經當作不重要的雜物，靜靜放置在儲物室深處。

紀筱涵感嘆，又把信號火炬放回去。身後的香味勾著她去找柏語笙。

柏語笙泡了茶。她們找到數種有香氣的葉子，雖然不能吃，但是只有水跟椰子汁可以喝，飲料類型稍嫌無聊，便自個兒胡亂搭配，把葉子泡在熱水中，也是搭出了挺不錯的茶飲。

「好喝。」

紀筱涵接過杯子滿足喟嘆，通常這時候柏語笙會沾沾自喜的邀功，現在卻是一陣沉默。

她好奇的望過去，卻見柏語笙雙眼放空徹底走神，連自己看著她都沒注意到。柏語笙最近有點奇怪，總有些心不在焉。

紀筱涵在她眼前揮手，柏語笙終於回神。

「妳想什麼呢？」

「我只是在想……」柏語笙的嘴角頑皮一勾，表情高深莫測，「妳都看什麼A片？」

紀筱涵差點沒打翻手上的茶。

「爲什麼那麼確定我看過。」

「怎麼可能沒有。」柏語笙輕笑，用肩膀拱她，「說嘛，都看哪種的。」

「……沒看過多少。」紀筱涵聲如細絲。

「嗯？」

「只好奇看過幾部，但我覺得很難看。」

「難看？爲什麼？」

「因爲她們叫得很假。怎麼可能發出那種聲音啊，太誇張了。」紀筱涵理直氣壯，「感覺都是演的，表情也好假。」

「哦？」某人意味深長的附和，「所以都是一般男女的？」

「不然？」

「說不定妳喜歡看GAY片啊，我有個朋友就特別喜歡看男男片——或女女片。」

「……我只看過男女的片子。」

「爲什麼啊？」柏語笙玩著泡皺的葉子，「有那麼多選擇，妳怎麼不看看其他類型。」

……這人怎麼一副她功課沒做好的語氣。

「我跟我妹同房，怕我妹妹看到，她還未成年。」

「那最後一次看什麼片啊？」

柏語笙是要打破沙鍋問到底嗎！

「忘了，爲什麼要說這個啦。」

「好奇啊，妳想一下嘛。」柏語笙軟軟的撒嬌哀求。她總是抵抗不了她的撒嬌，想了下，乖乖回答。

「……噴水。」

「嗯？」

「最後看了一部日本女優噴水的片，實在太假了。女生那邊、那邊怎麼會噴那麼多水啦。」

她講得有些羞赧。轉念想，反正被扒了這麼多，於是也理直氣壯的問。

「那妳都看怎樣的片。」

「我沒看過A片。」柏語笙回答道。

「少來！」

「眞的啦，我可是孤兒院的仙女姊姊，人家不看A片的。A片？那是什麼？好吃嗎？」柏語笙一臉無辜，歪頭問。

「不要臉。」

紀筱涵被氣笑了。這人把她扒光了，自己卻裝傻。

見她氣嘟嘟的，柏語笙莞爾，按捺住心底深處想摸她頭的衝動。

「那，不聊A片了。」柏語笙悠悠道，眼底閃著光，「來玩遊戲。」

遊戲規則如下：剪刀石頭布，猜拳的瞬間各自喊出自己的身體部位，贏家要觸碰輸家，除了猜拳，遊戲過程中不能放開前一輪還搭著的地方，反覆如此，直到雙方有人先失去平衡，那人就輸了。

「肩膀！」

「脖子！」

第一輪，紀筱涵贏，她得意的把手搭在柏語笙的脖子上。

「膝蓋！」紀筱涵再喊。

「耳朵！」

紀筱涵又贏了，她的手捏住柏語笙的耳朵。現在兩人距離拉近，正面對決，柏語笙為了遷就她的身高，很好心彎下腰。

「腳背！」

「後腰！」

連三贏，她把手虛虛的搭在柏語笙腰上。

「眼睛！」

「鼻子！」

怎麼都是她贏，紀筱涵有些疑惑。

「妳故意猜輸我？」

「怎麼可能？我不是這種人。」

「好吧，那就是妳特別衰，老是猜輸。」

她取笑柏語笙，不過現在開始有點難維持平衡，紀筱涵實在沒辦法，只得踮起腳尖，用自己的鼻尖點著柏語笙的鼻子。對方紊亂的氣息全噴到臉上。

「腳背！」

「胸部！」

柏語笙猜贏，一隻腳輕輕踩在她腳背上，兩人貼得非常近。

「後背！」

「胸部！」

柏語笙把手伸向她後背，明明單手輕輕搭著就好，卻雙手都故意伸長，貼緊她的背心，手上還微微使力，使紀筱涵幾乎整個人被攏在柏語笙懷裡。

因爲紀筱涵還得搭著對方的脖子、耳朵，不得不更賣力踮腳，身體貼著柏語笙，仰頭問道：「妳幹麼一直喊胸部。」

「這樣才有挑戰。」柏語笙一本正經答道，繼續猜拳。

什麼鬼挑戰。紀筱涵內心吐槽，結果因爲腦中想著胸部兩個字，不小心就喊出來。

「胸部！」

「胸部！」

紀筱涵輸了。

柏語笙眼神幽深的望了紀筱涵一眼，這一眼讓她莫名內心一緊。

柏語笙開始緩緩挪動手臂，她感受到原本貼在後背的左手掌開始滑動，越過凹下去的脊椎骨，跨過兩片如翼的肩胛骨，輕輕溜過腋下，來到乳緣。她就這樣眼睜睜的看著柏語笙那雙漂亮眼睛，因爲手的移動變得晦澀迷離，感受到身體上那雙修長的手如蛇般滑行，她聽到心臟怦怦怦的劇烈震動，誰的心跳這麼急切，是她的還是柏語笙的——

「不、不玩了！」她推開柏語笙，踉踉蹌蹌往後退。

紀筱涵滿臉通紅，舉手投降，她有一種古怪的感覺……但是柏語笙的臉色看起來相當正常。

「紀小小，妳好討厭。要輸了就不玩了。」柏語笙嬌柔的抱怨。

「太熱了，不玩了。跟妳玩得渾身都是汗。」

她心虛的望著柏語笙，不知道這個拙劣的理由會不會被拆穿。不知道爲何，她感覺柏語笙似乎不想停止，而且剛剛的視線特別讓人受不了，明明表情如常，眼神卻像野獸，好像要把她生吞活剝般。

手觸摸的地方，更像有電流經過，讓她雙腳發軟。再這樣下去，她會變得很奇怪的。

「行吧，那就散會。剛剛燒茶都沒水了，我去提個水。」

柏語笙倒是很乾脆的放棄，一溜煙跑走。

這麼乾脆，看來是她想太多。但……

紀筱涵摸摸泛著熱氣的臉，覺得有點不甘心，爲何自己老是被逗弄得心跳加速，滿臉通紅。

柏語笙沿著小道走到海邊。想著剛剛手上的觸感，還有心底的巨大衝動，覺得自己完了。她確實特別想把紀筱涵推倒，差點就收不住手。

這幾天她冷靜下來，很想知道一切是怎麼發生的。

畢竟，兩人相處五年多下來，不管到哪她們都黏在一起，早就看過對方的裸體，但她以前並沒有多想。她又不是禽獸，看到女人裸體就有性慾。

現在回想，她雖然脫自己衣服脫得很乾脆豪放，對紀筱涵的裸體卻有些矜持，從來沒敢赤裸裸直視，每次驚鴻一瞥看到對方白嫩的肉體，便有股害羞和好奇油然而生。

她抱著紀筱涵睡覺，其實都很規矩的只摟肩膀、手臂，頂多放在肚子上，從來不敢造次碰觸到胸前區域。而且紀筱涵睡覺時胸都纏著東西，不會像上次那樣赤裸裸的直接碰觸。

紀筱涵有張娃娃臉，聲線也較稚嫩，明明兩人同齡，卻老讓她覺得對方是未成年少女。但不穿衣服時，紀筱涵的身體又有巨大的反差感。她的胸部發育得很成熟，體態也偏肉感，那種豐腴甚至有些風情，讓人很想揉捏。

柏語笙的內心閃過一個帶有性別歧視的詞，但看到紀筱涵裸體就忍不住在腦海浮現——小隻馬。

她看得出紀筱涵有些嫌棄自己的體態，老嚷嚷自己胸太大、想更苗條點，但她卻很喜歡，覺得對方不穿衣服時，那豐滿的體態很有女人味，非常勾人。

仔細想想，「那種不敢碰觸」的心情，和以前看到對方裸體，心中閃過覺得特別有女人味的凝視，也許就有點慾望的味兒了。

她會勾起柏語笙心底深處的黑暗，說起來，也許從第一次見面就是這樣了。

小時候，初次見到紀筱涵，就像看到特別白皙稚嫩的花朵，覺得對方身上飄著引誘她揉捏摧殘的原始芬香。那時她還是不識情愛的孩童，又處於家庭風暴中，所以她把無處安放的暴戾全發洩到那個天真的小女孩身上。

長大成人後，那股慾望也以成年人的形式，轉變成難以言喻的性魅力，在朝暮相處中慢慢累積，直到前幾天猝不及防的觸發，瞬間火山爆發，完全無法忽視的噴發出猛烈慾望。

也許女人眞的不是視覺動物，而是觸覺動物吧。一經碰觸就不可收拾的喚醒蟄伏許久的慾望，直到現在她都可以清晰的回想起挺立的乳尖在脣旁跳動的觸感。讓人喉嚨一緊，忍不住吞嚥口水。

如此，心癢難耐。

柏語笙在愛情的部分是一張白紙，她不知道怎樣算是喜歡，她不知道愛情是什麼模樣。

但至少慾望是明白的。

她活到這麼大，終於產生了清晰而濃烈的慾望。慾望指向那個柔軟的小個子女生。

柏語笙思想鬥爭幾天，終於直視自己，對紀筱涵、對一個女孩子、對她柔軟嬌小的同島夥伴產生慾望這件事。

然後，再來呢？柏語笙還有很多的不明白。

她想更靠近，想弄明白所有的不明白。也許是在島上生活久了，連思維也變得跟動物一樣，野性而直覺。巨大的問號就寫在紀筱涵身上，所以她也直率的想從紀筱涵身上拿取答案，像探索島嶼那般探索更多、更深。

她以前總覺得戀愛是件麻煩事，特別嗤笑爲愛昏頭的人，眼睛長在頭頂上，壓根不覺得有誰可以讓她敞開心房交付眞心。她甚至連喜歡的朋友都很少，除了兒時對爸媽的孺慕，長大成人後基本沒跟人有過特別親暱的互動，還對自己這份冷靜自持沾沾自喜、洋洋得意。她討厭爸爸的冷漠和掌控慾，卻活得越來越像爸爸。

如今卻在荒島上栽了個大跟頭，跟野獸一樣發情，自己都控制不住。畢竟紀筱涵她……柏語笙隨手撿起石頭往海扔去。

——紀筱涵太特殊了。

柏語笙這輩子只會和她一起，在大自然裡攪和著泥巴，卑微的趴在塵埃裡睡覺，像原始動物般荒島上生存。

歷經吵架、不信任、磨合，締結宛若生命共同體的盟約，長達五年朝夕相處不分開。再也不會有另一個人給她這般特殊的生命體驗。

她根本無法拿紀筱涵跟別人做比較，來思考這樣到底算不算喜歡。沒有任何人有參考價值。

這是一種吊橋效應嗎？這就是喜歡？這樣是愛上了？還是只有慾望？

柏語笙捧著臉，望著海洋，困惑不已。但沉默的海洋不會給她任何答案。

罷了，好複雜。不想了。反正總會找到答案的。

她站起來，伸了個懶腰，彎腰提水回去。雖然才離開一下，但想到一會又可以見到紀筱涵，內心便有點雀躍。

不曉得她現在在幹麼？剛剛她被逗弄得臉都紅了，眞可愛。她會不會等門？還是等不及了先做晚餐？或者又蹲在篝火旁縮成小小一團，努力的製作羽毛被？

筱涵，好多事情我還沒搞明白，可是我——

懷著無法按捺的雀躍心情，柏語笙忍不住邁開腳步，小跑步往搖曳著昏暗火光的舒適小窩奔去。

✦

紀筱涵彎腰拾起寶特瓶，好幾條海魚在裡頭竄動。

今天的個頭都有點小啊。

她在心裡估計數量，繼續沿著海岸回收捕魚陷阱。儘管有能力直接刺魚，但目前主要漁獲還是靠陷阱。她們不到一分鐘就能用海洋垃圾跟竹子製作出陷阱，只有在偶爾想吃大魚或者單純爲了樂趣才用魚叉獵魚。

因爲非常熟稔附近海域和魚隻的出沒特性，基本上每個陷阱都有收穫。現在她們不僅沒有糧食困擾，還特別挑剔，會放生體型較小或不喜歡吃的魚，只留想吃的部分。

柏語笙也把另一邊的陷阱都提過來了。紀筱涵把竹簍放到石岸上，兩人開始逐一檢查陷阱，剔除太小的幼魚。

紀筱涵放生小魚時，身後傳來一陣踩水聲。

紀筱涵轉頭。

柏語笙不知道看到什麼，放下工作啪嗒啪嗒歡快的踩著水往另一頭奔去。她停在樹叢前，蹲下彎腰忙了一陣子，又抱著一大捧橘色的花回來。

「幫我做花圈。」

紀筱涵幫她把花整理好，細細的編織起來，弄得像頂花草皇冠一樣漂亮。她正要戴到柏語笙頭上，卻發現在她忙碌間柏語笙也編了一條花冠。

「爲什麼還要自己做？我都做好了。」

紀筱涵有些賭氣，柏語笙笑了下，把自己做的花冠戴到她頭上。

「好看。」她滿意的評價，又指指紀筱涵手上的花冠，「幫我戴。」

紀筱涵給她戴上。柏語笙順勢抓起她的手把人撈起來，嘴裡哼著奇怪的歌，在沙灘上跳起舞來。被柏語笙這麼胡鬧，紀筱涵也瘋起來，兩人嘻嘻鬧鬧，紀筱涵忽而想到兒時的夢，笑著跟柏語笙分享。

「我小時候，曾做過跟妳一起當公主的夢。夢中我們還在妳家跳舞。」

「眞的？」柏語笙眼睛亮了起來，「妳怎麼會夢到我。」

「不記得細節了……大概那時候很想邀妳來我家玩吧。」

「妳還夢到什麼？」

兩人繞圈繞過了頭，一塊跌倒在沙地上，全身上下都黏著沙子，她們也不嫌髒，趴在沙上就聊起來。

「還夢到……妳家很多傭人。」

「這倒是眞的。」

「然後妳家跟皇宮一樣大，有很多通往高樓的樓梯。」

「沒那麼誇張啦，房間滿多的，但我爸不喜歡住太高，平常住的房子只有三層樓。」

「妳家人很多嗎？要那麼多房間？」

「主要是給客人用，還有偶爾家族聚會給親戚住。平常沒外人時，確實有點冷清。」

柏語笙用手指在沙上寫了筱涵兩個字。

「以後來我家玩啊，別只在夢裡嘛。」

「可以嗎？」紀筱涵開心的露出兩個小酒窩。

「當然，我給妳住我最喜歡的那間房，誒，不對——妳來跟我睡就好。或是別回老家，我帶妳去我在東部的別墅，可以看到日出海景。」

「還看海啊，看了快六年都不膩嗎？」

「不膩啊。妳不喜歡的話，我們也可以出國嘛。」

「我沒出過國……」

「沒出過國？那好，妳第一次出國本小姐預訂了，我們一塊出國玩。妳有想去哪嗎？美國？紐西蘭？法國？先去美國好了，我在紐約有幾套房，不曉得管家有沒有幫我打理好……算啦，反正我堂妹也住那，很多事都可以讓她安排，很方便的。」

柏語笙講得眉飛色舞，生動描繪了紀筱涵從未體會過的生活方式，連遊玩路線都規畫好了。紀筱涵想像未來跟柏語笙一起出遊的景象，也覺得心飛揚了起來。

「好啊，」紀筱涵趴在沙地上，愉快晃著腳。「如果回去柏大小姐沒忘了我的話，一起出去玩。」

「不會忘的。」

「難說。」紀筱涵手掌扣著下巴，望著天邊，輕聲回道。

「妳對我很沒信心耶。」柏語笙不滿的來回滾動，直接滾到紀筱涵身上，趴到她後背，壓著她問。

「紀小小，妳爲什麼不相信我。」

「因爲柏笙笙一臉很花心？講話有點油？」她開玩笑道。

柏語笙頓時表情僵硬，憤慨的舉手抗議。

「人家哪裡花心？哪裡油？我眞心誠意耶。」

「好，好，柏笙笙，乖喔。以後一起出國。」紀筱涵太敷衍，柏語笙氣不過來，手伸到她腋下搔癢，弄得她笑得停不下來。

「妳說啊，我哪裡花心，我這麼誠懇，說啊，我是不是好誠懇的柏笙笙！」

「哈哈哈哈、柏語笙，不要搔了、不要鬧了啦！哈哈哈、好啦妳不花心、不花心！」

笑聲歇息後，兩人趴在地上喘氣。逐漸的，連喘息聲也消失，紀筱涵看著在藍天盤旋的海鳥，正滿足於這份溫馨愜意，就聽到身旁人出聲。

「欸。」柏語笙很自然的問道，「妳以前是不是很喜歡我啊？」

紀筱涵表情一滯。

「妳中暑了嗎？」她回道，「我只是很想跟妳當朋友。」

「當、朋、友。」柏語笙撐著臉，滿臉自以爲瞭然，表情特別欠打。

「妳想什麼呢，那時我們才小學。」

「小學生也有很早熟的。」

柏語笙的嘴角雖然還掛著笑意，但嬉鬧的氣氛慢慢消失，眼神好像在詢問很重要的問題，勢必要得到想要的答案。

「……就只是很想交個朋友而已。」

柏語笙沒作聲，繼續掛著那看不透的笑容看著她。

「那時大家都很想跟妳當朋友。」紀筱涵著重強調，「妳很受歡迎。」

「也包含妳嗎？」

紀筱涵咬著下唇，斟酌字眼。

「我當然也是。因爲妳很特別，又坐旁邊，我也想跟妳交情更好。」

「好啦，我知道的，紀小小，普通小學女生的喜歡，我明白。」柏語笙用那種有點討人厭的語氣，慢條斯理道。

「柏笙笙，妳在想什麼？」紀筱涵斂起笑容，認眞問道。

「沒想什麼。」柏語笙卻自顧自的從沙地爬起來，輕飄飄的轉移話題，「該回去弄午餐了吧，好餓。」

看著她的背影，紀筱涵微微皺了下眉頭。

之後整天，兩人相處如昔，柏語笙沒再說任何奇怪的話題。

紀筱涵把用過的髒水潑入樹林，整理好營地後摸黑爬上床。照例她們兩人會睡成一團，她之前甚至會主動爬進柏語笙懷裡。但……她跪坐在草蓆邊緣，手放膝前，似乎有些躊躇。

躺在床上的柏語笙見她還不入睡，奇怪的望過去。

「怎麼了？」

紀筱涵搖搖頭，還是躺入那熟悉的懷抱中。

柏語笙等懷中人呼吸均勻後，偷偷摸她的臉，幫她把頭髮撥到耳後，內心情緒高昂。有時候她想起跟紀筱涵之間的種種往事，都忍不住覺得兩人之間頗有點命中注定的宿命感。

哪裡會這麼巧跟小時候欺負過的人一起困在荒島上呢？

她可能有些高傲刻薄，但與眞實的惡還有些距離。說來她這輩子眞正幹過的壞事並不多，幼年欺負紀筱涵就是一樁。

漫不經心的在他人心中劃下又深又痛的傷痕，以爲遠走高飛，可以免除任何責任追究。誰知道風水輪流轉，陰錯陽差，她種下的惡果活生生站在眼前，讓她不得不逼視自己的傲慢和空虛，當時的惡念種下的果實便是紀筱涵，她是自己逃不開的因果。

剛開始柏語笙是爲了求生而刻意壓低姿態討好親近紀筱涵，之後多年相處，撥開不起眼的外表，她逐漸發現這個女生有許多優點，相處起來相當舒服。

她自覺不好相處，但紀筱涵個性溫和，多數時候總是優先替她著想，很對她的脾性，又特別勤勞會持家，荒島生活中的艱苦不便因爲紀筱涵的照顧與陪伴，變得比較可以忍受。初見時的不起眼和社交上的笨拙，也逐漸在漫長的相處中，被更多的優點覆蓋，所有的缺點都已經小到可以忽略。

基於各種單純又不單純的理由，諸如討好唯一的同島夥伴、爲以前做過的錯事贖罪……糊里糊塗的，她那極度缺乏的共情能力罕見的被紀筱涵驅動，多了些共感的觸角黏在紀筱涵身上：看到紀筱涵開心也衷心開懷，見她掉淚胸口便悶得喘不過氣，聽她講到以前工作的不愉快竟比她更生氣。

柏語笙覺得這應該就是喜歡。

而且她有種奇怪的信心，覺得紀筱涵也是喜歡自己的。

她們朝暮相處五年多，卻從不覺得跟對方講話會膩，她看到紀筱涵勤勤懇懇的工作，就忍不住想湊上前逗弄一番，看到對方被鬧得鼓起嘴，就想捏捏她的臉，見她沮喪便很想抱抱她。這是喜歡吧、這應該是喜歡——這就是喜歡吧。

啊，原來如此，我喜歡筱涵。

柏語笙很想再戳一戳紀筱涵，讓對方快點承認對自己的喜歡。

怎麼可以忍得住呢？一旦知曉心意便不想停留在曖昧不明的階段，她想要往未知的下一步走去，眞希望這個小個子的女生可以快點跟她心意相通。

飽漲的熱情無處抒發，忍不住擁緊懷裡的人，附耳輕道：「我好像喜歡妳耶。」

她講完以後，空氣中一片靜默。

這是當然，一如既往，紀筱涵睡得很熟，不會聽到她講的話。憋了幾天的心底話脫口而出後，衝動稍微消退。她想，不行，我得緩緩。紀筱涵性子比較溫吞，太刺激她會逃的，還是慢慢來好了。

她沒注意到，抱在懷裡的人，左眼皮輕輕顫動。

柏語笙蹲在記事石板前。

在她右側不遠處，紀筱涵坐在涼棚下編草蓆。柏語笙撐著臉看紀筱涵行雲流水的工作，連自己本來要做啥都忘了。每次看紀筱涵做事她都很容易陷入催眠般的發呆，一恍神時光已經飛逝而過，儘管紀筱涵覺得柏語笙根本是在偷懶。

紀筱涵明明個頭小小一隻，做事卻特別流暢，變魔術般飛快將數十條竹片互相交錯，轉眼就編好半張草蓆。她皺著臉，似乎有些不滿意，把剛做好的部分又拆掉重編，貼在草蓆邊仔細檢查有沒有編歪。

專注到連柏語笙的目光都沒有察覺，讓柏語笙有種看到小動物縮著身體背對自己辛勤覓食的聯想。

眞可愛。

柏語笙不自覺笑了下，笑完又輕聲嘆息。

自那天後，柏語笙變著花樣又試探幾次，但投出的球卻碰到軟軟的棉花，無聲無息的消失。紀筱涵的反應有些遲鈍，也許是從沒戀愛經驗，根本沒往那塊想去。

柏語笙有點懊惱自己之前太愛鬧她，這下子想要拋出的訊息卻更難傳達。

笨蛋小小，到底要怎樣才能讓妳懂啊？

還是說……柏語笙攏正臉，看著眼前的島曆。巨大的石板左上側寫了阿拉伯數字六，右上角則是今年度過的天數。

後天就是登島日了。

所謂的登島日指的是年度換新，三百六十五天日期歸零的那天。雖然她們真正登上島嶼的日期應該要更早些，但兩人已經習慣以島曆計日，真正的落難日也早已不可考，於是還是把島曆歸零的那天充當新年伊始之日。

柏語笙望向遠方夕陽，愉快的瞇起眼，在島曆端端正正的寫下三百六十四。明天滿一年，後天就是新的登島日，也就是說，她們已經在這座島上度過整整六年時光。

第二個登島日，兩人感嘆光陰似箭，居然能熬過一年，然後齊聲祈禱明年能快點看到船隻。

第三個登島日，紀筱涵撿到一隻梳子，她偷偷把梳子清理到可以使用的程度，當作小禮物送給柏語笙。第二天柏語笙回贈粉紅色小豬玩具，雖然回禮相當謎樣，不知道能幹麼，但總歸是個禮物。之後兩人便會在登島日互送小禮物。

第四個、第五個……陰錯陽差的，登島日演變成兩人自訂的荒島國定假日，每當這個日子到來，便有股非慶祝不可的儀式感。

登島日當天她們給自己放假，一整天什麼也不做，還會準備大餐，互贈禮物，吃平常捨不得吃的東西。當初登島時有多慘烈艱辛，那現在就要加倍愜意的慶賀自己還活著，有點類似「啊，我們居然又活過一年」這樣的心情，下一年，也要如此這般順順利利。

柏語笙已經想好這回要送什麼了。

近幾年她用貝殼和樹脂製作飾品已經越來越熟練，整個營地擺滿她的手作成品。之前也送過一些首飾給紀筱涵，但這次她打算動眞格，認認眞眞做個更有價值和……心意的手鍊。

兩人老是黏在一起，她沒時間私下製作禮物，都是趁撿野味和抓魚時偷撿貝殼，再等紀筱涵熟睡以後，自己偷偷爬起來，就著月光和殘餘的火光慢慢弄，害她這幾天有點睡眠不足。

柏語笙美滋滋的惦記快要完成的禮物，前方那人還渾然不覺的在除草，她心想，筱涵這幾天都沒有離開自己身邊，這個人到底有沒有好好準備禮物啊？

柏語笙鼓起臉，有點擔心拿不到禮物，於是理直氣壯的提醒紀筱涵。

「紀小小，登島日要準備禮物喔。我要禮物。」

「看妳表現。」紀筱涵悠悠回道，繼續彎腰拔草。

「怎麼可以，我表現很好啊。人家要很驚喜的禮物。」

柏語笙不依不饒，繼續撒嬌著要對方給個承諾。

紀筱涵被纏到不行，笑著推開她，「有啦，有準備。這次很驚喜喔。」

「眞的？」柏語笙抱著她轉了三圈，開懷的跑走了。

紀筱涵看她表現得這麼孩子氣，掩嘴偷笑。

登島日一早，兩人睡到日上三竿才懶洋洋起身。

「早啊。」

「早。登島日快樂，今天不准工作喔。」柏語笙戳她的臉頰，耳提面命。

「講得我是工作狂似的。」紀筱涵抓住她的手指，懶懶的縮到柏語笙懷裡。

「妳是啊。」

今天不管屋頂草棚的狀況、不管編到一半的草蓆、不管擋風牆破了洞、不管海風吹壞一個蒸餾器……種種雜事，管他三七二十一，就是不·工·作。

椰子、淡水、茶葉、各種水果和鳥蛋已經備好，她們昨晚把搜集好的螺貝放到有洞的鐵罐裡，擺在淺灘上，今天就可以馬上吃到新鮮的貝肉。除了抓魚還是少數免不了的工作，但陷阱昨晚就準備好了，她們只要回收陷阱就能取得漁獲。

兩人在可以望海的地方搭了兩張吊床，中間放塊大石頭當桌子，桌面擺滿食物。紀筱涵拿了根樹枝假裝麥克風，憋著笑，把樹枝湊到柏語笙嘴邊。

「登島日大餐即將開始嘍，現在請主持人柏笙笙說點話。」

柏語笙裝模作樣的接過樹枝。

她戴著大草帽，臉上還掛著海邊撿的螢光色玩具眼鏡，本來應該是鏡片的地方，她黏了兩片深色的葉子當作假墨鏡，特別做作的搔首弄姿，好像自己眞是在海邊晒日光浴的社交名媛。

「嗯，好的，棚內主播，現在由我來接續主持。」柏語笙一本正經，抬高下巴，表情傲慢，底氣十足的向天空喊道。

「哈嘍，老天爺，天上那位，阿門？阿拉？阿彌陀佛？很頑皮喔，把我們扔到荒島——但我們還活著，活得很好沒被帶走，暫時沒打算去天堂當苦力，Sorry啦！」柏語笙推推鏡框，不小心把假墨鏡的鏡片戳破洞。

「Sorry啦——」紀筱涵大聲附和。

「我們每天吃烤魚！」柏語笙高舉烤魚串。

「天天啃龍蝦！」紀筱涵咬了口螃蟹腿。

「山珍海味！」

「珍饈美饌！」

「整座海島都是我們的廚房！」

兩人齊聲高喊，優雅的向天空豎起中指，「我們過得超好！」

兩人瘋言瘋語的向不知道存不存在的神挑釁，講完又笑成一團。

「什麼『整座海島都是我們的廚房』，紀小小，妳很會。哈哈哈哈，超會！」

「哪比得上妳呢？荒島名媛柏語笙。」紀筱涵邊笑邊把柏語笙的「墨鏡」拿下來。

「哎呀，妳把名媛的LV墨鏡弄壞了。賠我八條烤魚。」

今天的天氣極好，躲在涼爽的樹蔭底下，看著海天一線的美景，她們和樂融融的吃著午餐。

「六年整。若是生孩子，都要準備上小學了。」

「我們二十七歲了耶……好老喔。」柏語笙有點愣。

「那是妳，我還沒滿喔。」紀筱涵有點小得意，因爲她小柏語笙四個月。

「叫聲柏姊姊聽聽。」

「柏阿姨。」

「呸呸，把我叫老了。」

「柏．姊．姊。我跟妳說喔……」

柏語笙剛有點滿意對方的配合，下一句又讓她臉垮了。

「白人臉老得快。」

「不會吧，至少我有一半華人基因啊——筱涵，我眞的有變老嗎？有皺紋？」柏語笙似乎挺在意被說老，都不玩了，拿出鏡子認眞檢查臉，確定自己還是美得冒泡，才稍微放心的繼續聊天。

「這樣說起來，眞的過了好長的時間。」紀筱涵露出兩個小酒窩，淺淺的對柏語笙笑。

柏語笙也點頭附和：「但是有時候，我覺得好像才剛上島。」

「對啊，妳那時候好跩喔，怎麼回事。」

「妳那時候也很慫啊，我的天哪。」

兩人毫不客氣的互損，柏語笙拿起杯子，碰了下紀筱涵手上的椰子汁。

「小小，登島快樂，有妳陪伴眞好。過去一年辛苦了，下一年也多多指教。」

柏語笙因爲剛剛大笑臉頰酡紅，瞇著眼睛，姿勢放鬆的看過來。

紀筱涵內心一動，也眞心誠意的感謝起對方，「柏笙笙，謝謝妳陪我。新的一年不要再撿到情趣用品了。」

「後面那句什麼東西啦！重來，我不要這個祝賀詞。」

紀筱涵笑了好一會，之後正正經經說了些感謝陪伴的話，這才把柏語笙哄服貼。

柏語笙又扯過樹枝嚷嚷：「好的，棚內主播，現在是Party Time，咱們來交換禮物吧。」

她期待的望著紀筱涵，紀筱涵心領神會拿出禮物。但柏語笙看到她手裡的東西，表情有點崩。

「柏笙笙，我知道妳很想要全套的廚具。可是這幾年我們頂多找到鐵罐……不過我上個月終於撿到鍋子了！雖然不是鑄鐵鍋，但這鍋子挺完整的喔，開不開心啊？我還幫妳做了個湯勺，妳有全新的廚具了。」

「……哼，還可以吧。」

柏語笙不停往嘴裡塞食物，語氣冷淡。

「在不滿什麼啦，妳明明就很想要廚具的不是嗎？」

「以前是想要啊，但是現在我想要別的。」

「柏笙笙好難搞喔。」

「是紀小小沒用心，柏笙笙不開心。」柏語笙吃完烤魚，拍拍油膩的手，「讓柏笙笙示範什麼叫用心的禮物。」

「鏘、鏘，禮物來嘍。」柏語笙跳下吊床，跑進屋子裡好一會，神祕兮兮，背著手向紀筱涵走過去。她笑開懷，把東西拿到紀筱涵眼前。

是個白色的小盒子。

柏語笙不愧是撿玩具高手，她把撿來的玩具珠寶盒稍微修整一番，再用樹脂黏上樹枝和藤條，輔以貝殼和石頭點綴，光是盒子本身就做得很可愛。

紀筱涵抱著腿，有些開心的期待。她以爲盒子本身就已經是禮物了，伸手正要接過禮物，柏語笙卻沒有馬上拿給她。

她有些緊張的把頭髮撩到耳後，眼帶笑意看著紀筱涵，手摸著盒子邊緣，一點一點的慢慢揭開盒蓋。柏語笙低頭，過於專注於手上的東西，沒注意到紀筱涵本來滿懷期待的笑容，在見到她手中東西後笑容慢慢隱沒，神色逐漸凝重了起來。

那是條細緻小巧的貝殼手環。

柏語笙做過不少貝殼飾品，但眼前的這條手鍊，絕對比之前做的都好。白色與淡粉色的小貝殼間隔串連，尾端綁著一個漂亮的鹿角金屬勾扣，這勾扣不知哪撿來的，但可以想像，光是要把勾扣被海水鏽蝕的部分處理乾淨就得費不少功夫。

每一顆貝殼大小雷同，色澤統一，都是無雜質的純色，不曉得花了多少時間在海灘上慢慢挑揀，在鑿孔過程中又弄碎了多少寶貴的材料，才編好這麼一小條。這是一份以朋友來說過於珍重的禮物。

柏語笙剛要拿起手環，紀筱涵卻突然壓住她的手，制止她的動作。力道雖輕，卻很堅定。

「柏語笙，妳不用這樣。」

柏語笙的笑容漸漸淡下來。

「哪樣？」

「……妳知道的，就是這樣，特別討好我。」

「我沒討好妳。」

紀筱涵沒作聲，只是輕聲嘆息，嘆息中透著一股瞭然。

她知道了，而且拒絕我。柏語笙內心一沉。

「我明白了。」柏語笙低著頭，還是打開盒子遞出手環，「但，這本來就是妳的登島禮，還是收下好嗎？」

她的手停在紀筱涵眼前，對方動也不動好一會，才慢慢伸手接下那條手鍊。柏語笙收手，蓋上盒子，安靜的望著遠方。

紀筱涵忐忑道：「我希望，我們還能像以前一樣……」

「柏語笙？」對方沒作聲，她輕聲叫喚。

「像以前一樣？可以。」柏語笙對她溫柔的笑了，笑意中看得出些許難堪和憂傷。

那瞬間紀筱涵幾乎要後悔了，她咬住下唇，不讓自己一時衝動洩露出半點心緒。

「當然可以。」

第十五章

「柏語笙……」

「我沒事。」柏語笙抱著手臂退後幾步，「抱歉……有點冷，我先回營地。」

見氣氛有點凝重，柏語笙勉強對紀筱涵笑了下，「別那樣苦著臉，眞的沒關係。」

她不想讓即將崩解的表情被紀筱涵看到，摀著臉轉身快步離去。

紀筱涵目送她離開，沒有阻止。

紀筱涵想，她得給柏語笙一點時間消化情緒，所以沒有回營地，留在原地卻也無法撫平躁動的心緒，於是起身往反方向的海岸走去，等她回過神來，已經走到海蝕洞口了。

退潮時段的海蝕洞，有種空蕩蕭索的美麗。因爲接近雨季，漲潮時的海水更高了，深色水線已經超過她的頭頂，不過不礙事，現在還是退潮時段，海水只稍微淹沒腳踝。紀筱涵踩水往前走，嘩啦嘩啦的水聲迴盪在洞中，撞擊出空靈又孤獨的聲響。

接近海蝕洞底部的地方有片扇形斜坡，雖然角度陡峭了些，但是順著突出的石柱往上攀爬，就可以爬到很高的地方。這兒是俯瞰整個海蝕洞最好的位置，紀筱涵居高臨下，俯視下方鬼斧神工的海蝕祕境和洞口起起落落的海潮，覺得心情稍微平復些。

她抱著腿，細看手中的東西。

紀筱涵一直緊緊握著柏語笙的禮物，這個戳破她倆平淡日常的燙手禮物正安靜的躺在掌心。她凝視手環許久，將它繫到手上。

長度剛好，柏語笙肯定偷偷量過她的手圍，配色也很適合她。

這串手環真的很美，色澤均勻、做工細緻，是柏語笙在這片廣大海灘中，花費無數個日子彎腰撿拾慢慢拼湊出的美妙產物，所有的細節顯示出製作者的用心。

而自己卻是親手捻熄這份熱情的劊子手，心中既感動又難過，堵在胸口難以言說的鬱悶化做無聲的嘆息，輕輕迴盪在幽深的海蝕洞中。

柏語笙說，她喜歡我？

漂亮、自信、聰慧的柏語笙，她喜歡我？

多麼的……讓人難以置信，又忍不住竊喜。

光是想到便讓她忍不住偷笑，兩個酒窩深陷臉頰，無法壓抑的快樂從心底升起，連眼裡都透著喜悅的光。柏語笙幽默亮眼，渾身散發光芒，被這種人喜歡，誰不心動呢？

但……紀筱涵輕輕摩挲勾扣，把手環解下，重新握在手心。

平常不經意的玩笑話已經透露出許多訊息：隨口說要開公司、一時不滿便要買下某品牌、全世界各地有多套房產、產業多到要專屬管家處理、家裡有許多傭人……柏語笙的日常，是飄浮在雲端之上，她難以想像的上流社會生活。

更別說她偶爾顯露出的過分自信和高傲蔑視，評價熟人的不客氣，說起某些名媛嘴裡透露著的刻薄。

雖然柏語笙是當作玩笑話在講給自己聽，但紀筱涵心知肚明，小時候見識過的柏語笙依舊還在，只是現在不這麼對她罷了。

敏感的她都將這些小細節放在心底。

如果紀筱涵只是柏語笙的普通友人，這些她都可以一笑置之，無須介懷，甚至能當作趣事跟著柏語笙一起開懷大笑。但如果是更進一步的關係，這些赤裸裸的差距卻令紀筱涵倍感壓力。

柏語笙是極富個人魅力的人，是散發光芒卻可能燙傷人的寶藏，是盛開卻會刺傷人的玫瑰。

深夜裡的告白是可怕又致命的誘惑，紀筱涵看見黑暗深淵開了一條隙縫，縫裡隱隱約約看到裡邊讓人垂涎的寶藏。但她知道，寶藏旁有惡龍看守，她若真被那閃亮的光芒迷惑心智，伸手去抓取不屬於自己的寶藏，那將會萬劫不復。

她倆之間有巨大鴻溝，柏語笙或許不會注意到這種差距，柏語笙想要什麼只須稍微踮起腳尖伸手去取便能得到，但是紀筱涵沒有那樣順遂的人生，貧乏困苦是她的生活常態，人生就是不停的努力攀爬復又跌落深淵。她無法不去注意未來可能有的困難，儘管羞赧於承認自己的自卑和平凡，然而事實就是……差距太大了。

說來諷刺，平常紀筱涵很少想像獲救後的生活，但遇到這事，她卻無法控制的想像起未來。柏語笙是不是忘了她有個未婚夫、還有掌控慾很強的爸爸？如果回去了這些問題該怎麼處理？只在島上一晌貪歡，其他都先別管嗎？

說起來，喜歡是怎樣的感覺？到底怎樣才算是喜歡？紀筱涵其實也懵懵懂懂。但她必須承認，柏語笙是特別的，柏語笙打一開始就是特別的。

人的一生會遇見成千上萬的人，但僅有少數幾人會留在記憶中，柏語笙便是其一。在她小的時候，美是個抽象的名詞，遇到柏語笙後，美就是柏語笙。

紀筱涵想到美麗、優雅、高貴這些詞彙，腦中就會自然的閃過那張如精靈般漂亮的臉蛋和飄揚的金髮。柏語笙的存在，對她而言，就是美的具體呈現。儘管她後來知道了，美麗也可能刺傷人，但總歸……她就是無法忽視這個女人強大的存在感。

除了妹妹，紀筱涵從沒跟別人這麼親近過，感覺柏語笙就好像自己的家人，她是眞心實意，好喜歡跟柏語笙相處的日子。對她來說，只要擺正心態維持在朋友的位置，就算回去後兩人因爲生活圈和家世差距慢慢斷了聯絡，她也可以把這段時間的記憶當作永不褪色的珍寶，永遠藏在心底。

但假如她跟柏語笙有更親近的關係……她們會如何呢？

紀筱涵往下丟石頭，側耳傾聽石子撞落地面的空洞聲響，心想：柏語笙的喜歡又是怎樣的喜歡？能持續多久？

紀筱涵茫然的望著滴落的水珠，她沒談過戀愛，但隱隱約約感覺到一旦跨過某條線，就再也不可能回到單純的朋友關係，甚至還可能摧毀她最珍惜的這六年回憶。

因爲珍視，而滿足於彼此的距離，她不願再前進，只想守好現在的關係。

其實她也察覺到最近柏語笙老是對自己毛手毛腳，說實在的，這些舉動就好像那些對她的身材有興趣的男性，刻意找機會動手占便宜。

不曉得柏語笙爲什麼也要這樣。是寂寞了、單純好玩、或有生理需求，主意就打到她身上？

是因爲對方是女性，或者因爲對方是柏語笙？雖然她不那麼反感柏語笙的舉止，但還是不能否認這些行爲的相似……

旁邊的窪洞有一點積水，照映出紀筱涵的身影。她瞥到水中倒影，很快又移開視線。水中那張臉，依舊如此平凡普通，與漂亮一點也沾不上邊。個子矮小、身材太肉、胸部太大，永遠也無法擁有像柏語笙那樣標準的模特兒身材。

爲什麼柏語笙會喜歡這樣的自己？應該只是寂寞的衝動吧……之後不喜歡了，會不會因爲曾喜歡過這麼普通的女生而反感？柏語笙太過積極，自己如果不踩剎車，兩人的接觸恐怕會一發不可收拾，屆時柏語笙會不會因爲跟自己發生過親密關係感到噁心？

紀筱涵把臉埋在腿間，晦澀的想：我根本不相信柏語笙會一直喜歡我，我沒信心。

紀筱涵抬起頭，左右張望，確定柏語笙沒跟來，在無人的海蝕洞中偷偷開口：「柏語笙，我想，我也……」越講越小聲，「我也很喜歡妳的。可是……抱歉。」

她深深嘆息，感覺自己不能再細思，否則惆悵和難過都會絲絲滲出，心底酸澀不已。她對柏語笙有幾分歉意，這段關係她根本沒打算開始，一開始就做了感情的逃兵，但這樣應該對她倆都好。

她想著要怎麼安撫柏語笙情緒，至少讓對方好過一點，突然紀筱涵瞳孔一縮，注意到正前方景象。

在她思索期間，一隻海鳥飛到近處。

動也不動的紀筱涵就像石頭的一部分，因此海鳥完全沒注意到她，放心的飛到很近的地方。那隻鳥越跳越近，有著紅色的羽尾，灰藍的長喙，通體純白。

滷蛋怎麼跟來了？

她以爲是養在林子裡的傻鳥，下意識伸手去摸，結果那隻鳥根本不是被她們養熟的滷蛋，被這麼一碰，立刻凶猛的衝來，對準她的臉一頓猛啄。

紀筱涵尖叫著抱頭往後退，卻因爲空間狹窄無法順利逃脫。她的手臂擋在前方，成了海鳥攻擊的主要目標，右手還緊緊抓著手環，那鳥卻突然叼住手環閃亮的勾扣，紀筱涵沒握緊，一不小心整條手鍊都被鳥扯走。

柏語笙給我的手環！

她焦急的伸手去撈，急切之下，身體失去平衡，直接倒栽蔥往旁摔倒。

紀筱涵從高臺直直落下，她努力抓扒突出的岩石卻無法停止滑落，身體墜落斜坡底部。正當她無助之際，突然一陣劇痛。她的腳被某樣東西卡住，暫時停止墜落，但下墜的力道使腳踝撕裂般疼痛，上半身則因爲慣性重重往前方甩去，頭撞上石頭，當場失去意識。

紀筱涵是被螃蟹弄醒的。

海浪不停推打趴在石頭上的身體，她的頭髮像海草般漂浮在水面，一隻螃蟹無聲的爬過她的手背，有些扎人的腿刺得她醒轉過來。

紀筱涵睜開眼睛，感覺渾身又冷又疼。

好痛。

顫抖著手往腦後摸去，觸手所及是黏膩的觸感，就著昏暗的光線，她看到手上有血。海蝕洞已經開始漲潮了。她跪坐在地上，手摸地面，上午本來只到腳踝的海水，現在已經淹沒到膝蓋的位置。唯一值得慶幸的是，她雖然頭部受到撞擊，但昏迷時臉枕著石頭，所以傷口並沒有碰到海水，口鼻也沒有被水嗆到。

得先止血。趴在地上太久了，紀筱涵四肢發麻，身體僵硬。她吃力的解下纏胸布，按住頭上的傷口，在額前打結，用布條固定住患部。

跪地向前的姿勢不好使力，她試圖轉正身體，但左腳非常疼，連輕微轉動都刺痛不已，就算她能忍住劇痛轉動腳踝，卡住她的東西也紋風不動。她只好用原本的姿勢慢慢後退，扭頭查看。

因爲角度關係，實際卡住的地方被身體擋住，看不太清楚。紀筱涵忍痛摸索，確定腳部形狀完整，沒有摸到刺穿皮膚的骨頭，稍微安下心來。但腳肯定嚴重扭傷，或許脫臼了……她不太確定，總之傷得挺重的。腳踝兩側也有很深的血痕，應該是急速墜下時被石壁兩側割傷。

斜坡底部有兩塊岩石左右相對，形成一個深深的夾縫，她從斜坡最高處跌了下來，快到底部時整個人在空中翻騰一圈，腳正巧卡在兩塊岩石中間，順著夾縫滑落到底。

紀筱涵的腳很小，但要擠進這條縫也不容易，大概是下墜的力道太大才讓腳卡進去的。前趴的姿勢很難使力，而且在暈厥期間，受傷的左腳踝已經發腫脹得比平常大兩倍，整隻腳踝現在卡在夾縫中，她扭轉身子往後推，發力困難，完全掙不開來，每當她想移動腳，圈住腳的石頭便像利刃在切割腫痛的肉，痛得她椎心刺骨。

努力許久都不奏效，紀筱涵暫時放棄變換姿勢。

海水又高了些許。潮響像催命鐘，平靜又殘酷的慢慢倒數死亡時刻。

紀筱涵全身發冷，心想：不行，光靠我自己掙脫不開。得叫柏語笙幫忙。

哨子。她往胸前一抓卻揮空，內心只有涼意。她沒帶哨子。

因爲今天是登島日，登島日不工作。

本來她跟柏語笙整天都會待在營地，不會有機會分開。

她們會歡天喜的吃大餐、看美景、晒太陽、互贈禮物，歡快的說些胡話，快快樂樂度過唯一的假期，然後在柏語笙懷裡安靜的睡著，迎接新一年的荒島歲月。

本該如此……

但是她卻在此處，身陷絕境。她甚至沒告訴柏語笙她往哪兒去了。

雙方的情感破局打亂生活節奏，連互相報備都忘了。

紀筱涵努力伸長手臂，好不容易搆著一根木條。那木頭上有鐵釘，她揮動木頭敲打石壁，叩叩叩的空洞聲響迴盪在海蝕洞中。她節奏均勻的敲，希望這明顯人爲的聲音能讓柏語笙注意到。

太大意了。這六年以來，除了一開始狼狽的摸索，之後她們建立起整套的生存方式，日子越過越滋潤，最近兩年風調雨順，她們沒再遇過攸關生死的巨大危機。

她心臟狂跳，冷汗連連，再度嗅到很久沒聞過的……死亡的味道。

好不容易撐過這麼多年，才要度過下一個登島日，怎麼能交代在這兒，今天離開時，柏語笙還那麼難過，還沒跟她好好的、好好的——

紀筱涵終於無助的呼喊出來：「——柏語笙！」

柏語笙直到傍晚才發現不對勁。

她回到營地後挫敗的想，這跟她想像得不一樣，她沒想到紀筱涵這麼直接拒絕她。沮喪一會後，她細思檢討，覺得應該是最近太過躁進嚇到紀筱涵了。回想這幾年的歲月和相處，思及那些艱苦又開心的回憶，不自覺便笑了起來，並不甘心就這樣放棄。

是啊，她們一起度過如此多特別的日子，她不相信紀筱涵沒有動心。再怎麼樣……肯定也不討厭，應該還是有點喜歡的吧？

她想著想著又稍微振奮起來，覺得對方並不是頑石一塊，仍有機會鬆動。只是她得更小心，控制分寸，不能讓對方反感。

反正這島就她跟紀筱涵兩人，有的是相處時間，紀筱涵逃不了的。

柏語笙稍微安下心來，窩在草蓆上等紀筱涵回來。大概是這幾天晚上偷做手環，嚴重睡眠不足，久不見人影，居然不知不覺睡著了。

柏語笙睡了個好覺，醒來時微風徐徐吹送，遠方紅色夕陽歪斜的掛在地平線上。

太陽西落了。她猛的驚醒，沒想到自己居然睡這麼久。

「筱涵？妳回來了嗎？筱涵？」

沒人回應。

柏語笙覺得有點奇怪，時間不早了，怎麼還沒看到人影？整個營地和後面的林子都翻找過，確定紀筱涵眞的沒回來。

柏語笙跑到營地最前方，專注的看著海岸線。等了許久依然沒看到那個小小的身影。

她……在躲我嗎？

又過了一會，還是沒等到人。另一股不安從心底升騰，警鈴作響。她猛的站起來，跑到屋內裝水拿刀，戴著草帽和哨子，沿著海岸開始尋人。

她繞到附近幾個漁場，邊走邊喊人，嘴裡叼著哨子，喊累了便改吹哨，不停的呼喚紀筱涵。她走得很急，把常去的點都搜過了，仍是沒找到人。

柏語笙擦掉汗水，看著遠方橘紅色的夕照思忖：天色暗下來了，這個時間點，不管怎樣是一定要回營地的。只要人沒事的話……嗯，應該沒事的。今天本來就不需要捕魚或幹活，不大可能受傷，大概只是跑到比較遠的地方散心吧。

會不會，她已經回營地了？

抱著一絲希望，柏語笙打道回府，在看到無人的營地時內心一涼，紀筱涵沒回來。

她抿緊嘴脣。

紀筱涵不是那種鬧脾氣就不管不顧的人，這個時間點還沒回來，肯定遇到麻煩了。

她焦急的又往島的另一頭找過去。此時才感覺這座已經瞭若指掌的小島如此遼闊，可能會去過的地點怎麼也走不完，她喊得嗓子都啞了，依然沒看到紀筱涵的蹤跡。

柏語笙內心焦慮不已，但強迫自己冷靜思考。她有可能去哪？

中午最後對話的地點，是附近視野良好的望海點。可能離開的路線有三條，第一條是回營地的路，她在營地沒碰著人，往營地更過去的幾處也找過了，姑且先排除。第二條路線要越過沙灘，但她沒有在沙灘看到腳印，這座島上沒有外人，她們當天的腳印應該不會那麼快就被抹平，所以她認爲紀筱涵並沒有往沙灘的方向走。

最後一條就是她現在尋找的方向。

走到沙灘前改道北方，這部分的海岸線她找過了，之後變成礁石灘無法再追蹤，但中間一度看到疑似紀筱涵的腳印。而再之後，紀筱涵可能會去的地方就多了，可能深入林子，也可能拐彎到另一側抓魚的漁場，或是一路直奔遍地海鳥的岩山區域……紀筱涵不會眞跑到那麼遠的地方吧？

柏語笙疲憊的按著眉心，沒注意底下，差點踢到廢棄的破酒瓶，還好她眼疾腳快越過那垃圾，不然腳可就廢了。

她心中不耐暗罵：一群沒公德心的人，丟這麼危險的東西到海中……靈光乍現，她猛的抬起頭。

垃圾。

海蝕洞。

那個地方，是不是很適合窩著躲起來？

她快步走向海蝕洞。走著、走著，忍不住小跑步起來，嘴邊不停喊人。

當她抵達海蝕洞時，水位已經頗高，天色也非常昏暗了。傍晚的海蝕洞口不像白天那般美麗，因為光線難以透入，水又開始漲潮，從外頭往裡邊望進去好像看到野獸的血盆大口，透著一股陰森的氣息，完全不像有人在的樣子。

她猶疑的望著深洞，心想自己可能判斷錯了，但還是喊出聲。

「筱涵，妳在嗎？」

無人回應，但是從她抵達這裡，就彷彿聽到紀筱涵的聲音。

當然，那或許是太過迫切產生的幻聽。風穿透海蝕洞時呼嘯的聲響很像人聲，洶湧上漲的海水不停推動，使這兒特別喧囂。柏語笙試圖往裡邊走，發現水已經來到她大腿的位置。她想，這裡太危險了，紀筱涵不太可能還待在這。

於是，她不再浪費時間，轉身離去。

她拍掉身上的水珠，走出海蝕洞，往北方走去。奇怪的是，隨著她越走越遠，洞口的巨大喧囂逐漸分離出來不同的聲響。在海風與潮響之間有一種奇怪的聲音，如木魚叩響，嘟嘟嘟的規律敲擊，雖然聲音不大，但卻與大自然其他狂亂生猛的聲音截然不同。

柏語笙立刻轉身，涉水往海蝕洞深處走去。

「筱涵？妳在裡面嗎？」

她看不清路又怕自己跌倒，於是扶著石壁慢慢往前行，不停深入海蝕洞。那聲音又更大了，越接近聲音源頭她的心臟跳動得越快，五臟六腑都絞在一塊，就怕希望又落空。

「筱涵？」身處石洞中，海潮、海風……各種聲響撞擊攪和在一起，她聽不太分明是否有人應聲，大氣都不敢喘側耳傾聽，終於從溝洞更深處捕抓到一個虛弱的聲音。

「……柏語笙？」

「筱涵！」

她懸著的心總算可以放下，身體輕盈了起來，飛快的划著水往前走，終於在昏暗的視線下，看到洞穴深處的人影輪廓。

柏語笙看到紀筱涵懷抱大石頭，無助的浮在水面。不知道爲何她沒有站直身體，跪在已經淹到胸口的水中，眼底布滿恐懼，不曉得被卡在這兒多久了。

「別怕，我來了。別怕。」

看到人還在，能好端端的說話，柏語笙突然就安下心來，覺得沒有任何事情難得倒她。她涉水過去，心疼的將紀筱涵擁入懷中。

「抱歉，我來晚了。」她忍不住摸摸她的身體，左右查看，確定沒有受傷，「妳有辦法站起來嗎？」

「不行，腳卡住了。柏語笙對不起，我把妳的手環弄丟了。妳才剛送我的。對不起都是我的錯，我沒跟妳說一聲就跑到這裡——」

「別說了。」

柏語笙輕輕捧起紀筱涵的臉，用手指揩掉她的淚水。

紀筱涵的自責和驚慌全被那溫柔又毫無責怪之意的動作撫平，她的眼睛發紅，呼吸穩定下來。

兩人頭抵著頭，柏語笙摸著紀筱涵的頭髮，輕道：「待會我們出去以後，妳要幾條手環都做給妳。沒事。」

等紀筱涵情緒稍微平復了，柏語笙問：「妳說腳卡住了，是被什麼東西卡住？石頭？右腳還左腳？有受傷嗎？」

柏語笙飛快釐清狀況，小心翼翼的伸手探入石縫，試圖潛入水中扳開石頭，她與紀筱涵試著同時發力，但石頭依舊紋風不動。她又繞到另一側觀察整個地勢，發現徒手恐怕無法救出紀筱涵，需要工具。

「筱涵，妳堅持住，不要嗆到海水。我馬上回來。等我喔。」

她憂心的不停回望，但腳步堅定的往洞口跑。

「等我——」

柏語笙的餘音繚繞在海蝕洞中。

紀筱涵目送她離去。

她唯一的光芒又離開了。

獨自一人時，紀筱涵尚可把恐懼壓在心底，強迫自己堅強起來。現在卻因爲碰觸到些許機會與光明，再也壓抑不住內心深層的恐懼，淚水溢出眼眶。

柏語笙離開後，紀筱涵摀著臉失聲痛哭，無法理解爲何自己會突然如此慌亂傷心，完全控制不住的爆發出來。

「柏……別走……別走，留下來……」

紀筱涵語無倫次的宣洩哀傷。她沒想阻礙柏語笙援救，她只是好害怕、好不捨，好想緊緊抓住柏語笙。

天色暗得很快。海洋從來沒像今晚這麼可怕過，浪潮聲像某種怪物涉水而來的步伐。水淹到脖子了，紀筱涵吃力的仰頭呼吸，望著漆黑的洞窟頂部冷得直打顫。她不知道自己在黑暗中等了多久。柏語笙剛剛真的有來過嗎？還是那都只是幻覺，其實從頭到尾都只有自己一個人。

實在太想她了。

恍惚之際，嘩啦嘩啦，越來越接近的水聲響起，一雙手似乎知道紀筱涵仰頭的艱辛，貼心的扶住她的腰和脖頸。

「筱涵，咬著。」

某樣東西湊到嘴邊。一根空心的草梗。

「如果水淹過妳的臉，就用這個呼吸。我來弄那塊石頭。」

柏語笙的聲音很平穩，好像她面臨的只是稀鬆平常的狀況。她手中拿著一根長棍。

「筱涵，我數一二三，一起使力喔。一、二、三！」

柏語笙潛入水底，在一片漆黑中，避開紀筱涵的腳找準支點，開始努力使勁。兩人一個用棍子撬石頭，一個使勁拉腿，試圖逃離可怕的大自然陷阱。

「咳、咳！」

努力好一會，柏語笙突然快速浮出水面，摀著嘴猛咳嗽。她在水中劇烈活動，不慎嗆到水。

紀筱涵擔憂的望著她，柏語笙慘白著臉對紀筱涵微笑。緩過氣後，又拿起棍子往水下石頭一插，正打算繼續努力，卻聽到啪的一聲。

棍子斷了。

黑暗中，誰也沒說話。

柏語笙率先開口：「這棍子不頂用，我再去找一根。」

紀筱涵抓住她，「妳回來時，如果水漲太高就別進來了。」

柏語笙置若罔聞，只是回身溫聲提醒：「別那麼用力呼吸，等我一會，馬上回來。」

「柏語笙妳聽我的話好嗎？算我拜託妳，如果水太高就別管我了！妳再進來也會淹死的！」

幾秒壓抑的沉默後，柏語笙的聲音有些抖：「妳不要這樣。再努力一下就行了。」

「好。我努力，那妳答應我，必要時自己離開，不要管我。」

「不、不要。」

「為什麼這麼頑固？」

「……妳要放棄我嗎？我一個人不行的。」

「妳可以。妳已經能自己抓魚、做草棚、弄出蒸餾水。妳早就可以獨自做任何事情。

柏語笙，妳從小就很優秀，妳是最特別的，我相信妳最後一定可以回去，到時候妳可以幫我把巧卉帶回去嗎？我唯一惦記的就是她還在——」

「不要跟我交代這些！妳妹妹自己親自帶回去，我不想聽！」

柏語笙近乎崩潰，她語帶哽咽，氣憤的拍著水，濺起巨大的水花。

柏語笙擁有讓紀筱涵幾乎有些痛恨的自控和冷靜，連當初差點被強暴，她都可以很快調整心態，用剖析的口吻分析水手留下的情報，好像那次經驗沒在她心裡留下任何創傷。

而眼下是攸關生死的緊要關頭，紀筱涵總覺得柏語笙會同意當下最好的選擇。甚至如果要點心機，嘴上答應她會離開，但私底下陽奉陰違，這才比較像她認知中的柏語笙。

但柏語笙歇斯底里的吼聲驚到紀筱涵，她就是不，就是非常激烈的拒絕承認紀筱涵可能會死的事實，連假設性都不願意接受。

以往她們遇到各種困境都沒讓柏語笙動搖過，甚至直到剛剛，柏語笙都能控制情緒，但是現在自己的喪志放棄之意卻輕易擊穿了柏語笙的冷靜外殼，反倒讓紀筱涵不那麼喪志了。

她從沒看過這樣的柏語笙。

柏語笙……妳……是眞的……

她好像模模糊糊抓到了什麼東西，但來不及細思，在爭執之間，海水漫了上來。耳朵被海水淹沒前，她聽到了柏語笙近乎哀求的叫喚。

「不要放棄，筱涵，不要放棄！不要拋下我……拜託……」

拜．託。

尾音兩個字因爲水灌入耳中變得模糊而遙遠，她努力張開還在水面外的右眼，天空中烏雲短暫被風吹開，些許月光透了下來，兩道閃亮的水痕滾落柏語笙的臉頰。

柏語笙哭著請求自己。

我可能沒那麼怕死，但我眞的不想拋下柏語笙。紀筱涵迷迷糊糊的想著。

因爲長期浸泡在瀕死的威脅中，面對死亡時甚至有點一了百了的麻木。但是看到柏語笙的眼淚，聽到她的哀求，貪生的慾念再度爆發出來。

兩腳一伸也許不用再吃苦，但她走了，柏語笙一個人怎麼辦？漫漫長夜，她那麼皮，那麼愛說話，晚上老要抱著人才能好好入眠，她不在了，柏語笙睡得著嗎？滿肚子的趣事講給誰聽？偶爾撒嬌賴皮誰縱容她？工作傷到誰給她包紮止血？

我不想要她那麼孤單。我想陪柏語笙。

紀筱涵努力踮起腳尖，艱難的仰起頭，眼睛眨也不眨的說：「妳不要哭，我知道了。柏語笙，我不放棄，我們都不要放棄。」

紀筱涵剛剛交代遺言般的話，讓柏語笙不敢離開，害怕自己離開就再也看不到人。現在終於聽到紀筱涵的承諾，柏語笙激動的抱住她，情不自禁吻她的額頭，然後頭也不回的往外跑。

柏語笙第三次回來時，海水已經淹過紀筱涵的頭。

紀筱涵即使用力踮腳，仰起小小的鼻子也無法呼吸，但想到柏語笙將孤身一人在此，光是想像那孤獨的身影都讓她內心一痛。

不要不要不要！她不可以留下柏語笙獨自面對那麼多的哀痛艱困——她打心底萌生強烈的抗拒，生出抗拒死亡，渴望存活的力量。

紀筱涵試圖用柏語笙留下的草梗呼吸，但是臨時找的草梗開口還是太小，不夠她吸氣，於是她開始往上用力跳動，趁著浮出水面的短暫空檔大口呼吸，而後屏息下沉，再往上跳。

不停跳動使右腳都抽筋了，卡在石縫的左腳也因為劇烈活動痛得半點知覺都沒有，但她就是不管不顧，非常執著堅定的一直呼吸、一直呼吸。

她不要柏語笙孤孤單單一個人留在這兒。

某樣東西半游半走的靠了過來。柏語笙回來了。

她依稀看到柏語笙手裡高舉條狀物，隨著柏語笙用力揮動，嘶的一聲，海蝕洞明亮了起來。

那是她們唯一僅剩的，最後一根手持白色煙霧火焰信號筒。

本來能見度為零的海蝕洞穴終於可以看到隱約輪廓，趁著這瞬間，柏語笙看準支點，快狠準的插入石頭細縫撬動，她懷裡抱著大石頭加上自體重量，開始用力推壓木棍。

白色信號筒的光芒好像一場專為她倆而放的夏日最後煙火，在白光閃爍之間，她看到水底努力的柏語笙。愛漂亮的柏語笙因為在強悍的水流中活動，弄得頭髮凌亂，草裙的葉子幾乎掉光，滿手掌是血，憋氣嘟著嘴巴，整個人狼狽不堪，與優雅相去甚遠。

儘管如此，柏語笙還是不考慮放棄的選項，不停嘗試擊退那塊咬住紀筱涵的石頭。

柏語笙不會走。紀筱涵完全明白這個人會努力到最後一秒，只爲把她救出來，她甚至感覺，儘管柏語笙並不心存死志，但爲了救她，會跟她一起死。

某種強大的情緒重重的打在紀筱涵胸口，通過層層關卡，長驅直入，直抵心房——自我保護、謹慎戒備、膽小自卑、害怕受傷——所有的理由在幾乎炸裂全身的強大情感之下完全潰不成軍，柏語笙已然通過某種不證自明的考驗，打開了她的心房。

心底住進了一個人。

也許愛不持久，也許不自信被愛，也許未來會受到傷害。

但那都不會阻止她現在心中，滿滿的，就只有一個人。

只有柏語笙。

剎那之間，也許是紀筱涵在水中不停用力上下跳動、也許是柏語笙拚命撬動石頭、也許是水的上浮助力、也許是她不顧疼痛拚死掙扎——不管哪個環節奏效，石頭在某個瞬間輕微撬動，被扣住的腳踝通過石縫，左腳一鬆，她突然就自由了。

甫一脫身，她立刻急不可待的撲入柏語笙的懷裡，恨不得此時此刻與此人融於一體永不分離，柏語笙似乎也跟她心有靈犀，敞開雙手把她擁入懷中。

兩人在水中肢體糾纏，如同被劈成兩半的球體而今終於尋回失去的半身，又是激昂又帶著些許困惑，在海中翻滾好幾圈，如野獸般激烈得在對方肩上咬了好幾口才稍稍平復下來。但那火焰般的欣喜情緒，不過是從滔天烈焰微微舒緩成火力稍小而持久的熱度，心中高昂的情緒還靜靜的燒著。

柏語笙摟住紀筱涵，紀筱涵抱住柏語笙，雙方的頭髮如海草交纏，因爲互相擁抱，都感覺得出對方渾身顫抖，既爲死裡逃生，又爲初降臨的神馳體驗。直到上岸，她們都保持著這種緊緊擁抱的姿態，誰也不想放手。

紀筱涵的草裙早就被海潮帶走，現在她如初生嬰孩渾身赤裸，恥毛抵在柏語笙大腿處摩擦，但兩人渾然不覺這樣的親暱有何不對，也不覺得這姿勢有何不便，擁著對方不願分開。紀筱涵的腳踝還帶著傷，自己走不太動，整個人貼在柏語笙身上，對方也緊緊摟住她，就這樣依偎扶持著，在月光下腳步一深一淺的走回營地。

回營地後，紀筱涵第一眼看到凌亂的前庭和毀壞的主屋前門，草棚因爲被抽走主要梁柱垮了一半，滿地散亂的木頭和樹葉。原來最後那根救命長棍，從這兒來的。

紀曉涵忍不住失笑，「妳怎麼把家都拆了……」

「妳都要沒了，還管這草房子做什麼？妳不在哪算是個家。」

柏語笙想也沒想悶聲回道，話甫出口，她才猛然驚覺剛剛說了什麼。

紀筱涵兀自嗤嗤笑著，似乎還未消化那玄而又玄的言外之音。歡快的少女笑聲，像鈴鐺叮叮噹噹敲著心臟，提醒柏語笙差點失去的寶物就在懷裡，她忍不住低頭靠近，紀筱涵用帶著愛意和柔情的笑意看著她，沒有任何逃跑退卻的跡象。

柏語笙忽然就感覺紀筱涵的身體是道門，雖然上了鎖，但散發幽香吸引她駐足。

現在信任的鑰匙已然交付在自己的手上，門要開了，紀筱涵允許她做任何事情——於是柏語笙啄向對方的脣瓣。

兩人吻在一塊的瞬間，雙方俱是一愣。不明白嘴脣明明只是吃飯的身體器官，此時此刻爲何讓人產生觸電般的酥麻。紀筱涵很縱容她的胡作非爲，於是柏語笙膽子更大了，伸出舌頭舔那柔軟的脣瓣，不停索吻，好一會才呼吸微喘的分開，她們依戀的抱著對方，頭靠在肩膀上依偎著。

沒有人特別說什麼，好像剛發生了再自然不過的一件事。摟摟抱抱好一會後，柏語笙才依依不捨的稍微退後。

「讓我看看妳身上的傷。」

平常睡的主屋晚上太暗，看不清紀筱涵的身體。還好今夜的月光很亮，柏語笙扶紀筱涵到外邊的涼棚，她站到紀筱涵身後，解開布條，撥開頭髮檢查傷口。

頭上的傷已經結痂了。柏語笙把傷口稍微清潔一番，換了條乾淨的布，小心翼翼的重新包紮起來，接著檢查她的背後和手臂。紀筱涵身上有著大大小小好幾處擦傷、破皮和瘀血。雖然看著可怖，但其實都只是皮肉傷，並不礙事。

現在剩下最棘手的腳傷了。儘管沒有出血，但腫得非常厲害，柏語笙不敢用力，只用布條輕輕固定患部，剩下的只能靠紀筱涵的免疫力自癒。

紀筱涵身無遮蔽，裸身坐在草蓆上，因爲雙手抱胸，擠壓到胸部，顯得雙峰更渾圓宏偉。柏語笙稍微恍神，艱難的把視線移回眼前的傷口，卻仍不停走神。她本該提醒紀筱涵穿上纏胸布或草裙，卻又一點也不想提醒，只想貪婪的將這具赤裸白皙的身體盡收眼底。

月光打在紀筱涵的胴體上，她抱著一雙沉甸甸的飽滿乳房，成熟的女性身體卻有著少女般的童稚顏面，宛若代表豐收的自然女神。而那雙眼睛溫柔如水望著自己，眼底有著純然的喜歡。

柏語笙吞下口水，轉身去拿水杯，又戳動柴火餘燼，其實沒什麼事情要做，只是不停瞎忙，胸口中那飽漲的情緒完全無法消停。

「妳幹麼走來走去。」紀筱涵軟糯嬌俏的喊她。

於是柏語笙立刻又飄回來。感覺自己唯一想要做的，就是待在她身邊……柏語笙坐立難安的看了下紀筱涵，覺得她的身體很漂亮，完全不想再忍，便又摟住她，吻她的耳朵和臉頰。

剛剛稍熄的慾念火焰，餘燼未滅，經這麼撩撥，很快就旺燒了起來。她的內心慾火旺盛，卻又因爲紀筱涵身上的傷不敢動作太大，於是她繞到紀筱涵身後抱著她，不停吻咬對方的臉、背和脖子。過程中，紀筱涵只是很柔順的承受柏語笙野獸般的熱烈攻勢。

這種依順更是讓柏語笙整個人快被燒死了，腦袋有些暈乎乎的，月光照耀下，她突然看到草蓆上有一絲黏膩的銀線，從陰部源頭牽絲到蓆面。懷中的人依然頂著那張清純稚嫩近乎懵懂的臉，似乎還沒眞正明白發生什麼事，可她過熟的身體已經有了反應。

理智線頓時燒斷，柏語笙呼吸濁重的揉向她的乳房。紀筱涵不自覺發出貓般的嚶嚀，柏語笙不停的重重吻她的脖子，咬她的耳朵，時輕時重的撫弄著那雙乳房，使得乳尖硬起如葡萄在掌心跳動。

紀筱涵忍不住發出了比嚶嚀更大聲、更情色的呻吟，然後她猛的推開柏語笙。紀筱涵抱住自己的胸部把臉埋在手臂之下，害臊得耳朵通紅，不管柏語笙怎麼哄都不抬頭。

她其實並不真的想拒絕柏語笙，只是……剛剛被自己發出的聲音驚嚇到，理智稍微回來，整個人羞到不行。一雙細長的手輕柔的撫著她的頭髮。

「好啦，小小，頭抬起來嘛。那我們睡覺了好不好？嗯？」

她聽到對方喚她小小，好像又回到荒島夥伴的熟悉感，害羞稍退，抬起頭便看到柏語笙耐心的蹲在身旁，望著她眉眼都是笑意，於是臉更紅了。

柏語笙半攙半扶著她，兩人一起回到主屋準備睡覺。

雖是這麼說，但柏語笙如初嘗禁果的十八歲少年，剛得到寶庫的鑰匙，情緒高昂怎麼也停歇不下來。她很想跟紀筱涵講話，但看對方好像有點疲倦又不停挪動姿勢，便問道：

「還不舒服嗎？」

「有點痛。」剛剛被柏語笙轉移注意力，沒意識到身上的傷，現在情緒和緩下來，疼痛就變得明顯了。

「那我唱歌給妳聽。」

柏語笙唱了小時候媽媽給她聽過的德語童謠，有一部分歌詞忘了，她胡亂哼過去，以爲紀筱涵聽不懂，卻被當場拆穿。

「妳是不是後面都亂哼？」

「哈哈，對啊。妳爲什麼這麼懂我啊，紀小小。」柏語笙歡欣的摟住對方，戳著她的鼻尖，又問，「還痛嗎？」

「還痛……」她不知道自己怎麼就鬼使神差的這麼說：「妳再摸摸。」

柏語笙身體僵了一會，然後手從腰側開始移動，又輕又緩的摸向她的右乳邊緣。

「這樣還痛嗎？」她在她耳旁輕聲問，沒等對方回應，指尖又抵著乳尖，摩挲底下的硬挺，引來尖銳到紀筱涵幾乎不能承受的刺激，然而在她受不了前，那手又改變撫摸方式，輕柔撫著她的背脊，引起陣陣戰慄。

「這樣呢？嗯？」

柏語笙的大腿無聲的纏住紀筱涵沒受傷的右腳，紀筱涵的右大腿傳來恥毛粗硬的觸感和某種濕滑黏膩——那是柏語笙的。

意識到這件事讓紀筱涵飄飄然，簡直要溺死在這種旖旎無邊的氛圍中，那人的手放肆的到處點火，又用下身磨蹭著她的腿，嘴脣貼著耳朵輕問：「還——痛——嗎——」那氣音問得緩慢，每一次呼吸都打在她耳後和脖頸，吹得她止不住打顫。

柏語笙的手越來越往下探入，最後觸到一個濕潤的沼澤。

柏語笙咬著紀筱涵的耳朵摸索，忙了一會，找不太到下手的地方，不想粗魯硬闖弄傷對方，手在外頭躊躇，卻又不想就這樣退卻，柏語笙小聲問：「我可以看看嗎？」

紀筱涵腦袋有點渾沌，沒馬上意會過來。柏語笙已經起身，爬到她身下。

她右手微微使力壓住紀筱涵左腿，控制左腳踝的距離，以防自己碰到對方患部。私密的地方即將被侵入，紀筱涵本能的反彈，但在她反應過來前，柏語笙已經吻上她的大腿，她又癱軟下來。

紀筱涵在海蝕洞撐了一整天，累到無法思考太多，現在又全心依賴柏語笙，腦子一團泥，甚至沒有意識到究竟發生了什麼事，滿心滿眼都是這個人，根本也不想反抗柏語笙的索取。

柏語笙一路沿著那雙白皙柔嫩的大腿吻上去，然後她害羞又好奇的覷了下那處。好像貝殼。

一個小巧的、開口帶著濕意，微微開闔的小貝殼。跟本人一樣很可愛。

想舔，柏語笙想。

她眞的就舔了上去。

「柏……」大約被盯著久了，也看不到底下人的動作，紀筱涵有點不安。她剛喚出聲立刻被刺激得彈起來，還好柏語笙有先壓住她的左腳，並沒有碰撞到傷處。

兩人完全沉浸在這種無預警就發生的探索上。她們並沒有立即聯想到性或愛，即便現在的行爲已經趨近於性愛，這個詞彙依然沒有在她們的大腦中出現，只是非常單純的感受到那份幾乎要衝破心臟的迫切，想要更靠近對方、想要讓對方更靠近自己，慾望使肢體交纏，試圖窮盡所有可用姿勢，找出可以更加靠近彼此的方法。

柏語笙跪著，像小狗一樣辛勤的在昏暗中舔那氾濫著濕意的下體。

原來女生這裡是這種味道。有海洋的鹹腥，有原始的慾望。說不上很好聞，卻是一種很誘人的味道，她甚至有種可以一直舔下去的奇怪想像。紀筱涵倒是被刺激得哭喊出來，語無倫次的喚她。

「柏語笙，妳在哪裡？我看不到妳。」

「我在這裡，在這裡啊。」柏語笙的手往前伸輕輕握住那雙無助亂揮的小手，輕柔的牽住對方。

紀筱涵有點承受不住陌生的刺激，推搡著底下那顆頭。左腳隱隱作疼，下體被柏語笙含住，過度身心刺激讓她有點負荷不住，她哭喊著：「不要，我不要了、我看不到妳……」

「好好好，不要了。真的不要了。我在這兒，一起睡覺。我們睡了吧……」

柏語笙趕緊又爬回來，溫聲細語的哄著不安哭喊的紀筱涵。兩人不停摟摟抱抱，好幾次差點又擦槍走火，最後紀筱涵疲累得幾乎說不出話來，她們這才真的擁抱成一團睡了過去。

第十六章

兩人直睡到日上三竿。

一隻蝴蝶飛入門戶敞開的小屋，停在柏語笙的食指上，使手指輕微搔癢。手的主人無意識的揮舞臂膀，小蟲的騷擾沒叫醒她，倒是把她懷中的人弄醒了。

紀筱涵的睫毛微微翕動。

昨天折騰許久實在太累，她睡得又沉又香，直到抱著她的人胡亂揮舞手臂趕蟲才驚醒。紀筱涵甫張開眼時神智還有些昏沉，她稍微移動身體，就有一雙手配合她的挪動更深的把她摟入懷中。

身後貼著光裸嫩滑的觸感，紀筱涵滿足的輕哼一聲，把頭枕在那手臂上，意識正要沉入更深沉的睡眠中，卻因爲姿勢挪動，鼻尖湊近柏語笙的手指，她聞到了一股奇怪的腥鹹味，徹底清醒過來。睜開眼後紀筱涵愣愣看著牆壁，幾秒之內跑過昨天所有畫面，漲紅了臉，內心有點複雜。

她們做了。

昨天死裡逃生，兩人沉浸在迷幻激昂的氛圍中，不管不顧的做了。現在冷靜下來，淡淡懊悔和不知所措又浮現，她還沒準備好，就全都發生了。

她盯著土牆的小洞心想，如果這次也裝傻，有辦法搪塞掉嗎？不……事到如今，已經完全沒法裝傻帶過了。

身後的人動作稍大的移動身軀，紀筱涵趕緊閉上眼睛。那人發出懶洋洋的哼聲，伸了下懶腰，睜開一隻眼睛，以爲懷中人還沒醒，便伸長脖子，啄吻紀筱涵的眼角。

柏語笙醒了，但似乎沒打算起身。她摟著紀筱涵，手相當自來熟的在懷中人身上遊走，肚子、大腿、腰側……儼然把紀筱涵的身體當成可以自由進出的領地。

如果紀筱涵再繼續裝睡，這人不知道會得寸進尺到何種地步。紀筱涵往後一頂，稍微推開兩人距離，揉著眼睛假裝剛醒。她一睜眼，就看到柏語笙笑咪咪的盯著她，眼底帶著太過燦爛的笑意。

「早安。」柏語笙把她的頭髮勾到耳後，吻了下額頭，柔聲問：「要喝水嗎？」

沒等紀筱涵回應，柏語笙直接光著屁股下床，倒了杯水，遞到她嘴邊。

因爲身高的緣故，柏語笙下身的恥毛就在她眼前，她有點不自在的別開眼睛。大白天的，渾身赤裸她有點害臊，尤其她們昨天才……她叫住柏語笙。

「柏語笙，妳去……幫我拿條布。」希望這人聽得懂暗示，也趕緊把屁股遮起來。

「妳要穿衣服喔？」

「對。」

「不要啦，別穿嘛。」柏語笙撒嬌著央求，平常她一被撒嬌就順對方的意，但這回可不妥協。

「……我就是想穿。」

「不要嘛。」

「妳幹麼啊？」紀筱涵被纏得有些惱了。

「可是，很漂亮啊……我想要一直看。」

「什麼啦。」這是什麼鬼理由。

「還是妳也看我，我也光溜溜，這樣就不用害羞啦。」柏語笙靈光一閃，小得意的提出建議。

「不．要。去拿纏胸布。」

柏語笙嘖嘖幾聲，非常惋惜的拿了纏胸布，嘴裡還不斷嚷嚷：「妳不要後悔喔，真的不要後悔喔。」

後悔什麼啊？笨蛋。

紀筱涵不理她，綁好纏胸布，回頭見那人盤腿坐在旁邊癟著嘴，吹著額前的頭髮。

「小氣，那我也不給妳看。哼。」

「誰要看。妳該出門了吧？我們睡太晚了。」太陽已經高掛天空，平常她們一早就起床工作，現在太陽這麼晒，很多事情就不能做了。在她的聲聲催促下，柏語笙不太情願的出門了。

「我走嘍？」柏語笙兩步三回頭，「我真的走嘍？」

「快去啦！魚都要跑光了。」紀筱涵好氣又好笑的趕人。

「妳都不挽留我。」柏語笙嘴一扁，滿臉委屈。

紀筱涵懶得理她，這人今天毛病特別多。不過眞看到柏語笙漸漸走遠的背影，又還是忍不住喊道：「柏語笙，妳自己多注意安全，別跑太遠。」她停頓一會，繼續小聲說：「……早點回來。」

「好。」

聽她這麼說，柏語笙露出一個特別陽光的微笑，歡歡喜喜跳著腳步走了。

這回眞的走遠了。

紀筱涵微微往前彎身，解開包裹左腳的布條。

她的腳還是挺疼，雖然沒有發膿或流血的惡化跡象，但紅腫依舊，似乎也不會那麼快好。之前某次她也是扭傷腳，剛開始症狀輕微，她沒留心，硬是拖著受傷的腳跟柏語笙一起工作，結果沒幾天就痛得下不了地。這次傷得更重，她不敢托大，只好乖乖休息。

這陣子都得麻煩柏語笙了。

紀筱涵躺在草蓆上，百無聊賴啃著柏語笙幫她放在床頭的水果。她本以為稍晚才會看到柏語笙，但沒多久那人就提著抓魚的竹簍回來了。

「妳都處理好了？」她奇怪的問。

「沒。工作晚點再說。妳才起床，吃水果不夠吧？我們先好好吃頓飯。」

她看柏語笙殷勤的忙前忙後準備午餐，也沒說什麼。畢竟她們不是眞的打卡上班，怎麼安排整日的時間本就全憑心情喜好，只是她們慣常早起早幹活，以防拖拖拉拉很容易有預期外的狀況。

柏語笙蹲在火堆前烤魚。紀筱涵瞥一眼就知道是烤給她的，因爲她喜歡吃烤魚抹酸果液。而那人每把魚翻一次面就覷她一眼，還笑得特別傻氣。

「妳幹麼一直看我？」

「不給看嗎？」

「不給。」

「那好。」

柏語笙吹涼烤好的魚後遞給她，接著自個兒滑進她背後的特等席，黏稠的摟抱上來。

……幹麼呢。

「我不看妳的臉，妳接著吃。」柏語笙臉貼著紀筱涵的背，扭動身子尋找舒適的位置，還奇怪的問：「怎麼？不吃了？」

她徹底無言了，不想理柏語笙，繼續啃魚。

見懷中人眞不理自己，肚子上那雙手無聊的捏著肚肉，捏著捏著開始不安分的向上移動，伸進裹胸布裡，指間在乳尖摩挲，滿足的發出嘆息。

紀筱涵紅著臉咬住下脣，轉身瞪著後方那白日宣淫的傢伙。

那人明知故問：「不好吃嗎？」

「妳手放哪啊？」

「放……妳胸上？」柏語笙歪著頭，滿臉無辜。

不要臉。她拍開柏語笙的魔爪，柏語笙還是依依不捨的又纏過來，重複幾次，煩不勝煩，只好放任對方的糾纏，用這種奇怪的姿勢吃飯。好不容易吃完飯把人趕走，她等柏語笙的身影眞的消失在視線盡頭，才挪動身體搆著床邊的水壺。

然後她有點不想面對的，慢慢往下看。

稍微抬高的下身又有幾束銀線沾在草蓆上，剛剛坐著的地方有一小塊濕濕糊糊。

紀筱涵摀臉，覺得有點煩惱。她眞不明白爲何會這樣，自己的身體怎麼就這麼不爭氣、怎麼就對柏語笙的隨意撩撥反應這麼大。害她剛剛都不敢隨意亂動，就怕那人發現自己的腿心已經氾濫成災。

還好她有拿大葉子蓋住腿，多少起了些遮蔽的效果，只是她很納悶，主屋裡不太通風，有任何味道都滿明顯的，她自己吃到一半就聞到了，滿心不自在，柏語笙怎麼就沒發現？大概以爲這是昨天留下的味道吧。傻瓜柏。

紀筱涵一邊腹誹始作俑者，一邊紅著臉用水清洗那處，草蓆也清潔一番，打開透氣孔往外搧風，暗暗希望柏語笙不要太快回來，以免發現草蓆不自然的濕了一處。

事實證明，她眞的沒必要說什麼「早點回來」。

柏語笙很明顯就只想黏在營地，不停在她面前刷存在感。中午給她打飯後，又連續回營好幾次，整個人歸心似箭就等她一句：別工作了，咱們來找點樂子吧。

紀筱涵就是不。她們昨晚已經夠瘋了，她不想再耽誤工作。若不是有腳傷，她肯定把活都幹了。但柏語笙不受教，對雜務各種不上心，結果第五次回來時，因爲抱著重物，又回頭跟她講話撒嬌，一個不留神直接在她面前跌得四腳朝天，膝蓋磨出一片血痕。

「痛。筱涵……」

「活該。」

紀筱涵完全沒打算安慰柏語笙，很氣這個人如此不小心。她臉色有些沉的幫柏語笙包紮，對方還不知死活想摸她的頭，她大動作的閃避碰觸。

「妳不要再摸我。」

「……生氣了？」柏語笙的語氣小心翼翼。

「是妳太誇張。」紀筱涵抬起臉，嚴肅的看著她，「我現在不方便移動，但是妳這樣毛毛躁躁的，我要怎麼安心留在營地？我會一直擔心妳能不能好好做事，會不會發生危險？我們昨天才那麼驚險，差點就死在海蝕洞裡面，妳還這麼皮，可以替我著想下嗎？拜託妳好好照顧自己。」

柏語笙收斂起不正經的表情，語帶歉意：「對不起，我知道了。我會收心好好工作……妳說得對，我不能受傷，我還要照顧妳。」

紀筱涵沒作聲，只是低頭把患部打了個漂亮的蝴蝶結。

「去工作了啦，蒸餾水應該都滿出來了。」

之後柏語笙就比較安分點，乖乖把當日工作都處理好，也自覺的找了新的木柱修葺前庭損壞的草棚，只是不時會用小狗般的討好神情偷看在屋子裡的人。

面對不斷送過來的秋波，紀筱涵選擇當作沒看見，繼續窩在草蓆上編新的草裙。她感覺自己好像在照顧一個賀爾蒙旺盛、血氣方剛的十八歲大男孩，對方意圖明顯，想幹麼她都知道，就是有點頭疼。

傍晚，柏語笙悶悶不樂的蹲在排水溝前沖洗餐具。包紮傷口時說了比較重的話後，紀筱涵閃避掉柏語笙所有親近的舉止，連摸頭髮都不准，柏語笙現在滿肚子怨念，還不敢發作，只能哀怨的鼓著臉。紀筱涵不管，繼續監督她好好做家務。

柏語笙用石斧劈柴，把篝火燒旺。她拍拍手掌環伺營地，突然伸長脖子往外看，竄進林子裡。

紀筱涵好奇的看過去，但視線被垂下的遮簷擋住，看不到柏語笙動靜。

沒多久柏語笙又重新出現在紀筱涵面前。

「給妳。」是一株盛開的白底紅蕊小花。

紀筱涵接過她的禮物。轉著小花，沒說什麼。

「很可愛。跟妳一樣。」

沒頭沒腦的說了這麼一句，柏語笙接著繼續伺候紀筱涵，丟垃圾、幫她洗腳、補充放在床頭的食物。紀筱涵看她還在認眞忙碌，終於打算放過她。

「柏語笙，可以了。水明天再倒吧？」

柏語笙停下動作，委屈的望著她。

「那睡前……親一下？」

紀筱涵瞥過去。她看柏語笙手裡比著一，蹲在地上，脖子縮起來，可憐兮兮的望過來。

「就一下。」柏語笙還在討價還價，把指頭又縮短了些，「一下下。」

她看對方窮酸賴皮的德行覺得好笑，想想柏語笙也的確辛苦整天，以後幾天還得持續麻煩她，給點甜頭好了。

「只能一下。」

得到允許的人立刻歡欣的跳起來。

紀筱涵想像中的一下，是蜻蜓點水的啄一下。

然而柏語笙的一下，是餓虎撲羊，生吞入肚的一下。

「說好一下，妳還親！手放哪啊！」

柏語笙嘴巴貼著她的脖子，口齒不清道：「窩嘴巴還沒起乃，這一下還沒結素。」

紀筱涵又好氣又好笑，「笨蛋，妳這樣，啊！犯規──嗯──我沒說妳可──」

柏語笙逮著機會一親芳澤，厚顏無恥的在她身上作亂。她的臉壓上紀筱涵雙峰，不管紀筱涵怎麼搥打，伸出舌頭捲起粉紅色的乳尖吸吮了起來，本來推推搡搡的手，抗拒力道又弱了幾分。

柏語笙嘴巴專心工作，手下也沒閒著，又摸往想念一整天的地方，開開心心的與紀筱涵分享觸感。

「尼好濕。」用說的還不夠似的，她的手掌輕輕拍打那處，發出漉漉水響。

紀筱涵表情一滯，有些激動的推柏語笙。但她全身發軟，根本推不開，手指插在對方頭髮裡面，一會像要推離柏語笙，一會又像把對方壓向自己。

爲什麼又濕成這樣，紀筱涵不明白。

她不是慾望強烈的人，雖然也曾經看過A片，但好奇罷了，即使在網路發達的現代，打開電腦手機就有唾手可得的情色資源，她也沒有興致去搜索相關的東西。

也許是因爲胸部宏偉的關係，從小到大，紀筱涵經常會遇到陌生男子的性騷擾，或以喜歡、追求爲名想哄騙她上床。紀筱涵雖給人懵懂天眞、後知後覺的好騙印象，但憑著常受欺侮的經驗，還是能感覺到那些人只想發洩性慾，並不是眞正想瞭解她。

紀筱涵沒有自慰經驗，也沒看過自己的私密處，覺得大不了一輩子單身，從來不覺得會有身體力行實踐性愛的一天。過往的經歷，多少讓她覺得性有點髒，也不覺得任何男性可以破開自己的心防，取得足夠的信任，讓她毫無防備的打開身體去體驗這檔事。

但爲什麼柏語笙隨便摸幾下，她就濕成這樣——爲什麼她可以把腳打得這麼開，向著柏語笙的臉——爲什麼她允許柏語笙這麼做？爲什麼？

心中還迷亂恍惚之際，底下那人突然抬起臉。

「好熱喔，我眞的不能剪短嗎？」柏語笙撩起被汗沾濕的頭髮，手大力搧風，忽然就閒話家常了起來。

「要剪就剪……沒說不能剪。只是我比較喜歡妳長髮……」紀筱涵有些微喘，講話斷斷續續的。柏語笙分心跟她聊天，手還在她全身肆虐。

「好吧。」柏語笙聳聳肩，「那就別嫌棄我這麼濕喔。」

她眼珠子一轉，眉眼彎彎的對紀筱涵笑，「不過我也不會嫌棄妳濕啦。」

語畢，手故意在她下方兩片濡濕的脣間磨蹭，開玩笑道：「筱涵，妳下午是不是偷偷洗過草蓆啊？草蓆怎麼濕濕涼涼的？」

紀筱涵渾身一僵，沒吭聲，柏語笙注意到她的反應，眼色加深，更加確信自己的揣測。

「那，昨天沒……」柏語笙的手又在她外陰處徘徊，「我想……可以嗎？」

不可以。紀筱涵稍微回過神來，正想這麼說，便又聽到那人在耳邊迷戀的輕聲呢喃：「我喜歡妳啊，小小。我今天想著妳……無時無刻……我沒辦法專心工作，我快瘋了……」

結果紀筱涵什麼拒絕的話都說不出來。

伴隨著喜歡兩個字，是柏語笙刺入體內的手指。紀筱涵可能眞的太濕了，濕到沒感覺任何的疼痛和窒礙，那人的手指就長驅直入深進體內。

柏語笙已經探進去，她好奇的左右探索這片處女地。

軟軟的、濕濕的。女孩子裡面是這樣？好神奇。

她從紀筱涵身上抬起臉，微微往後退，雙眼迷離，著迷的望著自己手指插入的地方，眼前的景象讓她的胸口快要爆炸。紀筱涵有雙過於成熟的乳房，臉如少女，下體又似稚兒毛髮稀疏，肉色的處女貝殼羞怯的藏回殼內，穴口微吐露水。因爲手指抽插，脣瓣外翻，抽插的過程中如同汲水般不停把濃稠的液體打出洞口。

柏語笙興奮得全身顫抖，呼吸不穩定，內心的侵犯慾望旺盛，只想把這可人兒揉捏成一團泥，忍不住咬紀筱涵乳尖。

過度的刺激和些微的疼痛，讓紀筱涵身子一彈，頓時有些受不了。

「不要突然就這樣！」她哭喊著，拍打下方那顆頭，「走開啦！」

大約聽出她的指控眞帶點情緒，柏語笙有些愣，趕緊收手抬起臉，手足無措的微微退開，「那、那不要了？妳不喜歡嗎？那不要了……好嗎？妳不要生氣……」

紀筱涵被這種刺激逼得都哭了。她擦掉眼淚，微喘的躺著，等情緒稍緩，才撐起身子看過去。

她看到柏語笙滿臉無措，表情像惶恐的小孩，端正的跪坐草蓆邊緣，臂膀貼在身體兩側，雙手緊張握拳置於膝上，全身赤裸，臉上還泛著潮紅，但雙眼目露被拒絕的不安。

紀筱涵抿起嘴巴，表情不變，卻是內心一軟。她往後躺倒，手遮著眼睛，臉瞥向牆壁。

「筱涵？」柏語笙見她不作聲，又看不到表情，以爲她氣壞了。試探的叫喚，便聽到黑暗中那人微弱近乎耳語的聲音。

「隨便吧……妳輕點……不要那麼突然……」

得到許可，柏語笙便又小心翼翼上前，這次舉止輕柔許多。她有些明白了，紀筱涵是隻害怕被掠食者吃掉的兔子，敏感又膽小，遇到無法理解的情況，隨時會轉身逃跑。她得輕點、溫柔點，循序漸進，讓她感覺被憐愛，不然會嚇壞她的。

柏語笙無師自通找到下身微微硬起的那點，舌頭靈活的親舔勾輾，花比較久的時間，聽紀筱涵無法壓抑的輕哼，這才又進入她。

剛開始動作比較克制，到了後期，嘴上雖依舊輕柔舔拭，手部動作卻越來越猛烈的撞擊進出。柏語笙雙頰通紅，呼吸急促，腦子一片空白，再度被底下這人的聲音和身體勾引得失去理智，還好此時紀筱涵的身子已經適應激烈的交歡，也沒法起身逃跑了。

紀筱涵雙頰潮紅，手揪著草蓆邊緣，已經完全控制不住嘴裡呻吟。右腳被柏語笙掰開，高舉過肩，只能在空中踩著她的背。最私密的部位完全袒露在柏語笙眼前。

那人手口並用的進攻，紀筱涵被弄得完全繳械投降。

紀筱涵不太清楚做愛是否有流程，先來點燈光、再弄點前戲之類。總之她們毫無章法，直接進入極度激烈的性交，柏語笙像發情的野獸般失控得橫衝直撞，而她的身體卻似乎歡喜於這樣粗魯直率的柏語笙，乳尖硬挺，穴口張開，汁液直流，明明是第一次被進入，卻能承受一次又一次越來越深入的撞擊。

最初還有點不適應被進入的奇怪感覺，之後卻開始感到從下身蔓延到全身的酥麻，連腳指尖都被電得忍不住卷曲，腰也不自覺越抬越高，腿越打越開——完全就是任人侵犯的姿勢——柏語笙也完全不浪費機會，宛如飢餓的野獸貪婪的埋在她下身，舔得下巴和頭髮都是水，手不住的進出抽插。

柏語笙直把紀筱涵撞得推向牆邊，紀筱涵大聲呻吟，整個人被這種強悍到近乎無法反抗的欲求和力道征服成小小一團縮在牆下，右腳無法闔起的掛在柏語笙肩膀上。

這副惹人憐愛的模樣讓柏語笙更加興奮不能自控，忍不住抱著她的大腿又咬又舔，用自己的陰部磨蹭紀筱涵的，恨不得兩人水乳交融合爲一體。但頂弄幾下，不得要領，又回到原本的姿勢，頭埋在她下身，屁股高翹，像隻狗般歡快的搖著屁股。

柏語笙因爲內心過度激昂，不停換姿勢調整角度，往後跪坐時，小腿肚沾得都是水，這才注意到自己下身也濕得一塌糊塗，但不知爲何柏語笙現在並沒有想被插入的慾望。她的水是因爲眼前紀筱涵充滿女人味的柔弱嬌嫩，是因爲當前的美景美色而流出，似乎蹂躪紀筱涵更能讓她興奮。

「我好想——我好喜歡妳的味道——我好喜歡妳裡面——我好喜歡——喜歡！」她著迷的大嚷，然後感覺到那人的穴因爲她興奮的胡言亂語縮緊，夾住手指，洶湧的又汨出一陣潮水。柏語笙反因紀筱涵誠實的身體反應興奮得發狂，兩人陷入完全不能自拔的性愛漩渦。

這正常嗎？她們這樣眞的正常嗎？怎麼會第一次插入式性愛就這麼歡愉，沒有半點疼痛和不順？眞的不正常吧。柏語笙爲什麼這麼瘋、她的手爲什麼可以一直深入不斷抽插？我的身體爲什麼這麼淫蕩、這麼濕潤、反應這麼激烈、腰自己抬高接迎——不行，全都不正常。

紀筱涵五感炸裂，不知道該害羞還是先享受歡愉，因爲迅速轉變的關係、太過陌生的自己和欲求過於深重的柏語笙，內心既是快樂歡喜，又感到古怪和不適應。

大概是心中思緒過多，還沒很習慣新的關係和極度親密的活動，紀筱涵沒法全心投入，但是身體卻非常滿足於柏語笙的撩撥，不停吐著水，濕得連自己都覺得陌生，嘴裡掩蓋不住的洩出呻吟，但內心又沒克服害羞，身心無法同步，只感覺火燒了一半，卡在沸騰點之前上不去下不來的煎熬。如此折騰許久，終於紀筱涵的身體飄在空中，不自覺的抖動了下，內裡輕輕收縮幾下，柏語笙大概以爲她「到了」，這才停下動作。

而她也不知道這樣是不是「到了」，反正她想休息了。

柏語笙滿臉饜足，在她臉上親來親去。

紀筱涵累得不想說半個字。緩一會，她才慢慢揚起眉頭，哼了句：「一下？」

「嗯，一下。」柏語笙神采奕奕，「妳剛剛有爽嗎？有吧？」

她眞想把柏語笙踢下床。念頭才起，這人又靠過來，把自己滿滿的抱在懷裡，輕吻臉頰和脖頸，柔柔的撫著後背，幫忙整理頭髮，動作滿是疼惜和憐愛。

算了。下次再踢她。

柏語笙摸她臉時，她看到她的指縫間有乾掉的血漬，她沒感覺到疼痛，但就是那麼一回事吧。她給了柏語笙了。

給了她的兒時同窗、千金柏小姐，給了一個比自己更漂亮的女孩子。紀筱涵歪著腦袋，靠在柏語笙肩膀，後知後覺的模糊想著：我內心沒有任何牴觸……我是同性戀嗎？原來我眞的、眞的可以跟她做到這種程度……

紀筱涵很慵懶，心情平靜，接受了這個不可逆的事實。

兩人渾身是汗和體液，黏膩的軟肉貼在一塊。柏語笙更因爲激烈動作連頭髮都濕得像剛下過水。紀筱涵本該嫌棄的，但她默默的縮在柏語笙懷裡，內心隱約覺得自己是逃不掉了。她不覺得柏語笙臭，甚至覺得被她的味道籠罩好安心。

登島日結束，她們的假期結束了，迎來新的荒島一年。

而新年第一天便由熱烈狂放的性事作為起始推動。

這，肯定是很不一樣的新年。

✦

紀筱涵的腳好得很慢。

兩個禮拜後下地才沒有痛感，但還不太俐索，無法奔跑。這段時間都是柏語笙照顧她生活起居，可以幹活後，她迫不及待的四處走動，呼吸新鮮空氣。柏語笙已習慣照顧者的角色，在她拿重物時還會滿臉擔憂，似乎把她當作需要呵護的羸弱女子。紀筱涵覺得有點好笑，前幾年都是她照顧柏語笙，沒想到這才幾天，兩人就快要習慣倒轉的關係了。

她把腳泡在水中，感受腳底石子的觸感，張開雙手，迎向海風，心情暢快。

雖然有人伺候挺不錯，但果然還是能自由走動最好。每天窩在營地裡她都快發霉了。她不喜歡在屋子裡乾等柏語笙回家，心中總懸著念想，擔憂那人獨自幹活會不會遇到麻煩。她不喜歡等待，她喜歡陪在柏語笙身邊，跟她聊天，一起做事。

回歸工作後，大部分時候都跟以前一樣。幹一樣的活，看一樣的風景。只是自那晚之後，她們每天都做愛。

睡前跟以往一樣，她們會聊天談心，直說到話題都空了，空氣安靜下來。一會後柏語笙便會覆上來，之後屋子裡便會傳出低低的輕吟和竹床架晃動的嘎吱聲響。

沒人特別說明現在什麼狀況，總之糊里糊塗變成可以做愛的關係了。

柏語笙非常、非常喜愛舔她，有的時候甚至不能用做愛形容。更像刷牙洗臉這類每日必辦的活動。早晚必定幫紀筱涵口交，宛如口腔期不滿足的嬰兒非得吸著奶嘴，飯點到了便要進行這個她異常熱愛的活動。她們不一定有插入式性愛，但每天柏語笙都會舔她。

柏語笙會先靠過來親她的額頭和臉頰，深深的吻她，吻的時候雙手揉弄那對豐碩的乳房，然後低頭下去輕吻吮弄乳尖——柏語笙也特別喜愛她的雙乳，每天都要吸吮胸部——直弄到滿足了，又往下爬，滑進雙腿間。

這是一種古怪的儀式，次數不等，至少發生一、兩次，有的時候睡到一半還被柏語笙舔醒。

「妳是小狗嗎……」紀筱涵迷迷糊糊醒來，感覺下身被某種柔軟的東西舔拭，泡在一股溫和的快意中。往下摸到腿心間的頭，揉了揉那顆毛茸茸的金色腦袋，帶著睏意把腿夾緊，那人便又爬上來，抱著她一塊賴著睡覺。

剛開始她還很有羞意，但因爲純粹的舔拭非常輕柔，柏語笙也不說什麼搞怪的話，專心埋在她身下，舔到心滿意足才爬回來。那感覺很奇妙，很像現在舔弄她的，不是柏語笙、甚至不是個人，只是一個專門服侍她，讓她歡愉的機器，是一臺靠舔拭她才能充電運轉的機器。因此紀筱涵無須感到害臊，只要張開腳大肚的給予對方需要的能量即可。

有的時候，下方那人舔著舔著想進行下一步，手滑入腿間，試探性的在穴口戳弄。紀筱涵願意的時候便任對方動作，不願意便夾緊雙腿，柏語笙也不勉強，知道她的意願後，便會縮手。這流程儼然成爲她們生活的一部分。

柏語笙就是有這種把事情都平淡化的天賦，很自然的就在日常活動中加入了性愛，搞得紀筱涵也覺得這事變成家常便飯，沒啥好大驚小怪。

目前爲止，每次主動的都是柏語笙。

儘管有古怪的舔人性癖，但對方在性愛中大多時候都很合紀筱涵的意，交合時粗暴猛烈弄得她直流水，事後又特別溫柔憐愛，感覺被人捧在掌中細心寵愛。那種每日進行的古怪但溫和的舔拭行爲，某種程度也淡化了身體被外人碰觸的不適應，唐突的行爲變成可預測的常態，紀筱涵內心的牴觸和古怪感逐漸降低，慢慢習慣了這個慾念旺盛的柏語笙和爲柏語笙敞開大腿的自己，也不再被自己發出的甜膩呻吟嚇到。

在一個篝火提前熄滅，半點星子都沒有的深夜，漆黑幽暗中，她初次體驗到高潮。

那天，柏語笙異常安靜，所有的撫觸都在無聲中進行。她也放鬆下來，只感覺那張嘴在身上移動親吻，纖細修長的手摸著背脊，引來陣陣酥麻，她再度被那人的手口揉成一團泥。

天色卻在她們行事到一半時變了，本來還依稀看得到身上的人，突然黑雲蓋過了彎月，伸手不見五指，看不到柏語笙讓紀筱涵有點不安，分心的挪動身體。

「我看不到妳……」

「我在這裡，不要怕。」柏語笙的聲音從黑暗中傳來，「妳想想，我的樣子。」

柏語笙的樣子……

紀筱涵咬著手指，壓下不安，想著柏語笙的臉，身下那人在吻她的大腿。她的左腳現在已經痊癒許多，至少在性愛中不需要那麼小心怕碰觸到。柏語笙微微舉起她的雙腳，掛到肩上，她的屁股懸空，全身都失去掌控，雖然有點不安，但柏語笙接收到她的焦慮，特別溫柔的吻著她。

「不要怕，我在這裡。想想我的臉、我的樣子。」

柏語笙的臉。

穿著高貴，舉止得體，笑容完美，耳上戴著藍寶石耳墜，塗著指甲油的手像指揮家般優雅揮舞，端莊的閉攏雙腿，露出長裙底下的銀色高跟鞋。電視上的富家千金柏語笙。

柏語笙的樣子。

燦爛金髮用紅色髮箍梳到腦後，漂亮精緻，眼神冰冷，表情倨傲，穿著白色小洋裝，挺直背脊抱著課本的小柏語笙。

紀筱涵頓時失神，感覺下體一陣失控的熱意湧出，耳邊聽到物體進出的水聲，啊，她已經被進入了嗎？她不自覺打開腿，踩在柏語笙肩上，柏語笙濁重的呼吸打在陰阜，手指已經在前後抽插了。

她被打得好開、又塞得好滿。

那瞬間紀筱涵感覺自己其他部位都消失了，只剩下正被插入的小穴。某種蟄伏的慾望被喚醒，她的下身非常貪婪的吞吃柏語笙的手指，恨不得被更深更重更快的征服，因爲她的身體反應太過熱烈，手指進出時空氣也一併被擠入，發出特別大的噗哧聲。但紀筱涵已無暇他顧，只是無助的抱緊自己的身體，腰弓了起來，好像有什麼要出來了——她情不自禁，用力夾住柏語笙埋在身體內的手指，發出一聲既快樂又痛苦的長吟，全身止不住的顫抖，餘韻延長好幾秒繃緊的身子才慢慢軟下來。

柏語笙感覺出紀筱涵不一樣的反應，開心的手舞足蹈，抱著她親了許久。

然而這個小高潮，卻只是個開始。它打開紀筱涵從不知曉存在的某扇門。她內心第一次感覺到穴口的空虛，全身都在叫囂著不夠，從穴中漣漪出一股灼熱的癢意，小穴裡面不停的痙攣、收縮，急切呼喚著手指的再次進入。

不夠。還要、還想再被插入。想被柏語笙的手狠狠進入。

瞬息間，慾望深深充斥她的心底。那濃烈的慾念讓她連被柏語笙親吻和摸胸都沒了感覺，滿腦子想被插入，但她羞赧於說出口。抱緊自己的身體，強行壓下衝動，與身後那人一塊睡下。

彎腰撿拾許久，紀筱涵揉揉有點痠的後腰，擦掉額前汗水。她往後一看，就抓到那人分心望著別處，「柏笙笙？妳有沒有專心看海啊？」

今天她們跑到東部竹林外的海灘撿海味，這兒時常可以撿到特別大的螺貝，只是偶爾淺灘會有鯊魚出沒，雖然是體型較小的種類，依然得小心注意安全。兩人通常是一人撿拾，另一人望風警戒，確認鯊魚是否在近處遊蕩。

撿螺貝的海灘再往上走，有塊能俯瞰整片沙灘的小平臺。柏語笙沒看海，緊盯那平臺。

「沒鯊魚啦。我有在看。」

「再分心就換妳撿貝殼，我看海。」

「嗯嗯。」

柏語笙回答得很是敷衍，目光瞅著平臺，似乎在琢磨什麼。她漫不經心的提議：「我們……」

話甫出口，紀筱涵已經明白她想幹麼。

「不要。」

「沒關係吧？又沒有別人……」

這不是柏語笙第一次想這麼幹了。

第一次兩人不知怎的在沙灘上玩鬧滾成一團，結果柏語笙興致來了，想要就地辦事。

紀筱涵不要。

再來是在林中撿柴，柏語笙不知怎的開始親她，親著親著就心血來潮要找樂子。

紀筱涵搖頭。

之後柏語笙說想在可以看海的地方行事。

她也嚴正拒絕。

總之，柏語笙提幾次，紀筱涵就拒絕幾次。現在都已經成了反射動作，當柏語笙盯著某個地方不說話，眼睛還賊溜溜的，整個人欲言又止，紀筱涵就知道她想幹麼了。之前的性愛都在昏暗的室內進行，老實說，紀筱涵光是適應在黑暗的屋子裡發生性關係就花了點時間，在如此明亮的地方行事，她不太能放得開。

「眞的不行嗎？」

「不行。」

紀筱涵放棄採集，提起鐵罐，快步走回營地，以免那地方又讓柏語笙有奇怪的念頭。

「欸、筱涵？要走了？妳慢點、等等我嘛。」

柏語笙怎麼這樣啊。

卵子衝腦，滿腦子只想做愛。討厭鬼。

「筱涵，妳走好快喔。」

冷不防的被人從後方抱住，紀筱涵嚇一跳，防備的推開。

柏語笙倒退幾步，雖然滿臉錯愕，但沒有生氣，只是靦腆笑了下。

「我是不是要求太多了？」她嘿嘿幾聲，「別生氣啦，讓我親親妳？」

她的脣湊過來，眞的只淺淺的親紀筱涵臉頰一下，很是自然的牽起她的手，十指相扣。

「走吧。」柏語笙笑得有點憨。

紀筱涵默默被柏語笙牽著走，柏語笙哼唱不知名的歌。半路上，柏語笙突然把她扯向另一頭。

「要去哪裡？不回家？」

「等一會，先陪我去撿貝殼。之前撿的都給我弄壞了。」

海蝕洞事件之後，柏語笙爲她做了好幾條手環。

「妳喜歡白色還是玳瑁色？」

柏語笙又在物色貝殼，雖然紀筱涵推拖著要對方做別的東西，但柏語笙說她現在只想做手環給她。

「上次那條也是白色的……是不是玳瑁色好一點？還是妳想要兩色交雜？筱涵幫我出點主意！」

紀筱涵靠著岩石，看著柏語笙辛勤的挑揀貝殼和小石頭，心中堵著奇怪的情緒。她仰頭望著上方樹蔭，又左顧右看石頭環繞的地形。

好像比較有遮蔽感。

「這兒……可以。大概。」

話一出口紀筱涵又有點後悔，希望對方沒聽到或沒聽懂，但柏語笙耳朵尖著呢，沒給她後悔的機會，已經從地上跳起來。

「妳眞好！」柏語笙親了她一口，「妳趴著好嗎？我想從後面來。」

什麼啊，這人根本就等著她心軟吧！

紀筱涵在內心痛罵意志不堅的自己跟順藤摸瓜的柏語笙，不情不願的轉過身去。

柏語笙靠了過來，幫紀筱涵喬姿勢，好像看出她離完全拒絕就差那麼一厘米的不甘心，很是小心的安撫她，沒馬上拉下她的裏胸布，而是從後面摟著她，細細吻她後頸，摸她的頭髮。

紀筱涵被摸得像貓一樣瞇起眼睛，差點就睡著，都忘了後面還有其他事要幹。

柏語笙咬了口她渾圓的屁股，她被驚得縮了下腿，不自覺就把柏語笙的手指夾在腿間。柏語笙繼續啃著她的臀部，好像她的屁股是好吃的蘋果一樣。紀筱涵的下身穿著草裙，只要輕輕撥開身後兩片葉子，便能一覽無遺的看到下體，柏語笙憐愛的摸著那私密又脆弱的地方，摟著她的大腿，深情的與她下面的唇瓣接吻。

「筱涵，妳好可愛喔。這裡也很可愛。」

她鼓著臉回頭看了柏語笙一眼，又很快轉過去，不想面對的把臉埋在手臂裡。因為害羞雙頰通紅，眼睛水汪汪，殊不知自己這副可愛又可欺的模樣更是讓柏語笙興奮。

紀筱涵一邊用哭音罵身後那人，一邊配合對方動作。

「不要、我後悔了行嗎……壞人……變態、大變態……」

「嗯……妳才答應我的。乖乖嘛……不會啦……沒事的……試試看，很好玩的……」

一個不停罵對方，一個不停哄對方，邊罵邊哄的過程中兩人已經翹起屁股，壓在一塊，準備交合了。

蟲鳥嘰喳鳴叫，棕櫚葉唰唰作響。

大自然的嘈雜喧囂，就像花錢進場看性愛秀的觀眾。

樹葉的光影映照在紀筱涵軟嫩的後背和渾圓的雙股上，她像是即將可以享用的珍饈佳餚，柏語笙瞇起眼睛，滿足的哼出聲。她其實想在視野更開闊的地方行事，但這兒也還可以。

紀筱涵不安的挪動姿勢，挺翹多肉的屁股頂在柏語笙髖骨前磨蹭，她並不自覺自己的動作對身後之人來說是搧風點火。柏語笙舔著嘴唇，拉下她的裹胸布，掙脫束縛的兩團白肉立刻隨著地心引力自然垂落，稍微粗暴的掰斷對方的草裙，現在紀筱涵除了卡在腰際那圈裹胸布外渾身赤裸。

柏語笙也脫掉衣物，兩人光裸的交疊在一塊。她什麼也沒做，只是靠過去，讓對方的陰脣緊緊貼在自己小腹上。

柏語笙一句話也不說，但紀筱涵完全能感受到灼熱的目光正在自己背後梭巡，抵住屁股的部位上下移動，柏語笙提著裹胸布，完全控制她的臀部，上上下下的在大腿、腰和小腹移動，兩三次就把柏語笙的小腹蹭出一條水痕來。

紀筱涵感覺到了，臉更是燒紅。她們根本還沒開始，只是在外部來回摩擦，她便又濕透了。

柏語笙輕笑幾聲，不再上下移動，找準點，左手提溜著下滑到腰部的布條，前後搖著自己的胯部，一會重一會輕的開始撞紀筱涵的下體。肉體相撞發出聲響，好像某種宣告、某種即將激烈交戰的戰鼓。

柏語笙撐著石頭，對著那處一會快一會緩慢的磨著，觸感稍硬的恥毛磨砥著那對美妙的肉色扇貝，每次身體離開，都可以看到兩人相連的胯部有著越來越黏稠的液體牽絲，紀筱涵的下身銀絲黏在她的陰毛上。柏語笙興奮的撞著，撞得對方的小肉珠也慢慢探出頭，刺激得紀筱涵忍不住彎起腳。

「筱涵，我眞想給妳看看……」

「我不要看！」紀筱涵尖叫著，抵抗不住陰蒂又被沉沉的撞了下的尖銳快感。

紀筱涵趴在石頭上，一株野花開在眼前很近的地方，因爲身體被撞擊小花忽遠忽近的在眼前搖晃。她眞不敢置信自己居然答應了，她們就這麼大搖大擺的在明亮的白晝做愛，在公開場合性交，大自然寧靜純眞的環境音中交雜了慾望的聲響，以她們爲中心掀起了腥羶情色的氛圍。

「妳爲什麼這麼好色、這麼喜歡做、做……」紀筱涵講不下去了。光天化日下，被身後深切的慾望撞得不知如何是好，又羞又惱的同時也困惑於對方可怕的熱情。

「因爲很可愛。」柏語笙答非所問。

「我這麼普通。」

「長得普通的女生……」柏語笙更用力的撞了下，「不可以做愛嗎？」

「不是，啊！才不是說那個——嗯——」

「普通的女生，不可以被摸乳頭嗎？」

柏語笙整個上身都壓上去，用幾乎擁著紀筱涵的姿勢，雙手靈巧的捻著她的乳尖。

「妳很煩——」

「普通的女生……」柏語笙的手指插進已經被撞得水澤氾濫的地方，「不可以被插嗎？」回答她的是嗯嗯啊啊的呻吟。

柏語笙目光迷離，欣賞在白日下特別清晰的景色，紀筱涵那浸泡在慾望中羞怯難耐的表情如此美味，她實在好喜歡紀筱涵被自己侵犯得毫無反抗之力的模樣，眞想把眼前景象錄下來，每天回放。

無法控制不斷膨脹的慾望，總是做著、做著動作就粗暴起來，柏語笙情不自禁咬對方的脖子，聽那人嬌弱的呼喊，手指不斷抽動，一會大拇指插入，一會放入中指，一會又食指中指併攏迫不及待的擠進穴內，五指靈巧的在她的小穴試探，弄得整隻手都濕濕糊糊，所有手指都染上慾望的顏料。

柏語笙直弄得紀筱涵全身發軟，很快迎來一個小高潮。如同最近每個夜晚，熟悉的節奏，柏語笙又以爲她「到了」，稍微慢下動作，伏下身子親她臉頰，等她呼吸舒緩點後，便會結束這場性事。

紀筱涵趴在地上，心中只有一個清晰的念頭。別停。

她遵循本能的伸出手，輕輕扯住柏語笙的髮梢，拉住本欲起身的人。

柏語笙停頓了一下，擺頭看她。

視線交錯，她主動抓住柏語笙，卻什麼也不說，只是用那雙被慾望泡得濕潤發膩的眼睛望著柏語笙。這是一個羞怯而明確的邀請。

柏語笙眼色加深，「筱涵、妳……不要這樣子看我，好嗎？」

她好像沒聽明白似的，什麼也不說，依然軟軟的望著她。

「妳這樣很危險。我會很想——很想——」柏語笙邊說邊步步逼近，整個壓過來，鼻息噴在她臉上。

而她不怕死的追問：「妳會很想？」聲音因為渴望比平常還嬌柔。

柏語笙瞇起眼睛，像隻母豹盯著她，琥珀般的瞳孔中什麼景色也沒有，只有她這個獵物的倒影。柏語笙伸出舌頭舔紀筱涵的脣瓣，兩人淺淺的接吻。然後柏語笙往後退開。

「我會很想操妳。」她被逼得沒辦法了，有生以來第一次講的粗俗話語脫口而出。

想操妳。

沒有別的高雅文句可以使用，只能用這麼直白粗俗的三個字，來表達滿腔炸裂的熱情和慾望。

話甫出口，兩人俱是呼吸急促，望著對方，誰也不說話。

只是一個下腹又一陣熱潮，熱烈的吐水等待被插，一個感覺幻覺般的勃起了，隨時要插入對方的穴射出讓人懷孕的液體。

慾望的視線在空中捕抓、挑逗，兩人緊盯對方，眼色加深而迷離。

「妳會很想幹麼？」紀筱涵不知道自己為什麼還想再聽一次，她的聲音更輕更膩更媚了。

「想．操．妳。」柏語笙咬住下脣，興奮的重重喘氣，「——我想操死妳。」

當柏語笙說「操死妳」的時候，已經壓低身子，手重重的揉捏紀筱涵右乳，把臉埋在她胸乳前，又咬又舔的蹂躪她的乳尖。臀部貼上她的屁股，用力撞了她兩次，撞得紀筱涵的腳情不自禁往前彎。

她們就像兩隻完成求偶，準備要交配的動物，再度交疊在一塊，只是這回柏語笙已不再有餘裕，完全丟了心智，全憑野性的慾望本能動作。

紀筱涵也不怎麼好。對方那浸泡在慾望中的臉，還有不應該從柏語笙唇中吐出的低俗語言，都讓她看得失了神。她的水已經沿著大腿流到膝蓋，下體宛如水庫洩洪，被失控慾望徹底衝破。

「操……死我。」她無意識的重複對方的語尾，輕輕拉著垂到眼前的金髮，像聽得不夠清楚般，把那人又拉近點。

柏語笙順著她拉扯的力道靠近，附耳柔聲道：「操死妳。操妳的穴——妳抱著胸好嗎?揉一下好嗎——我會操妳，操到妳陰唇都外翻——把妳的小穴掰開給我看好嗎——再開一點，我想看更清楚——操到妳水都打出泡泡合不攏腿——妳再揉一下胸嘛手別停，對，就是這樣，好乖、好棒——」

柏語笙一會用非常帶攻擊性又粗魯的言詞挑逗，一會撒嬌的請求她撫弄自己，錯亂催眠的令紀筱涵不自覺照辦要求。

「抱著胸……揉？」她歪著腦袋捧著自己的乳房，左手輕柔的撫弄自己的乳尖，那兩團白肉像熟透的瓜果稍微往下墜，右手則乖巧的掰開自己的腿給對方看。

儘管動作青澀，但也足夠燎原了。

紀筱涵不曉得自己這樣多惹火，不明白自己正使用著怎樣的武器，簡單幾個動作就把柏語笙的理智轟成一團慾望的灰燼。

柏語笙雙眼發直，連喊三聲近似喘息的好。

「好、好乖、好乖……我操妳好嗎？我可以操妳嗎？我可以操死妳嗎？好嗎？嗯？妳說『操我』好嗎？讓我操妳？說『操我』？」她雙眼發紅，胸口起伏，柔聲問著粗鄙無比的話。

紀筱涵愣愣的看著柏語笙，高雅的柏語笙，被慾望逼到講著如此低俗的話，她能怎麼辦，當然是回應她的要求了。

「操我。」

當那小女孩般的娃娃音在空氣中響起，柏語笙全然受不了，她就像隻掠食動物撲向美味的獵物，激動到笨拙又激烈，她們現在的動作，就像兩隻動物在性交，毫無美感可言，只有肉慾橫流。

「妳不知道，妳真的不知道！妳知不知道妳在說什麼、明不明白自己現在什麼樣子……」柏語笙騎在紀筱涵身上，高亢的喊著，「太過分了、怎麼可以這樣、筱涵怎麼辦、我沒辦法啊。怎麼會這樣——」

柏語笙喊著全然失控毫無邏輯的話邊幹她，把紀筱涵幹得尖叫起來。

「柏——啊——柏——嗯——柏——」紀筱涵支離破碎的喊叫，但聲音全被呻吟淹沒，只能斷斷續續叫著柏語笙的姓，連名字都喊不全。

「叫我，筱涵！妳叫我啊……不要停、喊我的名字——大聲叫別停！」

柏語笙興奮的嗓子都啞了，慾望把她整個人燻成一頭只想交配的野獸，左手陷入對方白麻糬般的軟乳，把那對玉瓜般的巨大乳房揉捏成各種形狀，全身的力道都壓上，兩腿銬住對方，逼對方門戶大開方便自己深入，不斷進出那吐著水的肉穴。宛如母豹逮著了想要脫逃的小兔子，不顧對方掙扎壓在身上，用銳利修長的利齒一次次重重穿透對方的身體。

她們激烈的呻吟、喊叫和肉體碰撞的聲響，驚得停在頂上的海鳥漫天紛飛。

柏語笙的身高此刻變得極度有侵略性，紀筱涵完全被圈在她身下，好像被猛獸從身後捕獲般，眞眞正正、無法反控、徹底被擁有的被柏語笙壓在地上操幹。

胯下前後撞擊輔以手指壓入，每次都疊加雙重的快感，背後一個成年女性的重量更是助長加深被塡滿的感覺，剛開始她還有辦法撐著地板，但之後被撞得完全貼地，臉頰蹭上泥土，場面狼狽而色慾。

不知被幹了多久，那手指更換節奏，似乎又想玩新花樣了。一會規律撞擊，一會又在體內飛快鑽動，有的時候不進入只是拍打她的外陰唇和陰蒂，撓得紀筱涵更癢更想要。她也失了理智，屁股主動去蹭、去追手指，柏語笙卻過分的不肯給她，她眞要被這不停的煽動挑逗搞瘋了，扭著腿乞求。

「不要出來，求妳，別出來——」

「不出來？要我幹妳？要我幹妳？是嗎？」

連對話都退化成一個只能像隻被吃的兔子哭喊央求，一個只能像隻齜牙咧嘴的母豹尖銳的連連威脅。之後柏語笙就不再換姿勢把手指拿出來，非常忠實的執行貫穿紀筱涵的任務，兩人的屁股相撞發出啪啪啪的碰撞聲。

「幾根？幾根？」紀筱涵尖叫著，她是不是要壞掉了，到底有多少根柏語笙的手指在體內橫衝直撞。

混亂間柏語笙不知怎的居然也理解她的問題。

「四根。妳好棒妳全吃進去了。全部、更多！我想全部塞進妳體內，好嗎？可以嗎？妳可以全部接受嗎？」

怎麼可能四根，自己的身體怎麼可能接受這麼多的慾望還有餘裕不停進出。怎麼可能。她們簡直心電感應，紀筱涵剛起了否認的念頭，便被柏語笙快速翻過來。

「妳看到了嗎？筱涵。」

柏語笙埋下去胡亂舔了好幾口，舔弄得自己滿臉糊，根本也不管性事進行中的下身味道有多重，也許那味道還能讓她更加興奮。

柏語笙又抬起臉把手指塞進去抽動，「妳知道嗎？妳好棒都吃進去了。」

柏語笙沒騙我。

大腿無力的攤開，即使在她們變化姿勢的對話間，那手也不知疲倦的操著她。柏語笙輕鬆的摟著紀筱涵，與她一起看著進出下體的手指。

紀筱涵愣愣看著，好像跟柏語笙一起坐在特等席看某個特別淫蕩的女人被幹一樣。

那具被幹的肉體不可能是紀筱涵。

如果是她，她到底是濕得多誇張、又爲了這個人打開了多少。才初嘗性事沒多久，身體便被慾望蒸騰轉化到可以吞下柏語笙四根手指。儘管柏語笙的手指纖細修長，進入的時候手指併攏呈錐狀進入，但那也是扎扎實實一個成年女性的四根手指。

好像要方便她觀察似的，柏語笙又把她的右大腿推得更開，她如今是醜態畢露，下體完全向著空中，不知羞恥的吐著水吞吃柏語笙的手指。那手指好像搗米杵，爲了收穫慾望辛勤工作，在風和日麗中，在明亮的視野和綠色草皮上，不斷搗入紀筱涵的體內，間或夾雜著淫穢的水聲和空氣被擠壓的噗哧聲。柏語笙都在她體內了。

紀筱涵又被翻了過去。

「讓我繼續從後面幹妳好嗎？屁股翹高。」柏語笙拍打紀筱涵的臀部，她身心受刺激下，依言撅起屁股。

「大腿打開。」

那人又拍一下她的臀部。隨著晃動的臀肉，她的大腿聽令自動分開。

「身體壓低。」

柏語笙端詳眼前美景。

因爲趴著的動作，紀筱涵兩顆豐碩的乳房像等待擠乳的奶牛自然下墜，粉紅色的乳尖因地心引力挺立的向著地面。稍顯豐腴的體態此時顯得可口誘人，張開腿壓低身子的姿勢使下半身一覽無遺。

腿心之間幽深的隙縫，因爲剛剛的激烈性事，穴口像呼吸的蚌殼張開，穴口還滴著來不及吐完的水，白天的光線，讓她清楚看到大腿旁有一條從右唇瓣口往下氾濫的水痕。

紀筱涵的小臉回望她，雙頰酡紅，眼底迷惘，好像對現況有點不解。

如此乖巧可愛，任憑她擺弄出各種姿勢，害羞、禮教和道德都拋諸腦後，只是柔順的順著她的慾望，成爲一頭準備交配的母獸。直到現在，表情也無辜至極，不知道自己犯下多少的罪。小穴吐出太多水的罪、身體太淫蕩的罪、叫得太好聽的罪、雙乳過於吸睛前後晃動的罪、乳頭太過挺立的罪、吃了她太多根手指的罪。

太過勾人的罪。

柏語笙著迷的壓上去，手指改了個方位插入，騎到她的雌獸身上。這是她的。她的她的她的她的雌獸，她要準備交配的對象，誰都不准跟她搶。她要幹到她全身都是自己的味道，幹到別人都不敢跟她爭。她要在她最柔軟的地方做亂使壞，把這地方弄得一塌糊塗標記自己的味道，讓別人再也不想跟她搶——

她倆又回到原本的姿勢，動物交配的後背式。

這次什麼話也不說。

只有灼熱的呼吸。

只有幹人的手和被幹的穴。

不斷抽插和深入。

再沒有任何花俏動作，就僅僅只是深入，把所有的重量都壓在那兩根深入體內的手指，空虛的肉穴絞緊柏語笙的手指，她邊喊著不行太深會壞掉，邊往後推出自己的屁股供人操幹。

兩人一個往前推，一個往後送，碰撞的深度與節奏都太讓人滿意、太讓人喜歡、太讓人著迷、太讓人無法停止——這個世界消失了，沒有蟲鳴，沒有鳥叫，她在高潮迭起的世界裡，只有身後的壓迫和操控、飄到眼前搖晃的金髮，空虛的小穴和啪啪啪不斷撞入體內滿足她的修長手指。

她們宛如生於島嶼、世上僅有一對的稀有動物，不是男女、雌雄或公母的分化，這個物種就僅有她跟柏語笙。春天來了，開啓激烈的發情期，除了不斷交配還能怎麼辦。

她就只能抬起屁股，張開小穴，流出更多水；柏語笙就只能不停前後衝撞，用力幹她，把她幹到懷孕。

她已經搞不清楚身後柏語笙是怎麼弄的，爲什麼可以用這種男女交合般的姿勢猛烈撞擊，是不是眞的長出了一根熾熱的肉棒，不然怎麼可以如此激烈的前後攪動操幹她，又能空出手摟抱著她、壓制著她。漂亮的、美麗的柏語笙，女人味十足的柏語笙，因爲交配期到了，下體便長出粗大醜陋的肉棒幹她，古怪的性幻想讓她控制不住的尖叫，又被送上一次高潮。

這場宛如交戰的漫長情事中，她已經數不清高潮過幾次，被幹到腳軟，全身無力的趴在地上，只有肉穴還有反應，被進出撞擊時會自己迎上去。她儼然變成了專屬於柏語笙的洩慾人偶，但這樣的形容並不是一個強暴指控，而是難以啓齒的，她也想要變成專屬於柏語笙的性容器，吞下柏語笙全部的手指和慾望，承載身後那人無止盡的操幹。她願意被幹到世界末日不要停。

她不停的被拋起、短暫空虛、得到滿足、全然征服和壓制、激烈操幹、又被拋更高——嘴裡除了呻吟尖叫只剩胡言亂語，柏語笙在講什麼她也聽不懂了，她們倆人都失去了言語能力，只能跟動物一樣哭喊吼叫，柏語笙咬她肩膀，她抓柏語笙的背，兩個人都被慾望弄得亂七八糟。

不知道重複了幾回合，兩人肉體都到達極限，但又被慾望推得完全無法停止，紀筱涵突然感覺下身湧出某種東西要出來的預感，跟之前不一樣，是真的有液體要解放的感覺。

「我要上廁所！不要不要，不要了——」她乞求著。

「尿出來，沒關係，可以的！」柏語笙不放過她。

她拚命搖頭哭喊哀求，那尿意般的鼓脹感讓她又找回羞恥，想拒絕身上的柏語笙，但身體還沉浸在被徹底控制擁有的快樂中，完全推不開身上的人。也就在那一瞬間，解放感臨下，她放聲哭喊，身體用力抖動、舒服到腿虛虛的向外敞開，弓身如蝦般跳動，雙眼失神，花了幾秒才聚焦。

紀筱涵腦子一片空白，因爲劇烈運動視力模糊耳鳴，回魂後她意識到不對勁，剛剛隱約間似乎聽到某種聲音，有液體噴濺出來。

兩人俱是一愣，眼神清明了起來。

柏語笙其實也是逼著自己的肉體極限，因爲長時間的抽插，手都麻了，對觸感沒那麼敏感，只是過於喜歡對方的激情反應捨不得停下罷了，但下身確實也感覺到濕意。

她們默默低頭，因爲探頭的動作，兩人貼合在一塊的下半身分開，就這樣眼睜睜看著一捧積著的水落下，把大腿淋得濕漉漉的。剛剛那水聲還眞不是幻覺，大量清水般的液體把兩人跪著的膝蓋都弄濕了，宛如尿濕般。因爲穴口正對著柏語笙胯部，柏語笙金色的恥毛也被她的液體噴濕，好像淋過雨的狗毛。

紀筱涵突然劇烈掙扎，柏語笙回過神來趕忙壓制她。

「妳走開、妳走開！」

「沒事、眞的、沒事啦。那不是尿啦。沒事的，筱涵。」

「都是妳害的！」她哭罵著，手軟軟的推打對方。

「妳不要生氣嘛，沒聞到味道，眞的沒事的。妳看——」柏語笙飛快的抽出手指抹上她大腿，沾了點那液體。舔。

「妳還舔！」她失聲驚叫。

「眞的不是尿嘛，沒有味道，筱涵妳這是……」

「夠了閉嘴！不要說！」

「妳潮——」

「都說了，不要說！」

她摀住柏語笙的嘴巴，柏語笙眉眼彎彎對她笑，舔了下她的手掌，趁她手拔開的空檔撲向她。

「好好好，我不說、我不說。妳好棒。眞的好棒。好棒好棒好喜歡！」她像隻歡快的小狗黏膩的摟抱她，雙手輕柔撫弄慌亂而繃住的背脊，不停稱讚她，用力吻她……吻得她身心都軟了，因爲羞恥而繃緊的身體鬆懈下來。

「妳潮吹了耶。」柏語笙滿足的笑吟吟。

紀筱涵氣得好幾天都不給她碰。

第十七章

那次野合後，太過放縱的後果也來了。

一次吃下四根手指眞有點嚇壞紀筱涵。雖然當下不會痛，但激烈的性事還是弄破皮了，之後兩天她走路都有點合不攏腿。

她不許柏語笙再放那麼多手指進去。大體而言兩到三根指頭是比較舒服的，事後也不會流血。無數次的性愛中，她也在熟悉這副因嘗過性事變得陌生的肉體，反覆摸索自己能承受多少的邊界。

雖然氣惱柏語笙用潮吹的體質故意鬧她，但是自那之後，她的身子更是不禁碰，宛如開了無法再被鎖上的閘門，高潮已是家常便飯，她越來越常被弄到潮吹。隨著柏語笙日益精湛的技術，她的身體逐漸熟悉被這個女人碰觸，甚至一個晚上來好幾次。

搞得她本來不愛在外面行事，後來都寧願在外面做。不然每晚睡覺的地方被弄得都是自己的東西，實在羞人，清洗也很麻煩。

下限這種東西，只要打破了以後，就會不斷刷新。今天又在外面做了。

「啊……」紀筱涵拱起身子，柏語笙左手擁著她，右手慢慢抽出，紀筱涵側臉躺在柏語笙腿上喘息，情動後的臉泛著潮紅。

「妳好漂亮。」柏語笙吻她，幫她整理汗濕而凌亂的頭髮。

紀筱涵閉上眼睛，微微喘息。今天她們來撿海貝，沒撿多久就被這人壓在上次盯了很久的小石臺上辦事。

「這裡視線很好吧？也有風。」

「妳早想這麼幹了吧。」紀筱涵不滿的戳對方額頭，終究還是讓柏語笙得逞了。

「不覺得在視野遼闊的地方，心情特別好嗎？」

特別好沒有，倒是特別羞恥。感知到她的想法似的，柏語笙在她耳旁說。

「妳看。離海這麼近的地方，隨時會有船經過……」

懷中的身體明顯緊繃了起來，柏語笙輕撫對方右乳，像玩弄一個愛不釋手的玩具。

「而且甲板站滿人，他們沒想到荒島海灘上有人沒穿衣服在做愛，一整船的人對我們指指點點……」

紀筱涵稍有掙扎，柏語笙又開始安撫對方。

「沒事，真的沒有船啦。都幾年沒見過船了——然後船上的人會拿起望遠鏡觀看我們，他們會把倍率放到最大，用最清晰的特寫看到我在操妳……看到了嗎？像這樣……」

柏語笙邊說，手又開始進出濕潤起來的肉穴，兩人呼吸濁重了起來。

紀筱涵本來靠在胸前，柏語笙把對方轉過去，面對大海，推開紀筱涵的大腿，讓腿心往空曠的海面袒露。

「他們會看到妳已經這麼濕了……」

「不要、不要給他們看。」紀筱涵搖頭哭喊。

「當然不給他們看——」柏語笙講著講著，腦中閃過紀筱涵被一群人觀看的畫面，莫名有些不爽，居然被自己主動發起的性幻想弄到醋意滿滿。

「不可以給別人看，誰都不行！好不好？」她吻著紀筱涵的嘴巴，哄著對方說自己想要的承諾。

「哪來的別人……」紀筱涵正被慾望蒸騰，壓根沒法管她突然冒出的妒意。

「就是不要嘛。」柏語笙滿臉委屈，舔著她的乳尖。

「那妳也不可以……」

「我可以！」她有點激動，「只有我可以！」

「啊……」

柏語笙像隻焦慮躁動的小狗，特別激烈的抽插，直到紀筱涵全身顫抖，她才丟了那麼一回，短時間又來一次，現在是徹底軟癱了。紀筱涵懶懶的躺在石臺上。累。

柏語笙倒是精神奕奕，終於想起落在一旁的正事。

「來挖海貝？」

「妳弄，我好累。」

「那妳幫我看鯊魚。」

柏語笙跑走了。紀筱涵閉眼休息，沒理她。

趴在石壁上一會，忽然啪嗒啪嗒的跑步聲，陰影籠罩頭頂。柏語笙笑咪咪的給她戴草帽，還幫她把落到額前的頭髮攏到耳後。

「啾一下？」

紀筱涵是怕了柏語笙的「一下」。淺淺的親她，趕緊把人趕走。

今天是大好天氣，吹著涼爽的海風，看那碧海藍天，心情特別放鬆。紀筱涵抱著腿坐在石臺上，難得偷閒，看柏語笙辛勤工作。

她的草裙又被扯壞了。這個月不知道重做了幾件，都懶得說了。

剛剛的性愛不只弄壞她的裙子，柏語笙後面的兩面葉子也被扒落。因此在柏語笙背對她彎腰撿拾的瞬間，她可以一覽無遺的看到對方大腿根部，也注意到因爲陽光照耀而特別明顯的水痕。

她們剛剛的姿勢，腿完全沒碰在一塊，肯定不是她沾到柏語笙身上的。

「哎呀，最近怎麼回事，大海貝都不太好撿了。我們是不是該找別處據點了？筱涵？」柏語笙回頭問她時，看到紀筱涵低著頭，若有所思。

「怎麼啦？」她搖搖頭，接過她手上的鐵罐。

當日晚上，柏語笙又壓過來。總是默不作聲任人採擷的紀筱涵推開身上的人，反手把她按在床上，在柏語笙還滿臉錯愕時，坐上她的腰。

「我、我來。」

柏語笙先是有些愣，然後笑出來。

「妳別笑！」

「嗯，好。不笑了。」雖是這麼說她還是滿臉笑意，「那妳打算怎麼享用我？正面？

還是……從後面來？」

柏語笙特別刻意的趴過去，屁股翹高，頭髮垂落，眼睛閃亮的勾著紀筱涵。

紀筱涵眼看又要被柏語笙牽著鼻子走，大力拍她屁股，「躺好。」

「啊，幹麼打我，人家開玩笑的……小小，妳臉皮很薄耶。」

柏語笙乖乖躺好。躺得過於端正了，顯得有些戲謔，眼神特別頑皮。

紀筱涵看她這德性有點不爽，「妳閉上眼睛。」

柏語笙用手遮住眼睛，繼續從指縫間看她。鬧到紀筱涵拿裹胸布綁了她的眼睛，這才眞的無法偷看。好不容易那人安分下來。紀筱涵跪坐在草蓆上，望著柏語笙，卻有點發愁了。

紀筱涵不會。

她手足無措的看著躺在眼前的女體，連怎麼開始都沒頭緒。

是不是應該先摸她的胸？還是舔她？這樣會不會太刺激？還是要先說些情話？紀筱涵苦惱的咬著下唇。柏語笙是怎麼無師自通學會這些的啊？還是她其實有經驗……想到這個可能性紀筱涵不禁有些醋意。

「妳有跟別的女生做過嗎？」紀筱涵輕聲問。

「沒有。」柏語笙的語氣有點歡快。她抬起頭想跟紀筱涵對話，但蒙眼摸不清方位，只能對著虛空說：「原來妳剛剛在想這個啊？」

「可是妳很熟練。」

「我很熟練？」柏語笙噗哧一笑，「是在稱讚我的技術？那我來吧？」

「才不是。笨蛋、走開、放手，今天我來！」紀筱涵相當堅持，拍走柏語笙蠢蠢欲動的魔爪。

她橫下心，手巍巍顫顫往胸部摸過去。

雖然躺著胸都會稍微平坦些，但柏語笙胸也沒很小，大概C杯左右。紀筱涵覺得相比自己過大的尺寸，柏語笙的胸型就很好看了，不曉得為什麼還這麼喜愛摸她的胸。

她戰戰兢兢捏揉，手勁太過呆板，不像在性愛，倒像認眞捏麻糬的師傅。

柏語笙輕笑幾聲，很大方的抓過紀筱涵還在裹胸布外輕捏的手，直接探入裡邊。觸手所及是光裸嫩滑的肌膚。

紀筱涵害羞撫弄，她摸到了柏語笙的乳頭，經過她這番毫無技術可言的毛躁亂摸，居然也挺立起來。眼看自己瞎忙半天，柏語笙好像還很有餘裕，紀筱涵想了下，拉下裹胸布，低頭含入那粉紅色的小東西，又吻又舔。

柏語笙輕輕哼出聲，嘴角掛著一抹笑意，手獎勵式的摸著她的頭髮。

「筱涵……輕一點、慢一點……對……就是那裡……」

柏語笙輕聲指導她，紀筱涵也比較不緊張了，稍微進入狀況。她回憶柏語笙的動作愛撫對方，柏語笙發出舒服的歎息，她受鼓勵繼續摸索，順著對方腰部往上摸，摸到一道傷痕。

這傷痕是荒島第四年的大颱風天，被掀起的木頭砸傷。那時柏語笙背後流了好多血，她們躲在洞穴裡，聆聽黑暗中物體碰撞的聲音。

紀筱涵按著這個傷，心想，柏語笙不要死。即使現在已經否極泰來，但每一次的擔心、難過、害怕失去，都如此眞實。

之前激情之下，她雖有摸過對方的身體，但是這麼清醒有意識的撫摸柏語笙倒是頭一次。紀筱涵忽然感覺自己不需要如此害羞，柏語笙的身體寫了什麼，她都知道。

左小腿肚上的兩道外擴痕是游泳踢到礁石、右臂後側有些微外凸的增生性疤痕是病癒後留下的、接近右方後臀部的小疤痕是海蝕洞救她被銳利的岩石刮傷。柏語笙的身體寫滿這些年的歲月，摸著她的身體，好像在溫習這六年的風風雨雨。紀筱涵突然內心充滿柔情安寧，想好好愛撫這具傷痕累累的軀體，辛苦了，謝謝妳，我也想給妳快樂。

紀筱涵愛撫完上半身後，往下移動，輕輕掰開柏語笙的腿。

她還是第一次近距離看其他女生私密處。柏語笙的恥毛跟她的頭髮一樣都是淡金色，她輕輕撥弄毛髮和底下貝殼般的陰唇。光看這樣的性器、這樣美妙的身體，不會覺得柏語笙是個重慾的人。

紀筱涵好奇撥弄那兩片小巧的陰唇。

也許她這麼目不轉睛盯著有點奇怪，但這人眞是全身都漂亮，連這處也好看。紀筱涵少數幾次看的A片，女主角也是歐美人士，放大特寫的性器官讓她感到有點噁心。但看著柏語笙的卻不會，爲什麼呢？

我願意替她口交，讓她高潮。她想著，伸出舌頭，舔了上去。

當她碰上陰蒂時，柏語笙終於輕聲呻吟，聽在紀筱涵耳裡那聲音宛如天籟，她振奮的舔弄，穴口終於泛出些微濕意。儘管如此，每當手指試圖探入，都覺得柏語笙裡面好像沒有很濕，她也不想硬闖弄痛她。忙碌許久，最後還是作罷。她有點挫敗的爬回去摟住柏語笙，臉埋在她脖頸。第一次主動嘗試，似乎有點失敗，柏語笙還是挺冷靜的。

「妳有舒服嗎？」

「有啊。」柏語笙拿掉遮住眼睛的布條，笑吟吟的貼過去抱緊她，「妳舔的時候可以稍微變化一下角度和力道，一直舔同一處會沒感覺。」

紀筱涵覺得臉上有點燒，公開談論這些事情還是讓她很害臊，不過柏語笙態度坦然，她也比較放開了。

「妳都怎麼做的？」

「我也沒多想。反正看妳身體反應，反應好就多弄一點。」

柏語笙說得稀鬆平常，但她就是不會啊，紀筱涵氣鼓鼓的。

也許柏語笙就是特別有天分。她平常就很擅長用言語或行為操控節奏，對這類事情很在行。這天賦用在性事上，做的時候眞是完全被她帶著跑，身心徹底失控。

「第一次當攻，什麼感想。紀小小同學。」柏語笙看紀筱涵表情還有點愣，忍不住捏了下她的臉，覺得特別可愛。

紀筱涵憋很久，才擠出這麼一句：「好神奇……女生的身體。」

舔弄時在舌尖底下挺立膨脹的陰蒂，很像小時候做自然科學實驗，小豆苗巍顫顫的立起來。

女人的身體不論是柔軟的胸部、揉弄著就會自動硬挺的小巧乳尖、被愛撫時發出的羞人呻吟、海貝般微微開闔的小穴、慢慢汨出穴口的黏膩液體。所有的一切，都很神奇。

紀筱涵抬起頭，與柏語笙對視，那人眼帶縱容的柔和笑意。她的手在柏語笙身上滑動，從細瘦的臂膀、天鵝般的脖頸、軟嫩的胸部、有弧度的腰身，最後摸到有點乾掉的穴口，輕輕的碰觸陰蒂和陰唇，閉上眼睛感受柏語笙身體每一吋的形狀，對於自己有這個權利放肆撫摸對方任何地方而感到開心。

紀筱涵軟糯的要求：「我想讓妳高潮。」

「嗯。」

「下次我要進去。」

「好。」

對方很爽快就答應了，還溫柔的吻她。紀筱涵內心甜絲絲的，想著以後柏語笙摸她，她都要認真偷學。

當過一次主動方也是有好處的。

紀筱涵開始明白對方伏在自己身上時需要什麼，在柏語笙替她口交時，她的手會慢慢往下伸，主動幫對方挽起長髮，以免舔弄時吃到頭髮。她們的性事越做越和諧，多數時候還是柏語笙上位，只要是柏語笙主動，她倆的性事總是激情又狂烈，非要把最後一份體力榨乾才停止。

如果事後還有體力，她會幫柏語笙口交。經過幾次嘗試，她比較不那麼笨拙了，也能讓對方哼出愉快的聲響。但不知爲何柏語笙裡面還是很容易乾澀，就算舔完是濕的，進入後沒多久又乾了。她只有一根手指稍微探入，很快又抽出，還沒眞正讓對方陰道高潮過。

她多少覺得有點挫敗，但柏語笙總是安慰她舔外面就很舒服了。她們就這樣維持只做不說破的微妙關係，迎來了柏語笙的生日。

「妳眞的不要別的禮物？」

「今年就想要這個。」

紀筱涵渾身赤裸，一手抱胸，一手遮下體，雙頰通紅，頻頻回頭。柏語笙笑咪咪的走在她後方。

「妳說很簡單的。變態、大騙子。」

「不難啊。我想看，好不好嘛。今年就只想要這個禮物。」

柏語笙說，今年什麼都不要，就只想看她裸體工作一整天。

爲什麼這個人可以滿腦子情色玩法啊？紀筱涵破罐子破摔，想說已經在野外玩過那麼多次了，大概也差不多吧。

「那我追加一條，妳不可以碰我。」

柏語笙的笑容僵了。她想了下，提出條件。

「那妳自己說可以碰呢？」

紀筱涵怎麼想都不覺得自己會是先受不了的人，猴急得不行的，永遠都是柏語笙。

「好。」

見她答應了，柏語笙眼睛賊溜溜的。

「那規則就是紀小小裸體工作一整天，我如果沒經允許碰妳算我輸，如果妳自己要求算我贏。輸得人必須答應對方一個願望。」

「一個……願望？」

「對。只要能辦到，任何願望都要滿足對方。」

看柏語笙那眉飛色舞的樣子，又特別著重強調「任何」兩字，就知道柏語笙的願望恐怕很驚人，自己可不能輸。

紀筱涵無奈的嘆息。她本來想做手工藝給柏語笙，結果溫馨的生日禮物變成陪對方玩奇怪的遊戲。

「小小，專心處理魚，單手沒法剝乾淨鱗片吧？別遮胸了，好好工作！」

柏語笙還在那假好心的提醒，特別煩。她咬著下脣瞪了那人一眼，把魚甩到籃子裡面。別說工作了，後面追著一個帶著性意味的視線，她連手都不知道怎麼擺。本來很簡單的動作搞到彆彆扭扭施展不開，一下子不曉得要遮上方還是遮下方。

「別遮了。紀小小的胸部很軟，手感特別、特別好。我都看過了。」

她趕緊打斷，不想再聽柏語笙繼續說下去。

「別盯著我，妳也該專心弄自己的事吧？」

「不對喔。」柏語笙伸出手指在她眼前晃了晃，「說好的『看』妳裸體工作一整天。

今天我的任務就是欣賞妳的身體。」

……好像的確是這樣約定的。

她本來想繼續撿海味或抓魚，但身體赤裸，後面還有隻色狼跟著，讓人特別不自在。她處理完陷阱立刻抱著竹籃落荒而逃，手裡抱著東西，至少可以遮掩身體。柏語笙見她還不投降，火上加油，不停嚷嚷。

「小小，別工作了嘛，直接認輸，我們來『玩』？」

「不要。」

「別堅持了，妳看，我們昨天就在那邊『玩』得很開心，想不想再開心一次？」

「不想。」

「我看到了，妳好濕，走路都有水聲。」

紀筱涵停下腳步，滿臉侷促望著柏語笙。

「沒騙妳，妳自己也聽到了吧……」柏語笙笑得像隻狐狸，「我也濕了，想要妳。讓我幹妳好嗎？」

紀筱涵搖頭，往前小跑步逃竄，鐵了心不想讓對方得逞。

她還眞是小瞧了柏語笙的口沒遮攔，本以爲不讓對方碰自己就萬事大吉，結果那些話語騷擾得她滿臉赤紅，節節敗退。

更難以啓齒的是，柏語笙的胡言亂語和帶著慾望的凝視，確實喚醒了性慾。她不爭氣的身體自動做出回應，變得又濕又黏。紀筱涵胸口起伏，快步走遠，往樹林的方向走去。

「要去摘麵包果？妳確定？」柏語笙笑嘻嘻緊隨在後，很好心的提醒，「摘水果我看得更清楚喔。」

紀筱涵手足無措的緩下步伐，渾身緊繃，緊抱胸前的籃子。

眼下情況眞的對紀筱涵特別不利。柏語笙還好端端的綁著纏胸布、穿著草裙。她甚至故意戴了花環和項鍊，手腕繫著貝殼手鍊，儼然是荒島式的正裝了。

相形之下，紀筱涵卻是從頭到腳完全赤裸，身體起了什麼反應一覽無遺，這種不對等讓人倍感羞恥，明明不是她要求的，她卻好像現場唯一的暴露狂。

柏語笙也完全明白這種情色感，堂而皇之的利用這點挑逗她。

「如果現在有人上島，會不會覺得妳很奇怪，怎麼有女生都不穿衣服啊？妳的胸怎麼挺立了起來，好奇怪喔，爲什麼呢？可以告訴我嗎？」柏語笙刻意湊到她面前，不停逼問，「紀小小的可愛小乳頭怎麼立起來了？是不是很想被舔被捏？怎麼回事，好色喔。紀小小是不是很想很想做愛？」

明明滿腦子黃色的是柏語笙，卻反過來指控她。

紀筱涵抿著嘴巴，不想理人。想換地方工作，但是附近滿是她們放蕩的回憶，她好像無處可逃。

柏語笙不停邀請她共赴歡樂，甜美的嗓音宛如海妖的誘惑：「妳很想要吧？來嘛，來玩啊。」

柏語笙看紀筱涵明明身體已經騷動了，卻死命壓著情慾的樣子覺得好玩，特別想逗弄一番。

她捧著臉，靠在離紀筱涵很近的樹上，輕聲說：「來玩嘛。只要說好，我馬上給妳，讓妳開心。親愛的，妳是不是很喜歡那邊的草地，上次妳在那邊沒弄多久就噴水了喔。水流的我滿腿都是……」

「我不想聽！」

柏語笙不爲所動，「只要說好、我要、我想要，馬上就可以滿足了。就一個字，嗯？」

在陽光普照的白晝，柏語笙就這樣肆無忌憚的吐出汙言穢語，她的聲音宛如無法阻擋的長矛，刺穿紀筱涵所有的武裝。語言喚起了身體的感官記憶。

明明並未進行性事，鼻子也聞到了幻覺般的、帶著些許腥鹹的女性體液味道。

「我會壓著妳，托著妳的乳房，我會好好安慰妳的奶子。下面的陰蒂是不是已經站起來了？我會舔它。」

前天她們原本只是親暱的並肩坐在草地放風聊天，沒多久柏語笙的手就伸了過來，紀筱涵被壓在草地上，乳房和陰蒂被玩弄到高潮。她甚至感覺自己的雙乳已經不是自己的了。那是紀筱涵很罕見的，完全沒插入就高潮的經驗。

「我會幹到妳高潮，但我不會放過妳。我會繼續幹妳，弄到妳壞掉，插到妳噴水，在我懷裡很可愛的顫抖抽搐。妳的水都把我弄濕了。妳可以休息一會，只准妳休息一會，然後繼續操妳。」

之後，柏語笙還是進入她。柏語笙的手指知道她高潮後的脆弱敏感，輕柔靈巧的安撫抽搐抖動的穴口。輕柔的撫弄沒多久，有些乾掉的花穴潮濕起來，那人抵在脖子的呼吸濁重，動作也變得粗暴，無預警的再次插入，更激烈的抽插。她那天連連高潮四、五次。

那些話語喚起無數眞實無比的畫面，她倆靠得很近，柏語笙幾乎要親到耳朵，但就是沒碰到她，隨著耳語吹向臉上的還有對方的氣息和體味，身體想起了被摁在地上操幹到失控的極樂。

她的身體想被柏語笙幹，她的身體，快失控了。

紀筱涵用力摀住耳朵，但對方靠得太近，再怎麼遮也無法完全阻止聲音透入。手掌使聲音變得朦朧遙遠，再搭配那淫穢不堪的內容，每一字每一句都宛如迴盪在心中，撞擊在靈魂深處。

抬手摀耳的動作更是讓紀筱涵的胸部完全袒露在柏語笙眼前，沉甸甸的豐滿乳房在柏語笙眼前跳動，粉紅色的乳尖也許是因爲曖昧的氛圍，也許僅因爲吹到海風自己挺立了起來，不管怎樣，更像主動在勾引他人，像在呼喚柏語笙來採擷。

她們視線交錯的瞬間，柏語笙那琥珀色的淡色瞳孔，眼色倏地加深，以眼代手，用那黏稠深沉的視線撫慰她身體每一吋肌膚。

柏語笙緊盯她的乳尖，食指壓到自己唇前，瞥她一眼，直把她都望穿了，好似無聲說明：我會對妳的乳頭這麼做。然後伸出舌頭，舔。

舔自己的食指，吮自己的指尖，媚眼勾人。

紀筱涵宛如眞的被褻玩乳頭般，全身酥麻，下體一陣氾濫。她嚇到跳起來，抱著胸往後逃竄。她不知道自己在對方眼中什麼樣子，反正她覺得快被柏語笙吃掉了。那侵略性的、不知讓人歡喜還是害怕的眼神實在快逼死她了，讓人下意識只想逃跑。

她肯定很濕了。光是跑步都感覺到腿心的黏膩。

心臟跳好快，每一次抬腿都感覺到穴口順著大腿動作迫不及待的開闔呼吸，好空虛好癢好想被插入，想要柏語笙的手指！身體快要背叛她了，停下腳步她可能就主動投降了。紀筱涵沿著沙灘往竹林的方向逃跑。

柏語笙宛如把獵物逼到無處可逃的掠食者，順著從沙灘延伸到樹林的小腳印，好整以暇，慢慢追捕。

「小小，不可以躲起來喔，要繼續工作。不行的話……我不介意妳直接投降啦，我已經想好願望了，小小？」

柏語笙緩緩踱入林子裡，本以爲可以吃下到手的獵物，卻沒想到無意中踏入圈套的是自己。

柏語笙呼吸一滯。

「妳……在幹麼？」她停下腳步盯著紀筱涵，似在詢問，實則已捕捉到答案。

紀筱涵在自慰。她怯怯的躲在竹林後，被濃烈的慾望欺負得不知所措，只好偷偷撫慰了下自己。

她這輩子沒主動弄過自己，甚至不敢用手摸，趁著對方還沒跟上的短暫空檔，生澀的抱著雙乳，夾緊大腿，雙腿互磨，然後就被腳程比想像中還快的柏語笙當場查獲。紀筱涵本該感到羞愧，然而柏語笙呼吸加重，雙眼發直緊緊盯著她。她看到柏語笙被這麼簡單的幾個動作，搞得連挑逗的言語都忘詞了，那瞬間，紀筱涵突然明瞭，如何使用自己的身體打贏這場對決。

兩人對峙幾秒，柏語笙突然輕笑出聲。

「小小，妳這樣不行……怎麼可以摸自己身體？好色喔。」

紀筱涵知道柏語笙試圖用言語責難，令她感到羞恥來停止自瀆。

紀筱涵忽然放鬆下來，倚靠粗壯的竹子，身體斜斜的躺倒在上頭，雙眼迷離望著柏語笙。本來只是腿心夾緊磨蹭，忽然就出手揉捏自己的乳房，柏語笙立刻閉嘴，瞪直了眼。

現在感到好玩的是紀筱涵了。

她感覺不到彆扭或羞恥，只是很專心看著柏語笙被慾望淹沒的臉，原來操控柏語笙這麼簡單，只要捏捏自己的乳尖、只要用手指夾住頂峰輕輕摩挲，柏語笙的表情就快崩解了。她本來害臊的微蜷身子，但隨著手指移動，她的身體越打越開，暴露在柏語笙面前，宛若抖開包裝的禮物盒。紀筱涵豐滿的乳房往右邊下墜，因爲撫觸不停在空中抖動，從她微躺的視角，剛巧看到柏語笙那渴望至極的臉。

紀筱涵右手往下滑動，柏語笙也不自覺的往前傾，緊盯她下滑的手。

柏語笙、柏語笙……她不想分心，於是閉上眼睛，開始想著其他景象。

柏語笙每天伏在腿心幫自己口交，抬起的臉，嘴邊有晶瑩剔透的黏絲。柏語笙會故意在她面前緩緩低下頭，舌頭靈動的舔著，她的舌頭又軟又靈巧，弄得她舒服至極。

「啊……」

紀筱涵呼吸急促，來回揉弄陰蒂，學著柏語笙的節奏，一會撫摸一會拍打，很快就弄得滿手黏稠體液。空氣中只有喘氣、呻吟和手拍打陰部的啪啪響。

柏語笙不受控的盯著眼前美景，頭不自覺越垂越低。

當她的鼻尖幾乎碰到紀筱涵大腿時，紀筱涵睜開眼睛，一腳踩上她的肩膀輕聲斥喝：「退後。」那聲命令又媚又嚴厲，好像主人在斥退沒經過允許就私自進食的寵物，硬生生阻止了柏語笙的躁進。

柏語笙頓時愣住，聽話的退回原處。

紀筱涵沒停下手邊動作，因爲腳踩著對方肩膀，底下門戶大開，幾乎在柏語笙眼皮底下，她身體很熱，滿臉通紅，因爲渾身赤裸看得出連胸口都一片霞紅，由生澀逐漸熟練的自瀆看得柏語笙血脈賁張，心癢難搔，恨不得立刻出手加入。

柏語笙喘著粗氣跪下，紀筱涵一隻腳還踏著她當支柱，身體其他部分則完全壓倒在竹子上。竹子嘎吱作響，托住紀筱涵的身體，她居高臨下望著柏語笙，或者說是柏語笙的手指。漂亮、修長的手指，總是乖乖的把指甲剪得很短，只爲了能隨時帶給她快樂的手指，每次都幹得她好滿足好喜歡，紀筱涵想像對方的手指在自己身上移動。

那手跟主人一樣壞心眼又賊溜溜，不會馬上進來，總在外面玩到她受不了，主動抬起屁股去蹭才給她，就像、就像這樣……她頻率很快的撫慰外部，扭著雙腿哼哼叫叫，就是不進去。

柏語笙看到她的水痕慢慢往屁股下淌，她眞想舔掉。

也就在她這麼起念時，紀筱涵突然大聲呻吟，雙腿用力抬高下半身，幾乎把自己送到柏語笙嘴邊，紀筱涵有了一個小高潮，穴內的空虛來到極限，她重重壓著自己右手插了進去。

她的手飛快進出自己，不知羞恥的扭動，腳因爲刺激不停踢踏柏語笙肩膀。

柏語笙口乾舌燥，非常大聲的喘氣，像個小學生般雙手握拳緊緊夾在腋下，以防萬一自己意志不堅出手去摸。她的身體前傾，用被紀筱涵踩著的肩膀去抗衡衝動，想像插入的手指是自己的，幾乎把紀筱涵推到歪倒的竹子根部。

紀筱涵睜開眼睛，看到狼狽不堪的柏語笙，正跪倒在腳下，全身的力量都用在制止自己出手，肩膀往前傾，目露渴望，像隻乞食的小狗。當紀筱涵抽出手，用還沾滿體液的手指去捏自己乳尖，弄到胸部黏糊糊的，這色情的場面，讓柏語笙不停舔嘴脣，如同看到主人手中餐盤的狗，目光追著紀筱涵手指上下移動。

紀筱涵笑了。

她瞬間明白很多東西。

因爲兒時被同學欺負過，她自小便不喜歡自己的體態，認爲豐滿的身材只會讓自己運動不方便、或帶來不必要的性騷擾，因此總穿寬大的衣服，試圖掩蓋胸部，對性避之唯恐不及。卻又太年輕就受困荒島，不用面對社會壓力，精神年齡幾乎是停留在進入島的年紀，導致她即使年紀虛長，但心智還像個沒長熟的少女。

而她這顆半青不熟的果實，卻因為性愛，終於在柏語笙不斷揉捏的手中催熟，散發出濃烈的香味，這是不可能停止、不可能反轉的改變。經由柏語笙漂亮、纖細的手指，從幼體破身轉化成蝶，她終於從青澀少女轉變成一個有風情的女人。

紀筱涵突然就長大了，明瞭雙方心底深處最原始的黑暗慾求。她跟柏語笙都同樣想把對方弄得亂七八糟的。不只現在，更早以前，她們就想這麼做了。

當年，外人眼中早慧又端莊得體的小女孩，在被雙親拋棄後，因為種種契機，在她身上肆無忌憚的作惡。總是當乖孩子的柏語笙是不是第一次體會到作惡的快樂？將內心痛苦用蹂躪它人的方式宣洩是不是很暢快？是不是感受到了操控他人，旁觀他人痛苦的愉悅？她的那份惡，如果加入了成人的性愛元素，是否就和現在有點接近了。

柏語笙的心底深處，有著欺負柔弱女孩的慾望。所以柏語笙的欺辱只針對她。如果換個人來，這一切都不一定會發生，柏語笙就是只想看特別無助的她柔弱的哭喊掉淚。

而她，不僅只想跟柏語笙當朋友。她其實是想要柏語笙整個人，想要這座美麗的化身。想要把柏語笙拉入懷中，拉到她身處的黑色泥淖裡，讓柏語笙也沾滿汙穢，成為屬於她的飛不走的女神。

紀筱涵沒有實踐過，她向來後知後覺。身體先出水了，才知道慾念已來，眼底先落淚了，才知曉痛苦難當。像孩童般懵懂，連自己身上有何種美妙和邪念都無知無覺。

柏語笙想要什麼就伸手拿，想幹什麼就立刻實踐，而紀筱涵按捺著，以為自己沒有黑暗念頭。但有的。她想要柏語笙。

紀筱涵做過一個跟柏語笙一起當公主的夢。

但她夢過無數次柏語笙破產，變得跟她一樣落魄，然後她們相遇了。她不會報復，還會大方的收留柏語笙，細心照顧，共享生活，讓柏語笙成爲專屬於她的美麗友伴。這其實跟一起當公主是類似的慾求。她想要她們「一樣」。

因爲柏語笙的世界太過遙遠刺眼，她大概是進不去的。於是她想要柏語笙身染淤泥，變成墮落天使，成爲專屬於自己的人。

在孩童時期，黑暗就只是黑暗。

成人的她們，黑暗被稍微教化馴服，不再那麼直快暴力，卻又裹進性慾，成爲彼此逃不開的性慾原型。若不是流落荒島，在沒有他人和禮教約束下逼視自己，紀筱涵永遠不會知道自己心底有這麼一頭黑暗又慾念深重的怪物，也永遠不會知道，有個人可以完全滿足她的慾望。

這就是爲什麼她被柏語笙輕輕撩撥乳尖就濕得一塌糊塗，自覺什麼也沒做卻能讓柏語笙癲狂似野獸，她們對彼此的勾引很早就開始了。

如果沒有因爲海難再次相遇，她跟柏語笙可能一輩子都不會知道自己所慾所求，更無從得知性愛可以多瘋狂快樂。

像這樣恬不知恥的自瀆，盡情釋放魅力，底線盡失的去勾引，紀筱涵對其他人大概是辦不到的，但對柏語笙可以，她想勾引柏語笙，她也可以勾引到柏語笙。

只有柏語笙可以，讓她從女孩變女人。

而柏語笙只要表現得像個大男孩，儀態盡失滿臉慾望就能讓她濕到不行，她過度濕潤任人宰割的模樣又會讓柏語笙更加理智全無……她倆開了葷後，湊在一起，就是沒完沒了的性愛永動機。

「筱涵……」柏語笙幾乎要哭了，被折磨得很委屈似的，試圖想用撒嬌來讓她心軟。

紀筱涵卻只是對柏語笙笑笑，在她眼前把中指插進自己肉穴中。指節在柏語笙的注視下，一截一截慢慢吃進去。

柏語笙坐立難安的站起來，想稍微走開讓自己冷靜，又很快的跑回來，就像一隻興奮到不能控制，追著尾巴原地打轉的獵犬。

「柏……」

紀筱涵喚住柏語笙，聲音又嬌又軟，尾音甚至帶著一股媚態。柏語笙根本不可能拒絕這樣的聲音，當她視線挪過來時，紀筱涵突然夾緊大腿，扭轉身體，後背式屁股翹高對著她，在柏語笙的注視下，從穴中抽出手指。

一條銀線隨著手指抽出，慢動作在空中畫了個弧，甩到柏語笙臉上。泛著水光的女陰就在柏語笙臉前跳動，花穴開闔，像在呼喚她進入。

柏語笙受不了。太可愛了。

鼻子因爲激動輕微翕動，口乾舌燥，雙眼發直，柏語笙撲到她身上，因爲過度興奮笨手笨腳找不準位置，最後有些粗暴的沿著她的手指，一起重新壓回她的體內。

「妳輸了！」紀筱涵尖叫著，柏語笙的手指壓在她的手指上，三根手指在身體內橫衝直撞，撞到好深的地方。

「我輸了我輸了！我要操妳，操死妳好嗎？」柏語笙又舔又咬，糊的紀筱涵脖子都是口水，柏語笙的味道和身高優勢下的壓迫感，讓紀筱涵感到興奮和滿足。

她是柏語笙的女人，而柏語笙是她的野獸。

所以柏語笙喜歡幹她。把她壓在身下操得無法反抗，汁水直流，雙腳無法合攏，把她幹得媚態盡顯，揉捏她碩大豐滿的乳房，讓她高潮到近乎失禁，涕淚直流，哭喊著柏語笙的名字。

而她喜歡被柏語笙幹。她就是這麼不知羞恥想要柏語笙幹自己，想要看衣冠楚楚，高貴傲慢又得體的柏語笙，被她勾得理智盡失，像頭野獸在她身上馳騁衝撞。那雙本該塗上紅色指甲油，供人欣賞的手現在像馬達一樣在她的小穴進出，柏語笙像頭口水直流而不自知的獵犬，如此失態、如此可愛，這讓紀筱涵好興奮、好喜歡。

就當作是柏語笙當初欺負她的報應吧。紀筱涵在她耳邊呻吟，腳主動纏了上去，這份主動更是勾得對方激動不已，渾身顫抖喘息不止，毫無理智的亂說胡話。紀筱涵感到喜歡又安心，滿足的緊緊圈抱對方，不知爲何想到許久以前被欺負時，小柏語笙那句：好像狗。

她頗有點愉悅的想，妳才是狗。

我的小狗。我的美麗野獸。

她終於用慾望在柏語笙的脖上套了枷，柏語笙不可以逃。

柏語笙是她的了。

第十八章

那天有多放縱已不復記憶。

紀筱涵不記得她高潮幾次，又潮吹了多少回。她們全身都是對方的汗水、口水和體液，好像要彼此融化合爲一體，黏糊的軟肉相貼。紀筱涵累了柏語笙摟著她弄，柏語笙累了換紀筱涵纏著她要，兩人都不肯放過對方，直弄到身後靠著的竹子突然啪的一聲應聲斷裂，她們嚇得趕緊抱住對方，驚魂未定的撐住兩旁樹幹，這才沒摔到地面。

剛開始兩人還有些愣，接著慢慢放聲大笑。

「妳把竹子都弄斷了啦。」

「才不是我，是我們。我們把竹子都做斷了。」

她們相視而笑，頗有些留戀的不停接吻，親暱的緊緊摟抱成一團，結束這場瘋狂的遊戲。

紀筱涵看著空蕩蕩的儲藏室發愣。

最近實在太過怠工，總找機會偷樂子的柏語笙不提也罷，連她自己都翹掉許多該做的事。

蒸餾水太晚去拿，近半晒乾了，沒預先抓魚存糧快要見底，壞掉的擋風牆到現在還沒修……風和日麗那還好，萬一來了颱風幾日不能出門採集，可就要喝西北風了。

以前未雨綢繆的警覺性在縱情聲色中磨鈍了。海蝕洞之後，她倆不僅沒有因爲遇險更警覺，反而因爲初嘗性愛，各種事情都做得零零落落，這種過度沉迷性愛的狀態吸毒似的，對方的身體就是解癮的藥，但她們眞的該收斂了。

「妳幹麼對著倉庫發呆？」柏語笙突然出現在身後摟住她的腰。

紀筱涵指著空空如也的魚乾架無聲控訴。

「架子？」

「早上本來要獵魚的。」

柏語笙乾笑幾聲。她按著紀筱涵在岸邊玩了一個早上，正事半點沒幹。

「明天再去嘛，我看今天萬里無雲，明天應該也會是好天氣。」

柏語笙邊說，手自然的伸進她裹胸布裡面撫弄，紀筱涵拉出她的手，便改親紀筱涵的臉頰，親完自己偷笑幾聲，心滿意足的跑掉。

紀筱涵望著她的背影輕聲嘆息，不過被撥弄乳房，身體磨蹭幾下，她便又覺得身體深處些微騷動。早上才很是激烈的弄過一次，現在又想要了。

明明身處缺水炙熱的海島，身體卻還可以分泌出這麼多的水？到底爲什麼啊？

……這要怎麼收斂？她內心很無奈。

有時候她跟柏語笙也沒眞的想做愛，但看到對方就是忍不住想摸摸碰碰親密接觸，一個不小心又撩起火來。要怎麼要求火與草相觸卻不燃燒呢？不可能的。紀筱涵現在也不太拒絕柏語笙求歡，不是因爲柏語笙撒嬌或看不得她淚光，只是單純的也很喜歡跟柏語笙肌膚相親。

甚至偶爾，她會主動跟柏語笙索求。

柏語笙生日後，紀筱涵的心中又有一道緊鎖的門徹底打開了，她更清晰的意識到自己慾望的模樣，而且完全無法、也不想壓抑那份火山爆發般的熱情。

以前她總罵柏語笙卵子衝腦不幹正務，但現在連她都常常什麼也顧不得，滿腦子只想著柏語笙的手指，想著被貫穿和填充的快樂，想著柏語笙因慾望失控扭曲的漂亮臉龐，想被她抱著壓著征服，想在她身下呻吟嬌喊。

她變得好色，喜歡去勾柏語笙，因爲對方的反應總是很熱情、很討她歡喜。柏語笙總是不停稱讚她，誇她的反應、讚她的聲音，說她好美好漂亮，口水直流的想要她。

柏語笙看她的目光，那貪婪的凝視好像在說：妳是全世界最漂亮的女人，如此讓人怦然心動。

就是這份熱情，才讓拘謹害羞的紀筱涵，放心的在這份寵愛中打開自己的全部。她本是一朵普通的路邊小花，但在柏語笙面前，她可以綻放出連自己都不知道的美麗。

只要她主動勾引，柏語笙都會太激動，眞的整天都在做愛、休息，一整日都廢了，所以她不常主動。

紀筱涵現在還有些許的自控力，想在工作延宕到不可收拾前稍微克制荒唐的行徑。偏偏她的夥伴完全沒半點滅火的意思，還拚命搧風點火，這是一路往縱情聲色軟爛到底的路子走去。

我們是不是有點太超過了。

紀筱涵雙頰酡紅，有點無奈的捲著自己髮尾。

都是柏語笙害的。

紀筱涵盯著蹲在前庭晒草蓆的金髮女人背影。都是這條美人蛇，牽著懵懂的她吃下智慧之果，把她調教成一個不知羞恥的女人。她再也回不去那純潔的伊甸園，她有了肉慾。

上荒島第一年，如果被救難隊救回，她可以隨時離開這座島，心理完全無負擔。荒島經驗就像肩上落塵，拍掉即可，只要時間夠久，這段經驗會慢慢淡忘，不影響她的性格和自我認同。

上荒島第二年大概也可以、第三年、第四年……

但現在，她不行了，她是回不去了，再也回不到沒上島前那無欲無求的狀態。活到這麼大，紀筱涵終於瞭解自己的性癖，她並不是無慾的少女，她不僅有慾望，還慾壑難填。她很明確的知道，她的身體很色，特別喜歡被女人幹。

每個人都有不爲人知的隱密性癖。有的性癖很普通，有的很特別。有的人喜歡被穿著黑絲襪的腳踩、有的人喜歡蒙眼、有的人喜歡疼痛。而紀筱涵的性癖好球帶，就是被看起來端莊高貴又優雅的漂亮女人幹。這個性癖的來由就是柏語笙。所以如果幹她的人，是百分之百契合條件的柏語笙，那她根本抵抗不了啊。

她有點無奈的承認，某種意義上，柏語笙也許眞是她的初戀。只是小時候的她，並未意識到自己那複雜情緒摻雜了什麼。如果她跟柏語笙在沒來到荒島之前，就瞭解了自己的慾望，那一切會不一樣嗎？

今天天氣很好，陽光暖暖的打在身上，紀筱涵撐著臉晒太陽，腦中浮現了不少畫面。

如果沒來到荒島，她肯定不會跟柏語笙有交集的。

那她會喜歡女人嗎？

從小到大，她喜歡過不少男明星，欣賞過的幾個同學和同事都是男性。她以前眞沒把女人當作戀愛對象。

如果她更早知道自己對女人有慾望，也許會去嘗試認識其他女性。相對男人，女人對她來說沒那麼強的威脅性，她也有少數幾名還算能談心的女性朋友，跟女性共度餘生好像還不那麼難想像。

如果是柏語笙……如果她們沒相遇，柏語笙又知道了自己對女人有慾望……紀筱涵皺起眉頭。

她大概會照原訂的人生計畫結婚生子，然後花錢包養年輕女孩滿足自己的需求，不論家庭婚姻或是外面的情婦都安撫得服服貼貼，而且會找大胸部的年輕女生！

她瞇眼看柏語笙，怎麼想都覺得實際情況大概八九不離十，越想越來氣，忍不住跑過去從後面摟住柏語笙，將頭靠在對方脖頸間。

「筱涵？」見她難得這麼主動，柏語笙才有點開心，肩膀就被咬了。

「壞人。」紀筱涵罵道，又咬了一口。

「妳要懲罰壞人嗎？再咬深一點啊。」柏語笙丈二金剛摸不著頭緒，滿臉無辜的順著她，「對了，妳有什麼願望嗎？」

「願望？」

「忘了？那沒事。」

紀筱涵這才想起，她們的裸體遊戲可是有打賭的。

「早知道可以賴掉就不提醒妳了。」柏語笙頗爲遺憾。

紀筱涵得意的咯咯笑，又有點困惑的想了下，「我好像……沒有什麼願望。」

「眞的沒有？那，便宜到我啦。」柏語笙揚起眉毛，得意洋洋。

「不，算有吧。」紀筱涵突然又伸手拉住柏語笙，踮起腳尖附耳輕道。她講完，柏語笙大笑幾聲。

「妳確定？」她掩嘴偷笑，滿臉得意，「眞的確定要這個？」

「不願意就算了。」紀筱涵鼓著臉，氣嘟嘟的。

「哪有不願意。我確認下嘛，到時候別說我占妳便宜，是妳自己要求的喔。」

柏語笙笑得像隻狐狸。

晚上，她們挺早就上床歇息了。

習慣在野外做愛後，在床上做的次數減少許多，床又回歸原本的休憩用途。一方面是懶得清理，另一方面是白日大量活動，等到躺上床也眞的累了，常常閉眼沒多久兩人就睡著了。雖然還是會黏糊的摟抱，但那只是睡前很溫馨的道晚安互動，很少像白天那樣做到筋疲力盡。

今天也不例外，柏語笙摟住紀筱涵親她的臉頰。紀筱涵在柏語笙懷中扭動身體，眼睛眨巴的望著她。

「妳幹麼這樣看我。」柏語笙明知故問，啄她小巧的脣瓣。

她們現在都是裸睡。草裙的觸感本來就沒有很舒服，起床腰都睡出繩印，以前還有做爲朋友的矜持，不得不遮蔽身子。發生關係後，既然已經習慣對方光裸的身體，乾脆什麼也不穿，赤裸裸的睡。

紀筱涵不滿的鼓起臉，攻擊似的輕咬柏語笙臉，身體在柏語笙懷裡蹭來蹭去。

「好啦、好啦，小小想被插，我知道的。馬上給妳。」

紀筱涵的願望是，希望睡覺時、沒有做愛時，柏語笙的手指也能在身體內。

「我沒有想要做愛。」紀筱涵強調，「只是想要妳在我身體裡。」

「好啦好啦，紀小小不想做愛。只是想被插，不是想做愛。」

「妳講得好難聽喔。」

她逗弄她，手指順著對方腰部曲線下滑來到入口，熟練的挑逗一番後，沒多久就透出濕意。兩人不停接吻，紀筱涵配合的張開腿讓對方進入。

她的身體雖然有些情動，但心中並沒有很想做愛。白天搞了好多次，現在眞的不想再弄，只想好好睡覺。但不做愛就不會有插入行爲，她心底總有種欲求不滿的感覺。

這並不是單純的肉慾，她很難精確描述內心感受。她不曉得柏語笙是否也有這種心情。也許有吧。不然怎麼老忍不住摸她親她往她身邊湊。總之即使不做愛也想被好好擁抱，想要結合，想要對方的身體一部分進入自己，填補內心和身體的空虛。

「我眞的沒想做愛。」紀筱涵再次強調。

「嗯，我知道，小小喜歡被寵。」柏語笙在她耳畔很輕的說，語氣瞭然。

被撞破心思，紀筱涵有些羞怯，臉紅紅的覷柏語笙一眼。心想，也許就是這樣，她喜歡被寵，沒反駁的把頭埋進對方懷裡。

之後每晚柏語笙都會滿足她。

紀筱涵很容易就能濕，柏語笙的手指幾乎不需要花太多時間就能輕易滑入她體內。有的時候用一種輕鬆愉快的節奏，稍微抽插幾回，送她一個舒服的小高潮，但不繼續追擊，在剛剛高潮後舒緩的氛圍中，結束整日的辛勞。柏語笙的手指探入，好像夜歸回到窩裡的穴居動物。兩人緊緊擁抱，肢體糾纏，柏語笙的手指在她體內，連結在一塊進入夢鄉。

柏語笙確實知道她想要什麼。

她想要屬於柏語笙，做被她寵愛的女人。這儀式性的行爲，讓她覺得，我是柏語笙的女人。我屬於她。

希望身體被進入，這並不是很死板的要求，不是每晚必做的回家功課。

只是紀筱涵提出願望後，柏語笙更明白她某種深層渴望。之後做完愛，柏語笙總會延長在她體內的時間，不會做完就馬上抽出，會花很長的時間，撫慰她還依依不捨的小穴，溫柔的跟她說話，一邊稱讚她一邊安慰她，然後手指才緩緩離開。

柏語笙如此善解人意，讓性愛後的紀筱涵變得又軟又膩又黏人，可愛得讓柏語笙更想寵她，兩人都愛極了對方的表現。

某日，睡到一半，紀筱涵忽然醒轉。

她隱約覺得不對勁，下體有黏膩的觸感。她本以爲是太熱流汗，但往下一摸。月經來了。

她不太會經痛，也比較難預感到即將到來的瞬息，還好之前都算準時，只是總是準時的姨媽偶爾也會搞突擊。比如今天。

「柏語笙。」她輕推摟著她的人。

柏語笙好一會才悠悠醒轉，醒了還把她摟更緊，不讓她抽身。

「我來月經了。」

「嗯。」

「……妳放開我，我去處理一下。」

「沒關係吧？明天再說。」柏語笙睡眼惺忪，一副倒頭就要繼續睡的模樣。

「會沾到妳身上，很髒的。」

「月經不髒，剛從身體裡面出來，無菌的。」

「啊？」

「子宮內部是無菌的。」柏語笙睡到有點口齒不清，卻還能煞有其事的繼續講，「我們的手指還比較髒。每天身上都會沾到灰塵泥土，反正洗乾淨便是了。不髒不髒。」

難爲對方睡意朦朧，歪理也是說得頭頭是道，紀筱涵被唬得一愣一愣，猛然驚覺又要被柏語笙帶歪，勉強回了句：「我不想沾到草蓆，還要洗。」

「我幫妳洗。」

……隨便了。

對方都不怕髒，她瞎操心什麼呢。本想自己起身處理，但這人把她抱得很緊，紀筱涵放棄掙扎，她本就睡意朦朧，乾脆心一橫不管了。

翌日。

「我是叫妳洗草蓆！」紀筱涵推開身旁的魔爪。

「下面我也可以代勞啊，幫妳洗得乾乾淨淨。」柏語笙嘻笑道，伸手便要碰她。

「我自己洗！」

柏語笙惋惜的嘖嘖幾聲，乖乖蹲到一旁繼續洗草蓆。

「好像洗不掉耶。」

「都是妳啦，晚上怎麼辦。」

「反正也舊了，咱們再編一張。」

「誰最近都在偷懶啊？等妳編完都明年了。」

「不會啦，等等就去搜集草梗。」

柏語笙一派輕鬆，沒半點毀掉草蓆的檢討態度，紀筱涵給她氣笑了，無奈的搖頭，拿她沒轍。她有種古怪的感覺，這個人好像可以接受她所有的部分，連她本人嫌棄的部分都可以接受。

「柏語笙……」她低頭望著流過手掌的清澈海水，「妳本來想許什麼願望？」

「妳有興趣？」柏語笙眼睛亮了。

「只是聽聽罷了。」

「好多喔……第一個是跟妳一起洗澡。」

好像還可以接受。

「但妳不可以動手，讓我親自幫妳洗身體每・一・吋。然後其實我本來是想看妳自慰的，但妳主動做了。還有想幫妳剃毛……」

柏語笙像個小女孩般數著想要的玩具。

「啊，對了，剛好妳來了。我也很想看看。」柏語笙很期待的望著她。

看？

柏語笙低頭到紀筱涵耳邊講得更仔細。她表情爲難，臉上風雲變色，看對方很期待的臉，嘆息道：「我再洗一次，才給妳看。」

「看夠了吧？」

紀筱涵才打開腿就有點受不了，分分秒秒都想後悔。

「再等一下嘛……」柏語笙語氣愉悅，帶著意猶未盡。

柏語笙這個大變態，想看她月事來潮時的下體。

爲什麼會想看這種髒兮兮的東西啦？她很想快點結束，但柏語笙掰著她腿根，臉往前湊盯好久，跟在做自然觀察的小孩子似的。她忍無可忍，踢開越來越靠近的頭，飛快把腿併攏。

饒是紀筱涵覺得自己已經被調教得越來越開放了，有的時候還是不太受得了對方那突破天際的奇葩腦洞。她也不曉得爲何老被帶著節奏跑，遂了對方的意。

「柏笙笙，妳轉過去。」

她在柏語笙腦後胡亂摸索一翻，頗爲遺憾道：「沒拉鍊啊，裡面裝的不是外星人。」

柏語笙哈哈大笑，「妳怎麼確定沒有？其實我拉鍊是長在其他地方，妳再找找。」

「不找，反正妳肯定是外星人。腦袋瓜裡到底在想什麼啊。」

「我是外星人，那鐵定也是全宇宙最好看的外星人，因爲太漂亮被排擠只好可憐弱小又無助的來到這座荒島……」

「美不美見仁見智，但腦中應該只裝著我想做愛四個字。」

「妳眞聰明！來做愛啊——」

「不要！」

紀筱涵潑水到柏語笙身上，兩人玩起水來。

笑鬧之間，紀筱涵心中有些分裂，半是嫌棄半是鬆了一口氣。月事來時，她們在荒島很難保持清潔。畢竟每天都有大量工作要做，不可能老躺著，這兒只有簡易工具，不管怎樣處理肯定都會漏出，保持體面是一種很大的壓力。尤其她雖然不太經痛，但前兩天量特別多，總會大血崩，把場面弄得很難看。

當初跟柏語笙還不熟時，只能很努力的遮掩，每個月都感覺自己很狼狽。比較熟悉後，柏語笙又喜歡抱著她睡覺，那時候她總掐算月經快來的時間，到了便會自行睡遠，畢竟再怎麼親暱的友人，碰到對方的經血還是挺尷尬的。

發生肉體關係後，她也維持著之前的習慣。雖然柏語笙老是嚷嚷不想跟她分開睡，說不在意沾到她的東西，但她沒當一回事，一碼規一碼，誰知道對方是不是眞能接受這種汙穢。

沒想到柏語笙眞的壓根兒不介意她的經血。也許她的經血，對柏語笙來說，就跟活動一整天，無意間沾到身上的塵土般，髒是髒，但不噁心不排斥，洗掉即可。

兩人玩得全身都是水，她們把草蓆抱上岸，找了塊大岩石晒起太陽。柏語笙的頭髮貼在臉頰上，表情淘氣，顯得有點稚氣。

紀筱涵見她孩子氣的可愛模樣，忍不住笑了。

「爲什麼會想看？不覺得髒嗎？」

「我不覺得月經髒啊。月經就是子宮內膜脫落嘛，所以，其實是未出生孩子的碎片。有些人喜歡看瀑布或水庫洩洪，可以盯著看一整天。而我覺得可以孕育出新生命的地方很神奇，不過我沒興趣看自己的，但看妳的就沒問題、很喜歡，就是喜歡看妳下面。」

「那別的女生的……經血呢。」

柏語笙皺眉，「不行。」

「這不就代表妳說月經不髒是歪理嘛。」紀筱涵語氣有點輕快的調侃對方。

柏語笙嘻笑幾聲，「當然還要看心情、看對象。我不喜歡的人，連吻都噁心，更別提月經啦。」

她看著柏語笙，輕快的搖著腳，柏語笙這種詭異的包容居然也讓她心情有些美。她想到了對方幫自己口交時那異樣的熱情，盯著她下體的眼神，好像她的私處是世上最美味的食物。雖然她很滿意對方的狼狽和失控，但偶爾也覺得，柏語笙對乳房和女陰的過度喜愛眞有點不太正常。沒跟女生交往過，但有喜歡過嗎？

「妳是不是本來就喜歡女生啊？」

「沒。」柏語笙踢了下水，「但現在想想，我覺得好看的女人比男人多，男人其貌不揚比例有些高。我可能就是比較欣賞女人的外型吧。我也不喜歡太瘦的人，豐腴有肉的體態比較好。男性的話，身材要鍛鍊是基本的，哎呀，不過其實都差不多啦，反正很少有比我好看的……」

聽著柏語笙的差不多理論，紀筱涵心中升起了不知從何而來的危機感。

她在柏語笙心中眞的有獨特性嗎？柏語笙性慾很強，如果自己不能滿足她，她會去找別人嗎？會去看別人的身體、舔別的女生下體嗎？她眞希望柏語笙只看自己，只抱自己。

突然很想幫她口交。

說做便做。紀筱涵往前推倒柏語笙，對方也配合的乖乖歪倒在岩石上，腳踩著石頭，敞開大腿，方便她動作。她又吻又舔，忽然想起了很久很久以前，剛上島的時候她還感傷的想著，自己有一天會不會退化成連經血髒汙都不在乎的野人。

何止如此，如今已經半點文明和禮教的影子都不剩了，羞恥感也很稀少，跟動物差不多，特別野特別原始，靠著碰觸嗅聞對方的性器，來滿足自己的占有欲。

這種逼近原始的狀態，讓人的感官都敏銳了起來。她覺得如果蒙著眼，她都可以嗅聞出專屬於柏語笙的味道來。聞著柏語笙的味道，她就覺得自己有些濕了。她恆常都是濕漉漉的狀態，隨時等著柏語笙的手指插進來交配。

紀筱涵辛勤的伺候柏語笙，突然覺得幫對方口交有點折磨自己。越是舔拭，她越想被插入。如果女同志間有分攻受，那自己大概就是所謂的受吧。連當主動方幫人口交，都是舔到自己越來越想要。

紀筱涵微喘起身，雙眼冒水光，扭動雙腿，眼尾帶著情動的媚態。

「筱涵？」柏語笙也是雙頰緋紅，表情慵懶愉悅，「不弄了？」她幫爬上來的紀筱涵整理頭髮，見對方迷離的目光便知道對方想要什麼。

「想做？」

紀筱涵臉蛋通紅，誠實的點點頭。

見她這麼乖巧承認自己的慾望，柏語笙眼冒精光，胸口起伏坐直身子。

「那來呀。」

「等我那個結束。」

「沒關係吧，可以闖紅燈啊。」

「不要，會弄髒。」

「我不介意啊。」

「我介意！」

兩人半開玩笑的纏鬥在一塊，柏語笙本想抱住紀筱涵的腰，腳卻踏到海草，一個沒踩穩，頓時滑了出去。

「啊！」柏語笙當場閃到腰。

「好痛喔……」柏語笙淚眼汪汪，癱在床上。

「早叫妳不要亂動，偏不聽。」紀筱涵沒好氣道。

前幾天柏語笙閃到腰，休息了兩天才比較好，柏語笙笑話她跟小老太婆似的，誰知道似乎戳到柏語笙雷點，讓她特別較真。還沒完全好就急著上工想證明自己「還年輕」，結果搬東西時一個施力不對，造成二度傷害，腰痛得直不起來，只能乖乖躺床。

紀筱涵細心的挑掉魚刺餵柏語笙。

「我不要吃魚。」

紀筱涵改遞剖開的椰子。

「也不要椰子。」她很孩子氣的嚷嚷，「人家想吃別的。」

「別想了。」

她知道柏語笙想「吃」什麼。她的經期差不多結束了，但柏語笙的腰還沒好，吃什麼吃呢。

紀筱涵把食物跟飲水都放在抬手可拿之處，準備走人時，手又被抓住了。

「等等再走。」

「已經等三次了。」

「妳都不會捨不得我。」

「嗯，很捨得。」

「怎麼這樣啦小小——」

每次她想出門柏語笙都會纏著她，沒法動彈的柏語笙特別纏人，而且還哄不得，越哄越得寸進尺，非要她失去耐性才罷休。

紀筱涵好不容易脫身，戴著草帽上工。

「呼……」她擦掉汗水揉揉腰，滿意的望著疏通的水溝。

這幾天沒有柏語笙干擾，做起事情特別順暢。紀筱涵有條不紊，把堆積許久的雜務都處理掉，幾天就幾乎清空了荒廢半個月的活。站起來伸懶腰時，她看到正前方一片橘紅。雨季前，麵包果開花了，林子裡滿是橘紅色的小花。柏語笙很喜歡這種花的香味，總愛放到屋裡，像小狗皺著鼻子聞那味道，向她說，好香喔，滿足的咯咯笑。

「妳看，柏……」她轉頭說話，才想到柏語笙沒跟來。

突然很想早點回營地了。

她提著籃子回營，走到庭前，便看到屋子裡面的柏語笙伸長脖子在等她，那雙眼睛見到她的身影就閃閃發亮，一副嗷嗷待哺的樣子。

「筱涵筱涵筱涵。」柏語笙的手在空中飛舞，召喚她過來。

「嗯，我回來嘍。」紀筱涵不疾不徐，將手上的東西放回儲物室。

柏語笙急切的聲音從身後傳來：「妳不要走太遠嘛，我都看不到妳。先做在營地就能做的事情，清水溝等我腰好一起去。」

「可是我怕明天下雨。」

灰色的雲層有些厚，如果不趁現在把淤泥清掉營地會淹水，眞淹水麻煩可就大了，還不如現在就防範於未然。

柏語笙喔了一聲，表情悶悶不樂。

紀筱涵把背在身上的竹簍、草帽和獵刀擺回原位，將今日的漁獲去掉內臟切割成片晒起來，螺貝扔到水缽裡面吐沙，點起篝火，又去林子裡面檢柴薪。她很沉得住氣的把要務都幹了，才洗手擦臉，抱著一盆水和麵包果花回屋子裡。

被晾著許久的柏語笙，賭氣似的臉靠牆壁不看她。

紀筱涵輕輕摸著她的耳朵，撫著她的頭髮。

「柏笙笙，來擦澡嘍。」

「不要。」小孩似的。

紀筱涵竊笑。她趴在柏語笙耳旁，柔聲道：「不是很想我嗎？我回來嘍。」

「哼。」

「柏小朋友喜歡的花？」她遞花給她。

「不喜歡！」柏語笙拍掉花。

對方使小性子，紀筱涵也不惱，把花擱在床頭，靠過去貼著她的臉。大雨來臨前空氣異常悶熱，即使躺在床上沒運動也滿身是汗，兩人身上都汗涔涔的，但紀筱涵有些眷戀的聞著對方的味道，好喜歡啊，這是柏語笙的味道。

「柏語笙。」紀筱涵稍微用力的摟著，喃喃喚著對方名字。

還有點來氣的金髮女人安靜的被她擁著，手慢慢的溜上來，牽住手指。

「妳回來連個吻都不給。」柏語笙委屈的控訴。

紀筱涵低頭吻她，眼神柔和。那帶著縱容和笑意的目光，使沐浴在月光下的紀筱涵整個人透著一股母性的光輝，本來偏童顏的長相不知何時開始帶著成熟的韻味，讓柏語笙心跳漏一拍。

「想把事情處理好再親妳……可以好好的親妳。」紀筱涵吻柏語笙的鼻尖。

她見柏語笙臉紅通通的，也沒反駁，看來是氣消了，便扶著柏語笙半坐起來。

柏語笙按著腰，皺著臉緩慢起身，看來還是會疼，這腰今天也好不了。

紀筱涵拉過水盆，幫她洗腳，按摩小腿，把身子都擦過一遍，伺候完對方，才抱著水盆到外面，把自己打理一番，潑掉髒水，重回屋裡爬上床。柏語笙的腰不太能用力，她也就沒窩到她懷裡，身體相倚併肩睡了。臨睡前有人輕扯她頭髮，提醒她某件忘記的事情。

紀筱涵閉著眼睛摸索上去，啄了柏語笙的嘴巴一下，然後柏語笙抱住她，兩人纏綿親吻許久，紀筱涵身體快速往後退。

「該睡了。」這才阻止對方繼續撩火。

翌日清晨，她倆被傾盆大雨聲吵醒。果然下雨了。

柏語笙懶懶的伸了個懶腰，隨即哀號幾聲，伸展時腰又疼了。

紀筱涵架起集雨裝置，把篝火弄旺，冒雨出去收回昨天放下的陷阱。看這雨勢，今天除了回收陷阱應該不會再外出了，不然著涼感冒可就不好。收回的陷阱頗為豐收，昨天也有先準備椰子和搜集螺貝、魚肉，足夠窩在家裡兩三天。

紀筱涵渾身濕透，在火堆邊烘烤一陣，把頭髮弄到半乾，才坐上床頭，柏語笙張開雙臂歡迎她。

「妳手還是好冰。」

柏語笙摩挲著她的手背，越摸越慢，透著勾引的曖昧。兩人這幾天都沒有做愛，是開葷以來，禁慾最多天的一次了。

紀筱涵抽回手，「腰還沒好，想什麼呢。」

柏語笙被拒絕，不開心的在床上踢蹬。

「小小，那妳坐上來自己動。」

「不要。」

「那幫我……我想要。」

她回頭看看柏語笙，目光沉沉，眼底有升起的慾望。

「好不好嘛，妳幫幫我。」柏語笙不放過機會，在她面前夾住雙腿扭動，漂亮的眼睛水汪汪的勾著她。

「就一會，幫我舔……」柏語笙絲毫不害臊，分開雙腿，手在外陰磨蹭。柏語笙已經濕了。

紀筱涵爬上床，壓到她身上。

「妳身體好冰……」柏語笙微喘輕哼。

「不喜歡？我再去烤一會火。」

「不要……」柏語笙夾住她。

紀筱涵的大腿貼上柏語笙時，發現對方下體已經一片泥濘。不比平常，今天柏語笙很熱情，以往要費一番功夫才能弄濕柏語笙，但今天還沒開始對方就濕透了。好多天沒做，她們都同樣渴望對方。

雨下得更大了。

柏語笙貓似的哼叫融入雨聲，譜成和諧的曲調。顧慮到對方身體不適，紀筱涵只是輕柔舔吻，手指撫弄，手口並用，一會柔軟一會硬實的觸感交替撫慰陰蒂，弄得柏語笙舒服的瞇起眼。

紀筱涵辛勤舔弄，刺激得對方夾緊大腿呻吟。她熱得渾身是汗，稍微後退把黏膩長髮撥到頸後，正要往前爬時，卻不小心壓到爬上床時弄濕的印子，手一滑往前栽，頓時整個胸部都堵上柏語笙下體，啪的一聲很用力撞上去。兩人俱是一愣。

紀筱涵還來不及感到害羞，抬頭便看到柏語笙雙眼迷離，鼻翼輕輕翕動，外張的膝蓋因爲激動輕輕顫抖。

看著動情的柏語笙，不知怎的，紀筱涵突然就捧起自己雙乳，試探性的用乳尖挑逗起柏語笙的陰蒂，柏語笙猝不及防的大聲呻吟。她好像也沒明白發生什麼事情，愣愣看著紀筱涵，表情迷茫。

柏語笙宛如迷失孩子的臉，讓紀筱涵心口熱了起來。這是她第一次看到對方在床上如此不知所措的樣子，她突然很想試試看。紀筱涵捧起自己的雙乳，塞進柏語笙肉穴。當然是怎麼也塞不進去的，但古怪的軟嫩觸感，淫穢的視覺衝擊，柏語笙尖叫起來。

紀筱涵用硬挺的乳尖在她陰部四處遊走，有些粗魯的把自己的乳房整個塞進柏語笙下體，像用胸部操柏語笙似的。柏語笙被操得穴口全開，紀筱涵的胸部全糊上對方的體液，淫靡至極的性愛姿勢讓兩人都興奮得無以復加。

「筱涵、筱涵、筱涵——」

柏語笙的手在旁邊抓扒，不曉得是要她退後，還是更用力進去。

柏語笙好濕。紀筱涵第一次把她弄到這般境地，完全不想半途而廢，她用自己的胸部撫慰對方下體，柏語笙發出痛苦的聲音，腳指無助的踩著她後背，大腿打得好開，底下越來越泥濘，兩片陰唇不滿足的吐著水，著急的抓著她手喊道：「我想要，進來、快進來！」

紀筱涵如她所願，把手指送了進去。柏語笙的下身完全敞開，手指暢行無阻的進入。一根手指好像完全不夠滿足對方，她又進去第二根、第三根……柏語笙哼出了更輕更媚的聲響，撫媚起來的柏語笙簡直是妖精！饒是平常比較喜歡被壓的紀筱涵都看直了眼，心中也猛烈升起想吃掉對方的慾望。她手口並用，嘴上親吻舔弄，指上激烈抽插，用驚人的胸圍磨蹭操弄對方下體，直把柏語笙送上從未抵達的極樂巔峰。

柏語笙絞著身子，難耐的呻吟喊叫：「操我、快些、更多、我要、好熱、筱涵——」

紀筱涵第一次體驗到當主動方的歡快，柏語笙的肉穴在吃著自己的手，好貪婪好可愛好有成就感，她的穴張得好開，三根手指暢行無阻歡快的進出其中，肉穴不停的吐水，如此渴望與自己水乳交融。空氣擠壓進陰道發出噗哧聲響和濕漉漉的水響，柏語笙好可愛，那張高傲的臉被自己弄到崩解，求饒般哀鳴呻吟。

紀筱涵激動不已，啪啪啪的幹著柏語笙。柏語笙太高了，她很難完全壓制對方，但好好滿足下面還是可以辦到的。操了一會後，紀筱涵微微起身，把自己也泥濘一片的下身對準柏語笙的，劈開雙腿十字交叉，扭著腰兩邊陰部碰撞，兩人陰部都黏稠泥濘，可以輕易上下滑動。紀筱涵磨了一陣子後，又把自己的手指放入中間撞柏語笙，柏語笙摀著自己的臉鼻，試圖把叫聲悶在掌心，但聲音還是完全遮不住的穿透出來，連外頭的喧譁雨響都蓋不住那高高低低的淫聲浪叫。

「不要、不要、筱涵不要——」

柏語笙開始推她，紀筱涵明白這是什麼反應，不僅沒退後，還更激烈的抽插用力撫弄，柏語笙嗚咽般呻吟哭喊，無助的拍打牆壁，用力夾緊身體，內裡不受控的收縮，無法併攏的雙腿在她身側輕輕顫抖。

紀筱涵趴在柏語笙胸前，重重喘息，內心飛揚。第一次讓柏語笙高潮了。

她明白高潮後敏感脆弱的心情，爬上去想安撫對方，看到柏語笙按著眼鼻，她本以爲對方只是在平緩情緒，卻聽到壓抑的啜泣。

柏語笙哭了。

紀筱涵嚇得直起身子。

「柏語笙？」她以爲激烈動作弄傷對方的腰，「對不起，很痛嗎？」她上前摟著柏語笙，柏語笙只是搖頭，遮住雙眼啜泣，聲音越來越壓不住。

「沒有、沒事、我只是……」她突然更加傷心，放聲痛哭。

紀筱涵有些手足無措，心疼不已，讓柏語笙靠著自己肩膀，安撫小孩似的摸著她的臉，「不怕、不要難過了……柏笙笙……」

紀筱涵親對方的額頭，用連自己也沒聽過，溫柔至極的嗓音哄柏語笙。

好一會後，柏語笙的呼吸終於平復，心緒安定下來。她眼睛通紅，有些不好意思的望著紀筱涵。那模樣很像做錯事，等待懲罰的小孩。

她的臉枕在紀筱涵胸上，摟著對方手臂，感受紀筱涵的心跳，這姿勢讓人心安。情緒安穩下來，柏語笙這才悠悠開口。

「我不知道……我突然覺得很難過。」

「是我害的？」紀筱涵小心翼翼問道。

「不是妳。」

柏語笙往紀筱涵的方向拱了拱身體，輕聲細語。

「我只是很想我媽。」

紀筱涵點點頭，輕柔的摸著她的頭。

「妳知道我是怎麼習慣不再提我媽？小時候，只要不留神喊了媽媽，我爸爸都會大發雷霆打我。他不是酒醉揮拳那種失去理性的揍，是很冷靜很嚴厲的拿出長鐵尺，要我跪在地上大聲朗誦：我沒有媽媽，生我的女人是個蕩婦、賤人。然後用力抽我。」

柏語笙講話總是很平穩，多年前第一次告知家裡事時，還能諷刺的調侃大笑，現在卻像裝滿情緒的桶子被捅破般，黑色濃稠的情感汨汨流出。

性愛後的高潮讓她倍感脆弱，突如其來的體驗碰觸到深藏在心底深處的幽深，深層的哀慟在連本人都無法預期的瞬間爆發出來，柏語笙突然感到憂傷委屈，只想傾訴。

「我有點恨我爸，」她講話還帶著鼻音，「他總拿我媽的墳威脅。不照他的期待做事，就有意無意提起我媽，『別跟那個蕩婦一樣，裙子穿那麼短想勾引誰，妳這樣我不可能告訴妳那個賤人死在哪』用這樣的話羞辱我媽和我，總讓我以爲，再努力點他就會告訴我媽媽埋在哪裡。有時候我覺得……他根本就很樂於看我求他的樣子，我只是他報復媽媽的工具。」

「妳……到現在還不知道妳媽埋在哪？」

柏語笙搖搖頭，「我求過他好幾次。我已經這麼努力了，我都沒犯錯啊。他要我去上鋼琴課，替家族做公益，維持好形象，跟很多人打好關係，去結婚生小孩，沒問題，我都會做，我都有做啊。爲什麼還是不告訴我，爲什麼？長得像我媽也不是我的錯。我一直很努力……筱涵，他測了九次親子關係，遇難前年才又測一次。這都多少年了？很誇張吧？妳說他是不是根本不覺得我是他的孩子？」

紀筱涵默不作聲，撫摸她的頭髮，任由柏語笙繼續發洩。

「可是，他是我爸。」紀筱涵被她側臉靠著的手臂全都是淚水，「小時候，他是愛我的。他肯定愛過我的。妳說，有父母不愛孩子的嗎？」當她說愛的時候，斗大的淚珠滾落兩頰，尾音聽起來似在哀號，近乎失聲痛哭。

懷中的柏語笙如此哀傷。恍惚間紀筱涵看到了戴著紅色髮箍的小女孩，表情驕傲，雙頰卻不受控的留下兩行淚，不想讓任何人看出她的痛苦，倔強的不停拭淚。她爲這樣的柏語笙感到心疼，向她伸出手臂。小女孩撐起的表情瞬間崩解，撲到她懷裡傷心痛哭。

「不要哭了，柏語笙。」她緊緊抱著柏語笙，「不哭了。」

柏語笙臉上還掛著淚珠，怯怯的看著紀筱涵。

「來玩？妳想要的？不是嗎？」紀筱涵像在哄孩子，用新奇的事物轉移注意力，誘惑對方不要再陷入痛苦的回憶，「我們來玩啊。」

她整個人都透著一股媚態，奇異的是，在那嫵媚之下，又有股母性般包容的光輝，讓柏語笙心動到無以復加。

「筱涵，妳親親我。妳親我。抱我。」柏語笙哭喊著央求。

紀筱涵滿懷抱住她、不停吻她，舔掉她臉上的淚珠，柏語笙還在啜泣，雙眼發紅。

「笙笙、柏笙笙，來，乖，手過來。」

柏語笙乖巧無比，聽話遞出手。她全身還有點緊繃，遞出去的手呈握拳狀。紀筱涵試著鬆開她的手，她的手指還是很僵硬，紀筱涵伸舌頭舔，手指柔軟下來，慢慢鬆開。紀筱涵媚眼如絲，舔著她的食指跟中指。

柏語笙不哭了。雙眼通紅，眼角還掛著淚，看著她，呼吸微喘。

紀筱涵柔柔的看著她，把濕透了、完全捋順攤開的手放到柏語笙小腹。她跪坐上去，緩緩把舔濕的手指壓到自己體內。

剛剛的性愛她都是主動方，下面完全沒滿足到，還殘留著些許濕意。雖然聽柏語笙講心底話時稍微乾掉了，但只要柏語笙進來……紀筱涵搖著屁股，沒一會摩擦的地方又是水聲涔涔。不夠、不夠，她的身體得變得更濕，得吞下柏語笙全部的欲求和手指，得接納柏語笙所有的傷心和淚水。

「喜歡嗎？還想要嗎？」

柏語笙興奮了起來，但腰使不上力，沒法抬高頭部，只好軟軟的哀求：「筱涵，我要吃妳的胸。」

紀筱涵稍微抬離身體，想讓對方碰觸乳房，體內的手指才剛抽出，眼前的人又開始哭鬧。

「不要、不要手指還想在裡面。」柏語笙跟個小孩似的無理取鬧，她便又坐回去。

「好，不離開。我摸給妳看好嗎？別哭——」

紀筱涵在她面前撫弄自己的胸。這場自瀆有一個觀眾：可愛的、傷心的柏語笙。

紀筱涵捧起雙乳，拇指蹂躪自己乳尖，直到那兩點都通紅挺立，「喜歡嗎？」柏語笙喜歡什麼都給她，全都給她，把自己都給她。

「想看，妳摸自己。」柏語笙吸著鼻子，用委屈的哭腔軟糯央求：「再多摸點，用力點。」

紀筱涵便依言粗魯的揉弄自己那雙雪乳，弄成各種淫蕩的形狀給她看。柏語笙現在身心凌亂，連慣有的強悍攻擊性都不見了，手指插在她體內都不知道動。她有些難耐的絞著體內的手指。

「笙笙，好孩子，手指動起來好嗎？」紀筱涵勾引她，稍微用力的壓在她腹部左右滑動，濕漉漉的下體和軀體碰撞發出啪啪清脆聲響，黏稠的觸感刺激得柏語笙回過神來。

「給我好嗎？好棒，就是這樣……好舒服、用力點好嗎……」紀筱涵又開始搖動屁股，臀部上下聳動，配合柏語笙往上插動的力道，跟自己主動下沉的腰部，一下一下的撞得她通體舒暢，「嗯、好喜歡、笙笙好棒、再來、啊、再快點、嗯……對、就是那裡，好棒——」

紀筱涵摟著柏語笙脖子，邊稱讚邊在她耳畔呻吟。插入體內的手指稍微恢復盎然的生猛，節奏已經不由紀筱涵掌控，撞得她屁股顫動，乳肉晃浪，大聲呻吟。

柏語笙即使有點不太在狀況內，但那善於幹人的手還是很靈巧，一會滿滿的操她肉穴，一會又抽出來快速拍打外陰，弄得她好濕好黏。紀筱涵受不了的把調皮出逃的手指壓回體內，柏語笙這才又乖巧的繼續配合節奏幹她。不知道做了多久，紀筱涵渾身繃緊，抱緊柏語笙長吟起來，這輪高潮餘韻漫長，她緩了一會，感受底下的人很貼心的輕柔撫弄著她的陰部，這才慢慢起身，表情慵懶，眼帶笑意的盯著身下的人。

柏語笙的表情還有點不安定，雙眼通紅，眼神游移一副怕被罵的神態。

紀筱涵探頭過去，淺淺啄吻她，摸摸她的頭。

「很喜歡喔……妳很棒。」

柏語笙露出開懷靦腆的笑顏。笑的時候，一顆斗大的淚珠又溢出眼眶，滑落臉頰。

紀筱涵摸不透那是開心到哭，還是過度興奮的生理淚水，抑或是剛從身體深處噴發出來的痛苦殘留物。但總之，她也有點想哭，爲了自己與柏語笙。她們都如此辛苦的走到今天，本來就應該得到獎賞，本就該有人好好疼惜。

「我要獎勵。」柏語笙輕聲說。

「想要什麼?」紀筱涵望著她，眼底滿是憐惜。

「我想看。不要洗。現在。」

紀筱涵沒說什麼，眼帶愛意的湊進吻她一下，慢慢的往後拉，跪坐在柏語笙腰間，什麼也不說，很柔和的望著她。直望到柏語笙的眼神又變得有點不安，接著她起身往前爬動。

她貓著身體，沿著躺倒的柏語笙身體前進，眼睛毫不退縮的望到她眼底，從對方失神的瞳孔裡完全看到自己的樣子，豐腴的體態媚肉橫生，每前進一步豐碩的乳房就輕輕晃動，渾圓的屁股左搖右擺，可不是很誘人的樣子嗎？紀筱涵緩緩上爬，硬挺的乳房就在柏語笙身上滑動，被體液沾濕的腿心刻意磨著對方的腰腹，柏語笙的身體完全被她侵犯，她用自己剛被幹完還濕著的身體在柏語笙身上標記，將這具女體全染上自己的味道。中間無數次柏語笙私自摸她碰她，她都輕聲喝止對方。

「嗯？不可以。」

對方的手會乖乖縮回去，如果不聽斥喝繼續亂摸，她便會皺起眉頭往後退，一切從頭開始。使得腰際到顏面這短短距離宛如爬了好久的時光。當她爬到柏語笙胸前，還獎勵般的坐在她胸前，把對方的乳尖塞入下體。

「笙笙是不是很喜歡胸部？好下流，性癖這麼怪，不敢跟別人說？是不是很喜歡舔女人下面？會舔別的女人嗎？」

「沒有、別人不知道、只喜歡筱涵的——好喜歡——喜歡舔妳的。」柏語笙用力搖頭，不知爲何又激動的逼出眼淚。

「好乖，」紀筱涵揩掉淚珠，起身繼續前行，終於來到柏語笙面前，「笙笙好乖……」她摸著柏語笙的頭，對方委屈急切的望過來。

於是她扶著牆壁，直起身子，動作緩慢愼重，宛如女神臨幸。明明張開大腿，私密處向著另一個人口鼻，動作淫穢至極，表情卻帶著神聖寬容的愛意，如此縱容，特許身下之人做任何事。

柏語笙受不住的哭喊央求：「筱涵，我想看妳弄自己。」

她依言直接插進已經泥濘一片的肉穴，手指進入時潤澤的液體從縫隙汩出，被柏語笙近距離的凝視又更濕了。柏語笙著迷的望著眼前美景。

「筱涵妳好美喔。妳再蹲低點，我要舔。」柏語笙說話跟喘息似的，已經激動到無以復加，等她搆著紀筱涵的陰部，立刻急不可待的伸出舌頭舔拭。

從紀筱涵的視線往下看，場面著實有點下流，柏語笙飢渴的仰頭給她口交。她的體毛稀疏，也有定期修剪，但柏語笙這角度有點吃力，還笨拙得一直吃到毛。她心想下次剃光算了，給柏語笙剃。反正她喜歡，不是嗎？她會很開心的。

她寵溺的撫著身下的頭，柏語笙心中的小女孩，想舔最想要的棒棒糖，直接索取、無法等待、不懂禮數——都可以的，她都給她。她真的好愛好愛這樣的柏語笙、好愛好愛——她不敢再繼續想下去，任由自己泡在慾望中。

對方這番胡亂舔弄，她也情動了，按著牆壁前後搖動屁股。柏語笙的舌頭在身下靈活移動，撫慰著陰蒂、陰唇，時不時還淺淺的戳到穴口，紀筱涵被弄得欲求不滿，更用力搖起臀部。她好像在用下體操柏語笙的嘴，或著反過來說柏語笙用舌頭操她的穴，管她的呢——總之她們幹著對方。

柏語笙也不管腰部的傷，抬高上軀，飢餓而凶猛的銬住她大腿，整個臉都埋在她下身，貪婪的舔拭吸吮，宛若她的陰部是人間美味。再之後光舔弄已經無法滿足渴望，她很是激烈的將三根手指插進去，粗魯擺動，壓抑好幾天的慾望、心底的欲求、恨不得將對方吞吃入肚融爲一體的驚人占有欲釋放出來。紀筱涵被操到好幾次差點就失力坐上柏語笙的臉，每當她的屁股微微往下，柏語笙就重重往上幹她，她被幹得身體顛浪，上下擺動，好像在騎一匹終於被她馴服的烈馬。

柏語笙深怕紀筱涵逃跑似的，用力抱住她的臀部，不停幹她，但紀筱涵其實也沒打算逃，就這樣在對方面前門戶大開，汁液直流，淫聲浪叫，搖擺臀部，恬不知恥的把慾望都攤給對方看，她被操得高潮五六次，小穴在對方眼皮下吐出黏稠的水，失控的收縮顫動，直弄到最後解放般的快感來襲，雙腿一軟，就這樣直接洩身在柏語笙臉上。

如果是平常，她大概只會想著好髒、月經眞的結束了嗎、柏語笙好討厭都不讓她逃、都弄到對方臉上了怎麼辦，但現在她只想著，柏語笙開心嗎？

紀筱涵低頭望著身下的人，臉上都是她的東西，頭髮和下巴還沾著黏糊糊的體液，看著有些狼狽，卻眉眼彎彎，開懷滿足的對她露出孩子氣的甜美笑顏。紀筱涵因爲剛潮吹，腿有些發虛，差點坐不住，慢慢的爬下來，幫柏語笙清潔臉部和頭髮。

兩人沉靜下來，柏語笙擤了下鼻子，有些不好意思。

「我是不是眞的有點奇怪？」

紀筱涵沉默。

「是有點怪……」她頓了下，「反正妳是外星人嘛。」

柏語笙愣了一會，開懷的笑了。有些依戀的摟著紀筱涵手臂，頭枕在對方脖頸間。不同顏色的頭髮交纏，身體極其繾綣的纏在一塊。

「柏語笙……」

「涵……筱涵。」

她們十指相扣，相互擁抱，喊著對方名字，宛如囈語，越喊越輕柔，越喊嘴脣越接近，最後脣瓣碰在一塊，不知滿足的親吻對方。

第十九章

對紀筱涵而言，那晚的回憶彌足珍貴。柏語笙在她懷中哭得像個小女孩，她們非常親暱，彼此寵愛。在此之後，柏語笙更黏她也更愛撒嬌了。

女人的身體是層層關卡的迷宮，而紀筱涵又多推開一道別人從未踏足的門，見著了柏語笙從未給他人看過的風景。柏語笙變得比較容易濕，也比較常達到陰道高潮。

雖然紀筱涵攻柏語笙的次數變多，但那也只是把攻受比從一比九提升到三比七，總歸她還是偏受方。

紀筱涵當主動方時氣氛溫馨柔和，某種程度而言，更像一般的「做愛」。一旦換成柏語笙主動，總是搞得很失控，做得激烈又癲狂，什麼也顧不得，非要榨乾對方體力才肯停止。偶爾紀筱涵都覺得這種模式下她倆是不是有點性癮？跟吸毒似的。

總之，性愛模式的調整，使性事與生活找到平衡點，荒廢多日的日常工作終於重歸軌道。

「柏笙笙，妳好了沒。」

「來了。」

前段時日實在太偷懶，連基本家務都亂七八糟，更別提維持營養均衡，現在既然已經收心，該去北山區找點鳥蛋了。紀筱涵綁緊腰上竹簍、拎著鐵罐，帶上用垃圾袋和樹葉編織而成類似蓑衣的雨衣。兩人裝備整頓完畢，往北方出發。

行經海蝕洞，紀筱涵腳步停頓。

見她盯著洞口，柏語笙問：「要去看看嗎？」

紀筱涵點頭，「就待一會。」

那次遇難後她再沒來過海蝕洞。倒不是心裡有陰影，只是單純沒有契機來訪罷了。白天的海蝕洞瑰麗壯觀，沒有夜晚的陰森恐怖，紀筱涵心情放鬆，並未感到害怕。也許是因爲那次經歷雖然差點送命，但也帶來了很不一樣的轉變，她瞥向走在身側的金髮美人。

從未想過，兩人會發展成現在……不知該如何形容的關係。

她倆親暱無間，是最要好的家人和朋友，但彼此間有著致命的肉體吸引力，可能再帶點奇怪的包容。紀筱涵身體的每一吋柏語笙都可以觸摸、都能接受，柏語笙層出不窮的古怪性慾，她也全都能用小小的身體承受下來。

儘管如此，她們從未談論彼此的想法，也不曾喊對方愛人、女友、老婆之類的愛稱。紀筱涵依舊連名帶姓喊柏語笙或柏笙笙，柏語笙依然喊她筱涵、小小，跟以前毫無二致。

她倆走到底部扇形斜坡，柏語笙拍拍那顆困住她的大石，「這石頭，其實形狀挺特別的。很美。」

「確實美，」紀筱涵望著當初死命掙扎的地方，「又美又危險。」

又美又危險的，何止大自然，眼前的金髮美人亦然。

我愛妳、想永遠在一起、我們是交往關係，柏語笙並未說過這類意義深重的話，好像在曖昧初期曾有過一兩句「喜歡妳」，但她們進入這種瘋狂的性愛漩渦後反倒不說了，紀筱涵更是從未給予任何承諾。純就肉體關係，她們眞的相當契合，連她這種本來無慾的人，都被對方散發出的性魅力征服，每天只想做愛。

紀筱涵望著上方的高臺，想起拒絕柏語笙後，她心中酸澀徬徨，帶著對方贈送的禮物爬上高處，當初的傷心和矛盾歷歷在目。後來她來不及思考更多，就被捲入這場兩人一起掀起的性愛風暴，身體的交流已經這麼深刻了，此時再去追問「我們到底是什麼關係」似乎有些矯情。

也或許紀筱涵心底那份壓抑的膽怯並未完全消失，維持著不說破的親暱交流，那就不須再多說什麼打破平衡。

灰姑娘的魔法在十二點消失，關係在說得太明白時毀滅。

她們情動時會嚷著喜歡、好喜歡。但後面不接受詞，究竟是喜歡做愛、喜歡現在的氛圍、喜歡幹妳、喜歡被幹，有各種可能性，就是沒再說喜歡妳。多愁善感、心思太多，飄渺難抓的愛情到底如何衡量？只有每天的肉體相疊是眞的，只有這個是眞的。

紀筱涵猛的站起來，上前摟住柏語笙，踮起腳尖向她索吻。

「怎麼了？」柏語笙輕笑，接下這份突然的熱情。

兩人越親越火熱，柏語笙反身把紀筱涵按到石頭上。

「可以嗎……」柏語笙的膝蓋突入紀筱涵的兩腿間，「如果弄太晚，等會來不及撿鳥蛋怎麼辦？」

紀筱涵內心掙扎了一會，臉埋在柏語笙懷裡，手緩緩穿過她的腰際綁繩，抓住柏語笙挺翹的臀部，把她整個人拉近。

兩人貼緊，柏語笙正面壓上來，膝蓋頂在一個火熱濕潤的地方，她嘻笑著吻紀筱涵，「今天是紀小小比較好色。」

柏語笙輕輕嚙咬她的耳朵，整張臉貼近，眼帶笑意，「想怎麼弄？」

紀筱涵沒回答，只是雙頰酡紅，摸著對方的手背，雙腿夾了下柏語笙。

柏語笙眼色加深，在紀筱涵注目下緩緩下滑。

完事後，兩人癱在石頭上休息。柏語笙枕著自己的手，輕柔撫著紀筱涵。

「還可以嗎？」

紀筱涵點點頭，向柏語笙伸長手。柏語笙心領神會的爬過去，兩人親了一下。

「等會還去撿鳥蛋嗎？」

「去啊。爲什麼不……咦？」紀筱涵瞪大眼睛。

她們說話時，一隻紅藍白雜色相間的海鳥飛進洞裡，在離她們很近的地方蹦蹦跳跳。

假滷蛋？

紀筱涵想到之前被攻擊，心有餘悸，連連往後退。柏語笙倒是膽子大，一溜煙爬起來，蹲低身子往前靠近，她想拉住柏語笙，對方卻做禁聲貌，觀察起那鳥。海鳥倒是沒管她倆動靜，自顧自的在淺水灘覓食，不一會後，鳥兒展翼飛起來了。柏語笙馬上站起來，拔腿追過去。

「柏語笙，妳去哪？」

「跟過去啊！不是老念叨那傻鳥沒有同伴？好不容易看到牠的同族了，去看看嘛。」

鳥兒飛出海蝕洞。紀筱涵雖有些擔心被海流帶走，但抵不住柏語笙好奇心旺盛，還是跟著去了。

兩人摸著岩壁，慢慢摸索前進。本以爲會直接通往大海，所以她們從來沒有往這邊探索，但其實只要順著岩壁慢慢往外走，涉水經過水深及腰的區域，就可以踏上懸崖底部凹進去的一處石灘，從此處可以非常清楚的看見整個懸岩。

「原來滷蛋的同族在這兒築巢啊。」

整座懸岩滿滿的都是跟滷蛋模樣相似的鳥，因爲只在難以到達的懸岩築巢，她們從來都沒發現過。

兩人屏息靜默，望著眼前群鳥紛飛的景象。

「要不要帶滷蛋來？說不定可以讓牠回歸大自然。」柏語笙問。

「傻鳥跟我們處太久了，有辦法回到族群嗎？」紀筱涵有些遲疑。

「試試看吧。畢竟，也不曉得我們能陪牠到何時，一輩子都沒有伴，挺可憐的。」

決定讓滷蛋回家後，她們準備開始接觸鳥群。

不太確定這種海鳥的習性，也不知道是否具攻擊性，有些凶猛的鳥兒會群起攻擊貿然踏入的生物，所以她們很小心的做好保護，頭戴堅固竹帽，身體脆弱的部分都加上防護，準備妥當後才進行。

斷崖下的石灘只有退潮才能涉水進入，兩人抓緊時間，每天都來這兒觀察這群海鳥。她們發現這種鳥攻擊性沒想像中強，紀筱涵那日被攻擊也許是特例。或許是她太過唐突碰觸，抑或是附近有幼鳥，母鳥護子心切。總之，她們還算順利的就進入群鳥漫步的石灘深處，那些鳥很安心的在她們周邊覓食，並不特別關注，似乎僅把她們當作另一種長相奇特的鳥類看待。

第五日，她們把滷蛋放入竹籃，帶牠來石灘。

紀筱涵先在這隻傻鳥腳上綁鮮豔的紅色塑膠條以利辨識，這才放下牠。滷蛋剛開始有些畏縮，明明其他同族對牠的到來並沒有很關注，卻嚇得縮在角落，動都不敢動。紀筱涵嚴重懷疑這鳥已經被她們養殘了。

還好逐漸熟悉環境後，滷蛋終於敢在這兒走動。她倆就在邊上注意傻鳥動靜，看牠蹦蹦跳跳，逐漸融入於其他鳥，直等到傻鳥主動跑回來了，這才帶著牠打道回府。

她們頗為勤奮的為滷蛋回歸族群的計畫忙碌。畢竟滷蛋的同族應該是候鳥，時間到了便會離開，不趕快點讓牠融入族群，錯過這次又要等來年了。

關注一個生命的去留歸屬，讓兩人稍微抽離之前完全泡在性愛中的狀態。因為白天都會到海蝕洞，那石灘又都是野鳥和鳥糞，完全讓人斷了旖旎念頭。之後回程順便做家務，撿柴薪、拾海味、抓魚、取水。白天扎扎實實的忙碌，晚上累得倒頭就睡，偶爾才偷空找樂子。

「妳猜那傻鳥會不會想我們？」柏語笙趴在她下身，邊給紀筱涵口交邊聊天。

「會吧，不然怎麼還等門。」紀筱涵想到當時的情景就想笑。

前天她們第一次把滷蛋留在石灘過夜。翌日再訪，發現那鳥居然蹲在石灘邊，跟隻狗一樣在等門，等她們身影現蹤，立刻扭著屁股振翅撲過來。

「今天還去看牠嗎？」

「不了，我看其他鳥也沒欺負牠，就待著吧。總要習慣我們不在身邊。」柏語笙講話時鼻息噴在大腿，有些搔癢，「這就是小孩長大的感覺嗎？」

「我們什麼時候有小孩的？」紀筱涵雙頰潮紅調侃她。

「傻鳥是咱們一起養大的，也算我們的小孩啦，或者……」柏語笙吻她脖子，「真的來生孩子啊。」

「不要……跟妳生小孩會生出小色胚。」紀筱涵順著她的話胡言亂語。

「要真是小色胚也不一定是我的鍋，小小最近比較色吧。」

柏語笙的手送了進去。

「啊……」

完事後，柏語笙用有些泥濘的手指逗弄紀筱涵，調戲道：「如果跟人比賽出水，妳肯定第一。好濕喔。」

「我才不要跟別人比這個。」紀筱涵鼓起臉，「跟誰比啊?妳其他女人嗎？」

「哪來別的女人……只有妳而已。」

「只有我？」她哼了下。

她跟柏語笙三不五時就說這種膩膩歪歪的話。她倆用不同形式曖昧的試探對方很多次，就是想要不停證明自己的獨特性。

「島上就我倆，我跟誰玩啊。」

紀筱涵不太滿意這個答案，在柏語笙懷裡扭來扭去，不給對方親。

「還有海龜太太啊，妳那麼喜歡海龜……」

「我對海龜太太不感興趣，人家只想看小海龜出生。」

柏語笙在通往海蝕洞的沙灘發現了上岸產卵的海龜。島上偶有海龜出沒，她倆剛開始還會獵食海龜，但隨著抓魚技巧熟練，幾乎不缺動物性蛋白質，加上海龜肉處理起來比魚肉麻煩，肉質也沒那麼鮮美，所以近幾年很少吃龜肉。

海龜會把卵產到坑洞，後鰭緩緩後推，用沙覆蓋卵，這樣便可利用炙熱的陽光烘晒孵化小海龜。來到荒島這麼多年，她倆是第一次直擊海龜產卵，柏語笙興致勃勃，想要看小海龜孵化。

兩人每天記錄龜卵的變化，柏語笙的石板多了個破蛋日的計數，非常認眞的等海龜孵化。

等待的時間充實而快樂，她們認眞工作，關心小動物的成長，同時也動物般的在領地留下賀爾蒙和體味，島中每一處都有她們做愛的痕跡。

「嗯、啊……好深、啊，柏——」紀筱涵受不住的呻吟，抱著樹擺動臀部。

「叫大聲點、好可愛、是不是很喜歡這樣、再大聲點……」身後的柏語笙興奮的拍了下紀筱涵多肉的臀部，好像在拍打一匹母馬似的。

紀筱涵被柏語笙壓在樹上幹，激烈的撞擊撞得樹木左右搖動，葉片凌亂的灑落後背。她高聲吟叫，媚眼如絲，完全不介意在大自然中赤身裸體，她們也不介意被觀看，被樹葉觀看、被海風觀看、被石頭觀看。經常做完愛後，赤條條的牽著手沿著海岸走回營地，歸途中如果被對方抖動的肉體吸引，那便就地找個地方再來一次。

柏語笙有著動物般的標記習性，恨不得在所有交歡之處抹上兩人味道，在野外做愛總喜歡把紀筱涵做到失控潮吹。

紀筱涵被對方操到筋疲力竭，身體完全提不上力，柔弱的趴躺在柏語笙懷中，大腿無力的敞開水流得滿地都是，她明白柏語笙就是喜歡看她被蹂躪後亂七八糟的樣子，這是柏語笙的惡趣味。

柏語笙總喜歡在紀筱涵高潮後雙眼無神、無力反抗之時，以享受甜點般的歡快，勤奮的幫她口交。

紀筱涵覺得柏語笙的舌頭就像書寫到最後的落款，用舌尖在她陰部簽署上名字。柏語笙把她下面裡裡外外都舔乾淨，還跟她撒嬌邀功。

紀筱涵歪倒在地上，呼吸還有些不勻稱，心想她倆的交合姿勢在他人眼裡是不是很醜陋呢？

柏語笙長得仙女似的，心底卻藏著壓抑許久濃郁汙濁的慾望。不論是喜歡看流著月經的下體、還是用胸部撫慰的做愛方式、跟吸奶嘴似的吮著女人的陰部，也許都相當下流古怪吧。

不過沒關係，反正這個世界沒有別人，沒人可以說女孩子不能這麼低俗、不會有人說妳暴露這種低俗需求就是下賤。這個世界只有她倆，只要對方接受，那就是全世界都接受她的癖好了。

訓練滷蛋回歸鳥群、等海龜卵孵化的日子過得風平浪靜，就這樣等了一個多月，那些蛋還沒孵化。

柏語笙變得有些神經質，老覺得海龜卵馬上要孵化，甚至拉著紀筱涵就地搭個可以短暫過夜的竹棚，沒下雨的涼爽日子，兩人便睡在沙灘上。

「小烏龜會不會趁我不在時偷孵出來。」她們才回營地一會，柏語笙就咬著手指擔憂。

「可能喔。趁那個奇怪的人類不在，快點出殼。」紀筱涵嬉鬧。

「不行、不行，不可以讓牠們偷偷出生。我們快點回去。」

柏語笙有點著急，小跑步的往前跑了一會，轉頭見紀筱涵只有快走，沒跑步跟上，又一溜煙回她身邊，目露關切，「跑步還疼？」

「嗯，沒關係，不痛的，可以快走。就是跑起來有點不舒服。」紀筱涵的左腳從那次受傷就沒眞正好過，沒有外傷，可以走路，但一跑起來就沒力，還有點隱隱作疼。

她對柏語笙露出微笑，小小的酒窩掛在兩頰上。柏語笙拉著她的臂膀，默默放緩腳步，要她走慢點。

回到沙灘上，海龜卵還沒孵化。今天的月亮特別亮，不需要篝火也能看清楚腳底下的路，吃完晚餐她們便沒再添柴薪，讓篝火自然熄滅。

飯後空檔，柏語笙又開始往她身上黏，紀筱涵開玩笑要攆人走，結果柏語笙一個沒坐穩往後跌坐到沙灘。紀筱涵驚得坐起身子。

「柏笙笙？沒事吧？」

「沒事。」柏語笙滿手都是沙子，怎麼拍也拍不乾淨，「我去海邊洗手。」

紀筱涵拉住她。

「算了吧，晚上還是別去海邊。」

這處沙灘晚上有許多夜行性的小動物出沒，一個沒留意就踩著了螃蟹，不適合到處走動。夜裡海岸更是掠食性魚類出沒的時機，兩人雖然這幾週常來夜宿，但深夜後就不會亂跑，乖乖待在架高的竹架上。

紀筱涵安撫的抱著柏語笙的頭，想哄對方睡覺，但柏語笙卻還不想休息，擠入紀筱涵雙腿間不停磨蹭，蹭得她受不了。

「妳幫幫我。」紀筱涵哭泣哀求。

「不行啦，小小，我手上都是沙子。」柏語笙語帶惋惜拒絕。

「沙子……沒關係……」

「不行喔。」柏語笙瞇起眼睛，「沙子很髒，進到身體裡面就糟糕了。」

「那去洗手……」

「海邊有鯊魚。小小不想我被吃掉吧？」

「不要、不要去，不可以被吃掉。」紀筱涵扭著雙腿，泫然欲泣的摟著對方搖頭。

「那就沒辦法啦，沒辦法用手幫妳嘍。」

柏語笙的膝蓋有節奏的撞她，紀筱涵順伏的張開腿，任對方用膝蓋蹂躪她已經泥濘不堪的下身，但還是無法得到滿足。柏語笙輕咬她的右耳。

「小小，自己來啊，妳手進去。對，就是這樣，進去幾根了？才兩根？不夠吧，再進去一根，別搖頭，我知道，現在下面很濕了，至少兩根才夠。是不是一直收縮吐水了啊？對，眞棒，就是這樣……」柏語笙宛如惡魔在她耳畔輕語誘惑，紀筱涵完全無法反抗，順從的聽從指令自瀆。

「是不是很舒服？」

柏語笙的膝蓋壓著她手指前後撞擊，紀筱涵被自己的手幹得呻吟起來，腳趾舒服得捲起。但膝蓋的勁道還是比手呆板許多，紀筱涵實在不滿足，自己摸了起來，被柏語笙抓到。

柏語笙舔了下嘴唇，撈起她的手。

「手不可以自己偷動喔。」

紀筱涵每次想自己動，柏語笙就用身高優勢制伏她，不懷好意的舔她黏糊糊的手指。

「好濕喔，好色喔，才插一下就這樣了。不是跟妳說不可以自己動嗎？筱涵這麼喜歡自慰啊？筱涵是不是很好色的女孩？好喜歡被插？」

柏語笙用言語刺激譴責她，羞恥感附身，紀筱涵滿臉通紅，不安的扭著身體哭喊：「我不要、我才沒有很色。」

紀筱涵想逃跑，突然那人又抱住她，溫柔摸著她的頭，語氣愉快的安撫道：「好啦、沒事沒事，沒事的喔。」

柏語笙細細的吻她的臉，「允許妳摸自己。可是妳要好好承認……」柏語笙附耳輕道：「妳……紀筱涵最喜歡被柏語笙幹了……」

柏語笙的聲音好溫柔，好有磁性，好有誘惑性。紀筱涵雙眼迷離，「我最……」

「不行、不行。」柏語笙又制止她，把她的手擺在陰部，「手要插在裡面說。」

紀筱涵緩緩進入自己，柔順乖巧的細聲喊：「最喜歡被妳幹了……」

「『妳』是誰？」

柏語笙又用那種想把她吞吃入腹，野獸般的眼神緊緊盯著她。紀筱涵下腹一陣熱流湧出。

「柏語笙……喜歡被柏語笙幹……」

「還有呢？」柏語笙喘著氣逼問，手在她身上滑動，有些粗魯的揉弄她的雙乳，急切的想弄掉手上的沙。

「喜歡叫給妳聽。」

柏語笙膝蓋突然壓上她的陰蒂，紀筱涵長吟一聲。

「還有呢？還有呢？喜歡被我幹到失禁，喜歡我舔妳嗎？」

「喜歡被妳幹到失禁、啊，喜歡妳舔我、喜歡妳每次都給我舔乾淨，臉上都是我的東西、啊、嗯。喜歡被妳幹到腿合不起來、好喜歡。喜歡妳揉我胸、柏語笙我好喜歡妳幹我——」

紀筱涵眼角還帶淚珠，嬌柔的聲聲哭喊，好像在那叫喚中遞出了一份契約，我紀筱涵的身子全然屬於妳柏語笙。

柏語笙激動的咬著她大腿，又癢又疼又舒服，紀筱涵繼續快速抽插自己的肉穴哭喊：「我喜歡妳壓到我身上，把我制伏得動彈不得、一直幹我一直幹我，高潮了也不停、就是一直幹我——我喜歡妳這樣子——」

「我也喜歡。這裡是不是我的？筱涵，妳是不是我的？」

柏語笙抱著她的腿，濕漉漉的下身對準紀筱涵的，搖動屁股磨了起來，紀筱涵發出小小的尖叫聲，兩人就這個姿勢到了一回。

高潮的瞬間紀筱涵抬頭，月光下，柏語笙跪在身下，因高潮夾緊大腿，揚起赤裸的上身，粉色的乳尖高高挺立，眼色迷離的望過來，汗濕的金髮貼著臉頰，因爲剛剛達到巔峰表情饜足。

紀筱涵看著眼前美景，耳邊是海潮響動，腦中一片空白。回過神來才發現，自己剛高潮後的身子，因爲凝視柏語笙高潮時的美色，又緩緩汩出水。

想被這樣漂亮的美人幹，想要柏語笙。

「手乾淨了嗎？快進來嘛。」她急不可待的夾著柏語笙的手。

「不行，小小不夠濕。」柏語笙喘著粗氣，雙眼氤氳飄動，像隻想著壞主意的狐狸，嘴裡依然拒絕她，「屁股翹高，好好摸給我看，夠濕了才可以進去。」

「壞蛋、討厭鬼、欺負我……」她哭罵著，但聲音又軟又膩，毫無威脅性。

「小小加油，再更濕點就給妳。」柏語笙笑咪咪的等她表演。

怎樣才算夠濕？紀筱涵只好繼續自瀆，一會撫弄陰蒂、一會揉弄乳房。她扭著屁股，細細軟軟的呻吟，又在對方眼皮底下讓自己升天一回，乖巧的把高潮後凌亂不堪的下體展示給對方看。饒是如此，柏語笙還是不給她，說想再看她弄一次。

今晚柏語笙特別難伺候，老是欺負她。她眞有點生氣了。

「我不要妳了！妳都——啊！」她話沒說完，柏語笙就壓進去了。完全沒打招呼，激烈進出，用力幹她，直接深入她最想要、最喜歡的那處，她小穴不受控的縮緊，渾身一抖，差點就直接登天。

「爲什麼不要我？嗯？」柏語笙咬她的脖子，手快速抽插，充滿占有欲的緊緊摟抱她，揉弄乳房。

「妳都欺負我、啊、不給我、嗯。」紀筱涵被激烈的動作幹得話說不完整，講話有一半是呻吟。

「這不是給妳了嗎？以後不可以說『不要妳了』這種話喔。」

事實證明，柏語笙不能被刺激，她不肯停下，弄到深夜都不放過她。

紀筱涵根本記不得自己到了幾回，中間暈睡過去兩三次，醒來柏語笙還在舔她，見她醒了，又開始挑逗愛撫。

她如果能乾脆點不受挑逗影響也罷，偏偏這副不爭氣的身體，就算主人已經很累了，還是會回應柏語笙，沒一會就濕得可以進入。明明柏語笙露出疲態，但也許是性慾、也許是別的莫可名狀的強欲，支撐著對方，讓她一次又一次的不停占有紀筱涵。

「……眞可愛。」

紀筱涵最後一點意識，是有人親她的額頭，摸她的臉。她按著底下那顆頭，就這樣被柏語笙口交著睡著了。

一夜無夢。

紀筱涵醒的時候，天色朦朧，金髮美人手撐在下巴精神抖擻的跟她道早。

賴床鬼柏語笙爲了看海龜，連賴床的懶毛病都治好了。之前喊她起床費多少功夫啊。

紀筱涵有些酸溜溜的想，果然柏語笙比較喜歡海龜太太和小海龜吧，她只會爲牠們早起。

正當紀筱涵還泡在莫名其妙的醋意中，柏語笙笑咪咪把她拉到懷裡，她又忽然不惱了，甜絲絲的摟著對方脖子。兩人親暱的坐在一塊。紀筱涵很放鬆的靠在柏語笙懷裡，玩著對方的金髮。正當她出神的望著天邊，突然柏語笙驚呼了起來，指著前方。

沙地上，鑽出一顆小腦袋。

小小的海龜破土而出，滿地都是這些鑽動的小生物，牠們奮力往海的方向爬去。儘管大海危機四伏、可能會被吃掉、大部分都來不及長大，但小海龜不管不顧，用盡全力往海的方向爬行。

紀筱涵目不轉睛的盯著陸續破殼而出，往海洋魚貫而行，被海浪吞沒的龜群。此時第一道曙光從地平線那端射出，灰暗的天空被光芒點亮，天空有早起的鳥群盤旋，柏語笙跳了起來，在小海龜群通往海洋的路徑上來回走動，揮舞雙手，保護小海龜不被覓食的海鳥吃掉。身姿像在晨曦中跳舞。

紀筱涵看著初生龜群遠去，內心滿盈目睹壯麗奇景的感動，柏語笙按著被海風吹亂的頭髮，披著曙光，向她走來。

琥珀色的瞳孔溫柔如水，雙頰因爲剛剛驅趕海鳥的行爲如蘋果般通紅，和煦的金黃色曦光打在側臉，像剛從海中誕生的女神般美麗。紀筱涵著迷的望著她，張開雙手。

柏語笙一進入懷中，紀筱涵忍不住用力抱緊對方，滿是泫然欲泣的心動。紀筱涵抑止不住想與之交融的急切，摟著柏語笙的脖子吻她，柏語笙的眼中也閃亮著曦光，眞好、眞美，眞想永遠獨占不放手。

可以嗎？

可以這麼貪心的永遠不放手嗎？

這世上如果有神，全知全能的您，可否告訴我，這份心動的眞實面貌到底爲何？

這世上爲何有如此契合的兩具肉體？

能牢牢抓住柏語笙的目光，讓柏語笙對毫不起眼的紀筱涵產生巨大的占有欲，不知倦怠的親著、幹著，把那個眾人都愛慕的女人拴在身邊，這根本是魔法吧。

雖然她倆不提愛，連喜歡的面貌都還沒好好摸清，卻嘗到了對方身上那可怕又致命的性吸引力，宛如彗星撞地球，激情輾壓過一切的感受，紀筱涵很難分辨在這片黏膩激昂的性慾之下，還有什麼東西。

也許歡快的性愛之下還有更濃稠的愛，也許只剩灰燼，讓人冀盼、讓人恐懼。恐怕柏語笙也是如此。因此她倆什麼也不多說，就只是縱情聲色，享受歡愉，沐浴在這片難以辨識眞貌的熱情中，滿足對方任何的性愛要求。

還好她們不會懷孕，所以可以這樣激烈交歡，又有些可惜她們不會懷孕，否則在不知倦怠的交合中，紀筱涵早幫柏語笙生下孩子了。

紀筱涵主動騎到柏語笙身上，把柏語笙勾得失去理性，久違的又有四根手指進入到她體內。紀筱涵什麼也不說全吃了下來，呻吟淫叫一聲比一聲高，抬高屁股，眼透媚態，掰開自己花穴，要對方更多更深入，用力操她。

事後她們赤身裸體摟成一團，紀筱涵抱著柏語笙的手，輕輕摸著她的掌心紋路，心中暗想：柏語笙，我好喜歡、好喜歡妳。

第二十章

鳥群離開的毫無徵兆。

剛開始，只有一隻頭鳥展翅。牠從高聳的斷崖往下俯衝，在海面上懸浮飛翔，頭也不回的往南奔去，身後零零落落跟著幾隻鳥。之後幾日，成群的鳥兒陸陸續續離開，紀筱涵與柏語笙知道分別的日子即將到來，每天都去看滷蛋，這幾日那傻鳥已經不會主動飛來，總是遠遠的待在族群裡觀望，也不曉得是否還記得她們。

滷蛋的野性回復得非常快，紀筱涵心裡有些莫名傷感，但知道這才是好事。

今日，她們再次涉水走過斷崖底下的水道，才走上石灘就看到腳踝繫著紅色塑膠條的胖鳥蹲在那兒。

紀筱涵慢慢蹲在牠前方，輕喊：「傻鳥。」

那鳥歪頭看她。紀筱涵緩緩往前，見牠沒反應，大著膽子伸向鳥爪，把紅綁帶解開。

就在此時，那鳥忽然振翅高飛，紀筱涵瞇起眼睛，看到頭頂一大片海鳥群起飛翔，滷蛋的身影也混進鳥群中。鳥兒們會沿著廣袤海洋上的海島一路南下，去往過冬的地方。

「傻鳥、滷蛋！拜拜，不要再迷路啦！」柏語笙高聲喊叫。

「再見！法蘭、再見！順風！」紀筱涵也大聲告別。

紀筱涵喊到後來竟有些哽咽。這鳥在她們掌心中出生的，現在已經這麼壯了，融入群體裡，再也分不出哪隻是跟她們混吃蹭食好幾年的小夥伴。

柏語笙摟著她的肩膀。

「捨不得？」

「多少有點吧。」紀筱涵擤了下鼻子，眨眨眼睛。

「天下無不散的筵席。」柏語笙仰頭，淡淡望著遠去的鳥群，「滷蛋這是回牠該去的地方，挺好的。總有一天，我們也會回家，不一定能陪牠到老。」

「回家……」紀筱涵有些迷茫的複誦。

「對啊，回家。有電、有熱水、感冒了可以馬上看醫生。哎呀，真懷念。」

紀筱涵頓了一秒，附和著揚起笑。

「嗯。」

✦

這次起飛的鳥群相當龐大，幾乎沒有海鳥留駐，兩週前還很熱鬧的石灘，瞬間就變得空蕩。

兩人牽手踏上回程，柏語笙踢到一團物體。那東西爬滿青苔和鳥屎，看不太清內容物，骨溜溜的往前滾動。柏語笙結結實實的踢上去，抱著腳哀號，緩過來才慢慢走過去查看罪魁禍首。

這玩意明明挺顯眼，爲什麼之前都沒注意到？大概之前有鳥窩，成群海鳥聚在上頭，看不分明底下的物體，現在鳥都走了，這個路障就顯露出來。

看形狀似乎是個瓶子，柏語笙也不嫌髒，彎腰拾起。

「柏笙笙，又撿到寶啦？」紀筱涵調侃她。

「嗯，姊也撿到海洋之心啦。」柏語笙漫不經心回道。她輕搖瓶子，裡面有很扎實的晃動感。怕在石灘待太久海水漲潮淹沒通道，兩人沒時間琢磨瓶子，掐著時間涉水回到海蝕洞。

出了海蝕洞以後，柏語笙拉著紀筱涵跑到海邊洗瓶子。紀筱涵知道柏語笙老毛病又犯了，興致缺缺的坐在樹影下看她動作。柏語笙心裡惦記著另一半的海洋之心，導致見到類似的瓶子就忍不住想撿，這回也不例外，想當然爾又會是空歡喜，結局就是儲藏室又多一個毫無用途的空瓶。

「筱涵！」

柏語笙高聲呼叫，她懶懶的待在陰影底下不想動，那人興奮的直接撲到她跟前，掀起漫天沙塵。

「筱涵，妳看！」

那玻璃瓶因爲長期放在鳥窩中，黏著厚厚的鳥屎跟泥土，柏語笙用石頭刮出一角，勉強看到裡面的東西。雖然因爲瓶身髒汙無法看得很清楚。但，的確看到類似金屬光澤的物體，粗略來看，似乎是飾品。

兩人整個下午都在想辦法打開瓶子，用石頭不停敲擊，好不容易弄開瓶口。確實是編號七的海洋之心，跟她們持有的一對。

紀筱涵瞠目結舌，沒想到真有另一條項鍊，還給柏語笙歪打正著摸到了。

柏語笙尖叫著手舞足蹈，樂不可支，牽著她的手開懷跳舞，不停轉圈直到兩人都倒在沙丘上。

「筱涵！我找到了、我找到了！」柏語笙摟著她咯咯笑，胡亂吻她的臉。

「知道啦，柏笙笙好棒。」紀筱涵看她孩子似的笑顏，心情也跟著飛揚了起來，「不過這回沒有留字條呢。」當初找到第一條項鍊時，還附有一張寫著中文和德語的防水字條。

「對。留下信息的兩個人風格不一樣。」柏語笙從儲藏櫃中拿出珍藏許久的項鍊，將兩條項鍊跟唯一的紙片並排。兩條項鍊非常相像，唯一不同的是，第一次發現的項鍊中心是紅寶石，這次發現的則是藍寶石。柏語笙撐著臉，看著兩條項鍊傻笑。

「妳不打開它們嗎？裡面不是會藏字？」好不容易找到項鍊卻沒繼續動作，紀筱涵感到有些奇怪。

「啊？打不開啦，要鑰匙。海洋之心每一條對鍊的鑰匙都獨一無二，只有持有者才可以打開。本來就是設計成戀人一起用鑰匙打開，如果隨便什麼人都可以看到內容那就太不浪漫了。」柏語笙摸著項鍊有些斑駁的邊緣偷樂，「我只要能找到就很滿足了，我們運氣真好！這是個吉兆。」

「原來如此，我還以爲妳媽媽有告訴過妳打開的方法。」

柏語笙愣了下，緩緩轉頭，「我媽？」

「對啊，妳不是說過，妳媽媽也擁有過海洋之心……」紀筱涵見柏語笙一直盯著自己，以爲講錯了什麼，有些不好意思的吐舌，「看來是我搞錯了，我以爲只要兩條項鍊湊在一塊，就能打開。」

她越說越輕，柏語笙不知想到了什麼表情嚴肅了起來，皺起眉頭。

「柏語笙？」

柏語笙突然從涼席上跳起來，跑到屋子裡面翻箱倒櫃。一會她拎著東西過來。

那是當初她帶上島的紅色晚宴包，早就已經破爛到看不出牌子。雖然外表磨損但還算堪用，柏語笙並未丟棄，用它來裝自己最珍貴的東西，媽媽的遺物。

柏語笙撿了幾根小木條，把一端削尖呈一字狀，就這樣用簡陋的工具充當螺絲起子，開始拆機芯。

「妳、妳幹什麼？這是妳媽的遺物耶！」

「對！當初我媽用自己持有的鑰匙當作設計原型，試圖以手錶的形式再復刻海洋之心。在機芯鎖死前我看過一次，最中央有……」柏語笙沒頭沒腦的說了一半，手上繼續動作。

見她心裡是有主意的，紀筱涵不再阻止，默默看她拆機芯。

在荒島待上多年，機芯的零件都鏽了。雖然柏語笙不定期會拿出來清理，但在不傷害機芯的前提下，用簡陋工具拆開還是很不容易。柏語笙忙到天色暗了，還是沒法完全打開。紀筱涵沒催她幫忙家務，見她執著的想得到答案，便自個兒把晚餐和家務都處理好。

翌日，柏語笙一大早就起床搗鼓。

紀筱涵把早餐弄好，洗淨手後也過來幫忙。她的手小又靈巧，做事專注沉得住氣，很快就把柏語笙怎麼也弄不開的幾個小螺絲挑開。

當紀筱涵緩緩撥開最後一個螺絲，柏語笙小心翼翼把所有的螺絲都放到手提包內。

紀筱涵慢慢掀開機芯外蓋。

中央躺著一個心型的金屬片，紀筱涵抽出它遞給柏語笙。柏語笙平放兩條項鍊，底部對齊，左右卡榫接好，然後從下方接合處孔洞插入金屬片，大小一致，完美契合。她輕輕扭動。

沒任何反應。

兩人互看一眼。

柏語笙長吁一聲，不知道是失望還是鬆一口氣。本來緊繃向前的身體放鬆，身體往後軟軟坐下。

「妳好緊張啊。」紀筱涵戳著柏語笙的臉頰，見她的汗都凝聚在鼻尖快滴下來，伸手幫她擦汗，「放鬆點嘛，柏笙笙。」

「果然……不可能這麼巧。我也不知道哪根筋不對勁，就是有點想試試……」柏語笙不知想跟誰解釋，又輕笑幾聲，「完了、完了，拆成這樣，拼不回去了。媽，妳幫幫妳女兒啊，晚上睡覺時幫我拼一下。」

柏語笙開著玩笑，手下用力推金屬片，想抽出心型鐵片。機關喀的一聲啓動，兩塊項鍊上蓋跳起來。打開了。

兩人不可置信的大眼瞪小眼。

紀筱涵看柏語笙還愣著，便先拿起項鍊端詳。

紅寶石項鍊刻著中文：吉光片羽。

藍寶石項鍊則分成三行，第一行是德語：與吾愛N，第二行刻著數字一九八六，第三行也是一串數字：一七、一三、一五〇、一四。

柏語笙眼睛閃亮，泛著水光，目光緊緊不放的盯著眼前兩塊寶石項鍊。

紀筱涵輕輕摸著那句中文，手指感受著微凹下去的冰涼鐫刻。很久沒見到中文了，沒想到居然在這樣的地方、這樣的契機下，會再看到中文。

當初選擇刻下這些字句的人，心裡想著什麼呢？她的眼中看到了什麼？又有什麼意圖？或者其實沒有任何寓意，僅僅只是因爲單純喜歡這四個字，就寫了上去，頑皮的想考倒自己的情人，看看他是否能爲了自己去學習，解密難以理解的東方語言。

「柏笙笙的尋寶結束了嗎？」紀筱涵柔柔的摸著柏語笙的臉。

「嗯。」柏語笙往她身上一躺，半張臉埋在她懷裡，怔忡的盯著藍色的天空，「結束了……」

紀筱涵心中有些想法，但沒有追問，可能柏語笙也需要時間消化。

海風輕拂，柏語笙的金髮在空中飄揚，紀筱涵背靠竹架，摸著懷中人的耳朵，兩人依戀的相擁，突然柏語笙大叫一聲，坐了起來，把她唬得有些愣。

「又怎麼了？」

「那些情人都在項鍊上寫些什麼話？」

「不一定，看妳想藏什麼。有的人想要愛人證明對自己的愛。」

——親愛的L，你會爲了我學習世界上最困難的語言中文吧？

「有的人……只是記錄著愛情發生的時間跟地點。」

——與吾愛N／一九八六／一七．一三．一五〇．一四

「這是……座標。」柏語笙喃喃低語，越說越肯定，她抓著紀筱涵的臂膀情緒高亢大嚷：「筱涵，這是座標，一七．一三．一五〇．一四，是我們所在的位置！」

「座標……」

紀筱涵不曉得對方的腦袋瓜如何得出這個結論，但她沉下心來細看，這串數字的確有點像座標。

「就算是座標也沒用吧？我們又沒有衛星電話。」

「也是啦。」柏語笙又重重躺回她大腿，「可是不覺得很神奇嗎？這麼多年了，終於知道我們到底漂流到哪裡。」

「我還好，都是數字沒什麼感覺。有地圖就好了，比較清楚我們落在哪裡。」

「對嘛、對嘛，這個L眞是理工直男，寫的東西都硬梆梆。爲什麼不直接寫這座島的名字啦。」

「地圖別想了，有的話……誒？」

紀筱涵抬起頭，柏語笙也想到了。兩人趕緊起身，在儲藏室翻箱倒櫃了起來。

剛上島的時候，她們在海蝕洞撿了一個防水盒。

「找到了！」

柏語笙高舉銀色的箱子。堅固的防水盒從某艘船掉落，在海洋漂流，擱淺在海蝕洞，並且來到她們手中，中間經過數次搬家都沒有遺失。掀開盒蓋，那張精細的航海圖原封不動的躺在裡面，此時此刻，終於發揮它誕生於這個世界的唯一功能：指路。

「只有經緯度，但沒有標示東西經或南北緯。」

「我們在北半球，這應該不用懷疑。我搭的船本來是要開往塞班方向，但提前遇難……粗估位置大概在太平洋或菲律賓海中間，後來救生筏順著海漂流好幾天……」兩人研究航海圖，手指在圖紙上移動，「西經一百五十度已經超過夏威夷，接近美國本土了，這也不可能。」

紀筱涵一指，「所以，就是這兒。北緯十七度，東經一百五十度。」兩人靜靜盯著航海圖。

「這……就是我們所在的地方。」

沒有署名、無人知曉。

地圖上一個肉眼幾乎看不見的小黑點。

這，就是她們倆生活了七年的地方。

一七．一三．一五〇．一四

兩人靜靜凝視航海圖。波浪拍打岸岩，海風吹動樹葉唰唰作響，島嶼生生不息，運轉如昔，但在她們的小屋子，世界已經天翻地覆。

紀筱涵摸著兩人所在之處，輕聲喃喃：「好神奇……」

她們在這渺小之地掙扎生存許久，用海圖縮小的比例尺來看，距離菲律賓只有一個指節半，許多熟悉的地名環繞四周海域，看似只要一艘小艇就能馬上離開，但眞實距離卻遙遠到難以跨越，活活困了她們將近七年之久。

她們所在之處正上方，許多顏色不一的線條劃過。

「妳看。」柏語笙指著其中一條紅線，「這應該是遠洋路線，所有路線都從北方通過。」

紀筱涵抬頭看她，「難怪我們幾乎沒見過船，航道都在北方。」

這座島嶼南北地勢如同顚倒的F，南部平坦，北方高聳。從她們居住處走到北部礁山區要一個小時，那兒資源稀缺，除了撿鳥蛋，她們不會特別去北區。

也因爲遠離生活場域，她們在東西南三向都有設立烽火臺，唯獨北方沒有。這就是莫非定律吧，漏掉的就是船隻最可能路過的區域。

「我們平常沒在北部活動，加上越往北地勢越高，撿鳥蛋的地方也根本望不到海，所以完全沒在北方看過船。」柏語笙臉頰枕著手思索，「但現在知道北方船隻出沒的可能性更高，我們要主動出擊。」

「怎麼主動？」

「反過來。」

以往她們的求救路線，是被動的在看到船隻蹤跡時，才急急忙忙用手邊工具或烽火臺求救。而現在，她們要反過來，不論有沒有看到船，定時在北方燃起高聳入天的求救煙號。希望航海線上的船隻們，能接收到島嶼傳遞出去的求救訊息。

這麼多年來，她們幾乎放棄求救了，這次的發現是顯著的新進展。柏語笙情緒振奮，很快就擬定新的求援方案，紀筱涵沒說什麼，她向來順著柏語笙。兩人馬上前往北山勘查。

「這裡還是一樣臭。」柏語笙捏著鼻子，觀察地勢。

這兒就是她們慣常撿鳥蛋的區域。從她們立足的地方往北望，完全看不到海。再往前就是崎嶇高聳的石山，無法輕易上去，需要工具才能攀爬。

而且岩區滿滿的都是海鳥，這裡不比滷蛋族群所在的西方斷崖，而是一年四季都有大量海鳥聚集，這些鳥可不管她們入侵居住地的理由，有些品種還頗具攻擊性，萬一在攀爬的路上被攻擊，她們毫無招架之力。

「柏語笙，那裡是不是可以繞道？」紀筱涵眼尖注意到右邊有條蜿蜒向上的小徑。

那小路爬滿藤蔓，兩人拿著獵刀和石斧，慢慢的劈開山道往上攀爬，不久後，視線海闊天空，來到一個外推的小石臺。

兩人清出空地，各自找了塊石頭坐下來，鹹濕的海風迎面撲來，這兒確實能往外眺望到北方的海。

「這條小道上都是這種藤蔓，難怪沒有海鳥築巢。」柏語笙順手砍掉腳邊的幾束草藤。

這種藤蔓上頭有尖刺，被刺傷後會有些痲癢。雖然不致於威脅生命安危，但還是相當惱人，對海鳥來說也是，無怪乎這裡被淨空似的沒什麼海鳥的蹤跡。

「就選這兒吧，北方的烽火臺。」

選定地址後，兩人開始運材料上山，把烽火臺搭起來。中間經過幾次測試，確定可以順利升起烽火，兩人決定每日至少升一次火。

之後因爲每日往返太過痲煩，又在途中蓋了個臨時基地。她們現在每週有一半的時間住在臨時的小草棚，這樣可以縮短去往北方烽火臺的路程，另一半時間才回主營地。

臨時的小庇護所，地勢比主基地高，旁邊又沒有高大樹木等遮蔽物，到了夜晚，美麗的星空便如同在眼前鋪展般壯觀，只要沒下雨，兩人每晚都會躺在外頭觀星。

紀筱涵抱著魚乾啃，突然脖子一沉，脖上掛了條珠寶項鍊。抬起頭，對到柏語笙笑咪咪的眼睛。

「長度剛好。」柏語笙幫她調整繩子的長度。

海洋之心原本的鍊子已經腐蝕到不適合戴在身上，柏語笙拆掉原本的鍊子，改用草繩穿過，再把項鍊鏽蝕的地方清理掉，整個項鍊看起來乾淨多了。

「好看。」柏語笙自己偷樂得嘻笑幾聲。

紀筱涵見到柏語笙也戴起項鍊，想到兩人有一對的飾品，心情有些美，喜孜孜的摟著柏語笙脖子。

「那是大熊座嗎？」

「哪裡？」

柏語笙隨手往天空一指。

紀筱涵瞇眼細看，怎麼都看不出有熊。

「看不出來。但那顆特別亮的是北極星吧？」

「最亮的不是北斗七星？然後旁邊才是北極星？」

兩人望著滿天星斗琢磨，瞎子摸象老半天，柏語笙崩潰大嚷：「啊啊，認不來，隨便啦。我在此宣布，最亮的那顆是笙笙星。」

「哪有這樣。那旁邊小一點的，是小小星。」

「小小星怎麼一直圍著笙笙星打轉啊，是不是很喜歡笙笙。」

「臭美呢，是笙笙喜歡黏著小小吧。」紀筱涵捏著對方還摟在自己腰上的手。

「有道理……」柏語笙也不跟她爭，順著話就開始在她身體上下其手，「小小的胸部太好摸了，怎麼有這麼軟的東西啦……太可惡了，怎麼可以這樣。」柏語笙跟動物似的咬她的脖子跟耳朵，手在她身上四處遊走。

「那妳不要摸啊。」紀筱涵有些喘息，順服的打開雙腿，讓對方撫慰。

「不知道哪國傳說，死掉的人會去天上，每一顆星星都是神祇……」

柏語笙把她整人抱到大腿上，緊緊擁著懷中人，手指伸入柔軟的甬道中。

「所以神在看我們做愛……啊，妳好濕了。」

不曉得柏語笙有沒有宗教信仰，大概是沒有，她說起胡話也眞是不敬神明，對一切都毫無恭敬之心，只想著能得到當下最大的歡愉，眞是……讓人喜歡。

事後，柏語笙懶懶的摸著紀筱涵頭髮，眼神閃亮的盯著天空。

「小小星好像不見了。」

「雲層變厚了。」紀筱涵看著天空，最亮的那顆星星右手邊的小星星確實不見了。

「回去想買本天文書，想知道它們眞正的名字。」

柏語笙最近提到「回去」的次數變多了。

「柏語笙，妳覺得……」

「——有流星！」

柏語笙尖叫，紀筱涵抬頭正看到那流星閃現。兩人馬上低頭許願，流星很快的劃過天際，閃亮的尾巴消失在黝黑的天空中。

兩人抬起頭，柏語笙頂了下她的肩膀，「妳許什麼願？」

「妳先說。」

「希望……一切順利。」

柏語笙的答案有些含糊，過於狡猾。

「妳呢？許什麼願？」

「我也一樣。」紀筱涵笑笑應答。

希望——

能永遠跟柏語笙在一起。

不回去也沒關係，只要能在一起。永遠。

翌日，紀筱涵醒得很早。

昨日雖然沒下雨，但清晨的空氣有點潮，林中泛著濕意，柏語笙的臉頰上還帶著露水。

紀筱涵看著她的睡顏，伸手揩去她臉上的水。見那人還是沒醒，心底有些柔情，不想吵醒柏語笙，伸伸懶腰起身走動。想到昨晚濕氣那麼重，不曉得烽火臺的木柴是否還頂用，便往石臺的方向走去。

她才踏入石臺，便看到不遠處的海面，有艘船慢悠悠的劃過去。

看到那船，紀筱涵徹底愣住。

這幾日，雖然忙碌於打造北方的烽火臺，但不過是不加思索的膝反射，線索來了，那就更進一步行動。但說實話，她壓根不覺得在北方造個烽火臺能改變什麼，一切都像陪柏語笙扮家家酒，畢竟她們已經在這兒太久了，太過習慣目前處境，對回家這件事只有空泛的想像。

因此當許久不見的船跡再度跳入眼簾，紀筱涵實在一點心理準備也沒有，只是愣愣的瞪著船，好一會，腦袋才遲緩的運轉起來。

有船！

快點火！燃起高聳入天的求救煙！

只要點上火，就可以回家了。回那燈火通明的都市，有水有電，不用擔憂颱風來襲，不用害怕生病無法醫治，柏語笙的家人會來接她，她又可以回去做家財萬貫的大小姐，不用趴在泥裡過得如此辛苦狼狽，眞好、眞好，那本來就是柏語笙該有的人生。而她、而她……

她也會回去自己的生活。回去那擁擠窘迫的小窩，頂著毫無競爭力可言的學經歷，艱辛尋找時薪微薄的工作好養活自己跟妹……不，她連家人都沒有了。

柏語笙已經是她僅有的全部了。

船來了，又如何？

她拿著柴薪的手停在空中，耳朵嗡嗡作響，腦袋一片空白，身後有聲響，紀筱涵回頭，正與柏語笙對到眼，右手鬆開，拎在手上的木柴墜落地面。

「筱涵？妳……在幹什麼？」柏語笙狐疑的走近，看到走遠的船隻，臉色有些沉。

她被突然出現的柏語笙嚇了一大跳，魂都嚇飛了，也不知怎麼回答，只是木訥的趕緊鑽木取火。柏語笙沒與她搭話，打開放在旁邊的塑膠袋，裡面放了準備好的火絨等易燃物，沉默的搭手幫忙燃起求救煙。

儘管她們合作起來動作迅速，但還是太遲了。當兩人升起火時，船只剩很小的一個黑點。

兩人站在濃密的黑煙旁，望著地平面。

「回去吧。」柏語笙輕聲說。

柏語笙走在前面，紀筱涵緩緩跟在後面。

「筱涵。」柏語笙悶悶的聲音，從前面傳來。

「我在。」她小聲的應著。

「妳爲什麼不點燃烽火臺？我不明白，我們不是排練過很多次了嗎？爲什麼？」柏語笙沒回頭看她，越說越是忍不住提高聲量，像在哀求她給一個解釋，「那船是不是太遠了？筱涵？」

「我……抱歉，是太遠了……」

她虛弱的吐出一個理由。可她們都明白，不是這樣的，她實在太不會說謊。柏語笙猛的轉頭，眼底有濃厚的失望，紀筱涵在那目光下無地自容，低下頭像做錯事的孩子。

柏語笙抿緊下唇，深深嘆了口氣，不再說話，轉身大步往前走。整天氣氛異常沉重，晚上就寢時，以往只要沾上床柏語笙就急不可待的貼過來，但今天柏語笙沒有過來抱她，她輕輕靠過去，柔軟的頭髮貼著柏語笙臂膀。柏語笙沒有拒絕她接近，但也沒有熱情擁抱。紀筱涵突然覺得，她不曉得柏語笙在想什麼，柏語笙也不明白她在想什麼。

她倆就這樣貼著手臂，各睡各的過了一夜。紀筱涵幾乎沒睡，很早就起床。她想示好，主動把早上的活和早餐都做了。

「柏笙笙，我要去撿海螺。一起嗎？」等柏語笙吃好飯，她柔柔的邀請對方。柏語笙點點頭，提著竹簍跟在後面，對方的態度似乎有所緩和，她心底有些雀躍。

她們沿著海岸走，在西部的潮間帶工作起來。

與她們晦澀的心情相反，天氣很好，陽光普照，碧海藍天。

「喝水嗎？」紀筱涵半蹲著往臉上潑水散熱，她拿下草帽搧風，解下腰間的水壺喝了幾口，又遞給柏語笙。

「筱涵。」柏語笙叫住她，語氣歡欣，「妳看。」

那是一塊色澤特別好看的玫瑰色貝殼。

「妳最近做的那條手鍊，就缺這麼一塊貝殼。」

「對啊。今天可以完成了。」

紀筱涵瞇著眼睛，看對方歡欣的討論幾近完工的手鍊。和煦的陽光照在身上暖暖的，幾乎驅散了昨夜的陰霾。這就是她想要的。她只是想要每天都這樣笑著、相處著，閒話家常罷了。

柏語笙喝完水，把水壺遞給她。

紀筱涵接過去，手卻被抓住。

「筱涵，」柏語笙看著她的眼睛，「妳不想回去。」

紀筱涵為了尋找螺貝而低垂的頭僵在空中，半晌，重重點頭，嗯了一聲。

「為什麼？妳……」柏語笙顯得很焦慮，近乎煩躁，「妳不相信我。對吧？」

「我沒有不相信妳。」紀筱涵輕聲回她。

柏語笙用力往後坐，身靠石頭，腳踝泡在海水中，盯著自己的腳趾，「騙人。」

紀筱涵放下竹簍，緩緩涉水過去，靠在柏語笙旁邊的石頭上。兩人的身姿愜意，好像在海灘聊天的友伴，實則波濤洶湧。

「但不相信也好。」柏語笙輕笑幾聲，笑聲嘲諷意味濃厚。

紀筱涵不曉得柏語笙是在自嘲，還是譏諷她。她討厭對方這樣打啞謎。

「這次是我的錯。」紀筱涵說。

「我不想妳認錯。」

「那妳想怎樣？」

「筱涵，我們不能一直待在這裡，妳明白嗎？」

「柏語笙。」紀筱涵忍著淚意，一字一頓道，「別命令我，我不想聽妳講道理。妳當然有辦法說服我，我總是聽妳的，不是嗎？我當然知道回去不用擔心牙痛沒法醫治、不用擔心颱風大雨、不用害怕死在沒人知道的無人島。這我當然知道。可是、可是——」紀筱涵用力吸氣，把眼淚逼回去，「可是那與我何干，我什麼都沒有了，柏語笙，妳明白嗎？

也許我在這裡還比較快樂一些……」

「是嗎？」柏語笙抱著手，表情冷漠，似乎也按捺著情緒，「妳『一個人』在這裡，也會比較快樂？」

柏語笙又變回多年前，那個倨傲刻薄的同窗，隨便一句話便給她致命一擊。

紀筱涵輕飄飄的笑了一聲，「妳想表達什麼？」

「妳究竟在怕什麼？跟我回去，我不會虧待妳。」

「什麼叫不會虧待？講清楚。我甚至不知道我們這樣算什麼！回去要繼續聯絡嗎？妳要怎麼跟妳爸介紹我？爸爸這是我一起在島上過了好幾年的人，我們一起捕獵、找水、偶爾還會上床？噢，抱歉，不是偶爾，應該是天天上床。請問妳會跟妳爸介紹我嗎？對不起，我眞不曉得有錢人的基本社交禮儀，我們要先套好話嗎？而且我記得妳還有一個未婚夫。」

柏語笙放下手臂，凝視著紀筱涵，胸口起伏，表情凝重，咬著下唇。

「妳不想再多說，因爲這樣比較輕鬆吧！妳想回去，但妳也怕面對妳爸。妳根本什麼都不想負責，妳這個膽小鬼！妳想要一切都順妳的意！」

她抬頭，看到柏語笙臉色蒼白，表情幾乎崩解。見到那瞬表情，紀筱涵又心軟下來。

「抱歉。我不想這樣。呵，什麼負責，好好笑，我們都是女生……」她被濃厚的罪惡感徹底擊垮，眼淚不受控的掉落，「船的事，對不起。我不該這樣，太自私了。我沒打算故意留妳下來。我昨天是有些猶豫了，我不知道那時候爲什麼就、就想太多。下次我一定會馬上把火點起來。我只是、我只是——」紀筱涵放聲大哭，再也說不下去。

柏語笙正要開口，突然表情一滯。她雙眼發直，指向紀筱涵身後，紀筱涵轉頭。

有艘船開了過來。

從來沒這麼近過，就從礁岸旁溜過，直接往她們的方向開過來，船首站了三人，奮力向她倆招手。

事後，她們知道了那兩艘海洋研究船，屬於同個研究機構。一艘在前，一艘在後，間隔一天出發。

先行者注意到小島上突然冒出隱約的黑煙，有點在意，便聯繫後出發的船。後出發的船接收到這個意味不明的通知，想著反正順路，打算順著小島繞一圈交差了事，於是便發現了在西岸的她們。

第二十一章

「珠寶大亨掌上明珠，失蹤七年再次現蹤。這事說起來，比小說情節還要曲折離奇，但就在本月初，一艘帛琉海洋研究船在太平洋荒島救起兩位女性，其中一人是柏青集團董事長獨女柏語笙，她本被認爲已經死在七年前的海難，那次總共有——」

轉臺。

「好的棚內主播，這裡是實況記者邱琪，目前位置是柏語笙小姐所在的醫院門口。現在有人從車上下來了。柏小姐的前未婚夫葛毅來了。葛先生、葛先生、麻煩您發表點感言，您是要去探望柏語笙小姐對嗎？葛先生，您跟妻子的離婚官司也是今天開庭，您是從法院直接趕來的嗎？葛先生——」

什麼不醜的男人啊。明明又高又帥。

啪滋，關掉電視。

「新聞怎麼都沒提到妳啊？」

「……跑馬燈有提到救起兩位女性。」

「眞是差別待遇，全程都只播放柏小姐相關的消息，妳眞的跟這位有錢大小姐待在島上那麼久？她家嚇死人的有錢耶！」

「嗯，她挺好的。」

「跟那種大小姐一塊過日子，是不是挺辛苦的？肯定都是妳照顧她。她有沒有欺負妳啊？」

「沒有，她學得很快，也懂很多東西。」

「欸？那她——」

「沒什麼特別的，就一般人。」

紀筱涵沒精打采的靠在枕頭上，八卦的人自討沒趣便不再多問。潘瑋萱切著自己帶來的水梨，邊切邊吃，一心多用的滑著平板。她看到好笑的影片，會傾過身子展示螢幕，沒等紀筱涵反應過來便自個兒笑得上氣不接下氣，宏亮的笑聲充斥整間病房。

潘瑋萱以前有這麼多話嗎？紀筱涵看著醫院天花板，默默喝了一口水。

她跟潘瑋萱是在加油站打工認識的，對方是非常熱情的人，加上那時兩人迷上同一位韓星，有共同話題，是少數離職後也有聯繫的同事。

細細思索一番，真不記得這位友人當初什麼樣子了。那天，她見到這位當初交情還算可以的友人時，腦袋搜索許久也想不起對方的名字。

現代社會的一切，紀筱涵幾乎都忘光了，明明躺在柔軟乾淨的床鋪，卻老覺得聽到海浪聲，每天早上眼睛一睜，就想著要去打獵捕魚，見到閃爍的日光燈才赫然驚覺已經回到都市。

紀筱涵精神恍惚，感覺靈魂遺失在遙遠的荒島尚未回歸，經常雙眼發直望著牆壁，想起回歸那日的情景。

西部暗礁多，那艘驟然闖入她們眼中的中型船並未靠岸，船員們放了小艇下來探查狀況。

三名深色肌膚的男性坐在快艇，往她們的方向駛來。

面對逼近的小艇，紀筱涵渾身戒備，但柏語笙的眼中閃著淚光，她開懷的向對方揮手，對方也主動示好，大聲問她們需不需要幫忙。待小艇靠岸，他們立刻熱絡的交談起來，領頭之人友善的憨厚微笑，露出潔白的牙齒。紀筱涵稍微鬆下緊繃臂膀，藏起握在手心的石頭，豎起耳朵，努力想聽懂柏語笙在說什麼。

紀筱涵的英文不太好，對方的英語也帶著濃重腔調，導致她完全鴨子聽雷，柏語笙卻可以跟那些人順暢對談。只見柏語笙飛快的跟對方講了些什麼，對方點頭，柏語笙抓著她的手，往回走。

「他們願意等，筱涵我們回去拿東西。」

柏語笙的腳步輕快，她踉踉蹌蹌的跟在後頭，完全被前方的她帶著跑。

「重要的東西拿一拿就好了，那些人說他們不能停太久。」柏語笙提醒她，語氣歡快。

拿一拿？她愣愣的看著營地。

一磚一瓦都是她們親手打造出來的，溫暖舒適的小窩。

花了兩年的時間，才造出能遮風避雨的完美屋頂，廣闊的前庭還晒著裹胸布，生活的日常好似還未中斷，柏語笙昨天做到一半的手鍊，還擱在小桌子上，島曆明晃晃的寫著三六三，六年又三百六十三天，差不多七年。

拿一拿……究竟要拿什麼才能帶走她的七年歲月。

她只來得及拿起外公的刀和海洋之心，又被催促著上路了。柏語笙的腿很長，邁出的步伐堅定踏實，她好幾次都差點跟不上，甚至起了轉身逃跑的心，但柏語笙緊緊牽著她不放手。

快到海岸時，柏語笙突然站定，她心中一跳。心底希望聽到：筱涵，算了，我們不走了。

「珠寶得藏好，」柏語笙撿起地上的瓶子，見裡面還算乾淨便遞給她，要她把海洋之心收進去，「咱們兩個女人身懷珍寶，還是得長點心眼，走吧。」

柏語笙又幫她把裹胸布往上提拉，拉好草裙後面的葉子。柏語笙左看右看滿意一笑，打理好後便又拉著紀筱涵往岸邊奔去。

快踏上船時，紀筱涵有些躊躇，但柏語笙的手握得很緊，知道她要逃跑般，不管她怎麼使勁都十指相扣不放開。紀筱涵惶惑的回頭，看著熟悉的海岸線跟隱約可見的營地，半推半就的跟著柏語笙登艇。還沒坐穩就身體一震，馬達啓動，小艇往船的方向駛去。她甚至沒時間好好跟島上的一切告別，就被推上船。

大概在這些人想像中，她們是急不可待的想離開荒島，道別什麼的也不需要了。

船上鬧哄哄的，這些人似乎不是普通漁民，船上有奇怪的設施，船首插著淺藍底黃色圓點的國旗。太平洋上有許多小型島國，可能是其中一個島國的國民，他們很友善，但紀筱涵很不能適應巨大的轉變。

好吵。太多人了。好奇的目光駐足。

船員環繞著她跟柏語笙，她跟柏語笙排外而親暱的小小宇宙被打破，不停有人接近過來，她沒有機會好好跟柏語笙講話。她總是默不作聲，所有人注意的焦點便集中在柏語笙身上。海員們熱情攀談，也許是想詢問更多的身分訊息，也許僅僅因爲柏語笙是個漂亮的白種人女性，每個男人都想跟她講話。

「我們可以回家了。」

好不容易有了小空檔，柏語笙雀躍的轉頭，臉上散發光芒，刺得紀筱涵睜不開眼。紀筱涵不知如何應答，只把臉埋在毯子底下，低頭嗯了一聲。感覺到她的低落，柏語笙安靜下來，摸著她柔軟的頭髮，摟住肩膀，安撫的輕拍後背。

「別怕，筱涵。我們都一起的。」

她們被帶到小島國最大的國立醫院。柏語笙說已經請人打聽大使館的電話，很快就有人接她們回家。柏語笙說得輕鬆篤定，好像所有事情盡在掌握中。紀筱涵稍微安下心來，只是這處小地方病房不夠，她跟柏語笙被安排到不同的房間。

離開柏語笙身邊讓她很不安，緊張的不住回望，像抓住最後一根稻草。

「筱涵，沒事的。就幾個晚上，他們聽說我們在荒島待了七年，懷疑我們身體出狀況，打算替我們做健康檢查，檢查完我就去找妳。抽血、驗尿、記錄身體數據，很簡單的。只是睡覺的地方不同而已，我沒有離開妳。」

紀筱涵信了她的安撫，放開手，跟著護士走了。

問診時，對方是個大塊頭的男性醫生。穿著白袍的醫生對著檢查數據皺眉搖頭，連珠炮的說著她聽不懂的語言，紀筱涵一臉茫然，但對方還是繼續問，她只得點頭。

結果，那人大概是給她吃了含有鎮定劑的藥物，總之她睡得很沉，醒來以後已經是翌日傍晚。

紀筱涵望著窗外的橘紅夕陽，總覺得哪裡不對勁，意識到原來是沒看到那一直都在身邊的金髮女人。巨大的思念降臨，好想看到柏語笙，於是她鼓起勇氣用破英文詢問柏語笙的病房。

那名健壯的護士向她比手畫腳，見她滿臉疑惑，便領著她來到柏語笙的病房，指著空蕩蕩的床，嘴裡GO、GO的喊著。

她終於明白柏語笙走了。什麼話也沒留給她，就這樣不見了。

她一個人度過了語言不通、惶恐不安的幾日，還好後續大使館安排兩位當地臺胞幫她處理各種生活事宜，她才輾轉又回到國內醫院進行後續檢查。

柏語笙宛如人間蒸發，完全沒消沒息。直到今天看新聞，她才知道原來柏語笙被家人接走，轉到別間的私人醫院去了。

「紀小姐，要換點滴了喔。」

紀筱涵點頭，右手安靜的伏貼身側，讓護理師作業。

她認爲身體沒什麼狀況，很想趕快出院，卻被醫生和護理師嚴厲制止。檢查報告顯示有三顆蛀牙需要抽神經、輕度壞血病，醫生還說她的左腳踝再不動刀，腳可能就廢了，紀筱涵這才驚覺身體小毛病還眞不少。也許再待久一點，她們就病倒了。光是這一點，紀筱涵就挫敗的感覺自己實在太過幼稚，最後的爭吵還歷歷在目，但無論如何，她無法忍受柏語笙病死在島上。

護理師走後，潘瑋萱也打算離去。

「對了，嚕嚕在我那兒挺好的，要看牠的照片嗎？」

「嚕嚕？」

「貓，妳出發前託我照顧的。」

紀筱涵思索許久，才想起似乎有這麼一回事。宛如上輩子的事了。照片中的貓毛色潤澤，精神奕奕，看起來被照顧得很好。

「牠跟著妳也久了，不介意的話，可以繼續照顧牠嗎？」

聽到答覆，潘瑋萱露出安心的表情。或許她來，也只是要一個歸屬權的確認罷了。

送走潘瑋萱後，紀筱涵沒馬上回房間。她拄著拐杖到醫院外的便利商店，拿起手機，查詢關鍵字：柏語笙。型號老舊但功能尚且完好的手機是醫院志工所贈，網路則蹭便利商店的免費WiFi。

紀筱涵查出不少網路消息，大略掃過標題，都是報導荒島七年的驚人事蹟。她艱難的在網路中撈取想要的訊息。

富家千金歷劫七年歸來的消息十足吸睛，各家媒體宛如嗅到血味的鯊魚，每個時段輪番播報，柏語笙的新聞上了頭版，各大新聞網站都有她的照片，底下總會有許多不堪入目的留言。

「這個我可以。」

「想幹。」

「還可以，八分吧。鼻子太高，胸部也小了點，扣兩分。」

「給七分。身材可以，但不喜歡洋人臉。說好的混血兒呢？」

「我給十分，好想跟她一起在荒島過七年。那個男的根本人生勝利組。」

「樓上，一起待在荒島的也是女人吧？」

「都是女的？那應該還是處女。我可以。」

紀筱涵關掉手機，疲憊的揉著眉心。

跟柏語笙艱苦扶持的七年被簡化成各種齷齪的意淫，她恨這些流言蜚語，但又止不住去看，這些新聞是唯一可以看到柏語笙消息的地方。當然那無數的留言中沒有人猜到，她跟柏語笙不僅僅是生活上的夥伴。她們的感情，無人知曉。

她很想知道柏語笙去哪裡了，但得不到更多有用消息。柏家人很注重隱私，各種採訪要求一概拒絕，非常強硬的禁止媒體透露更多蛛絲馬跡。網路謠言滿天飛，但真正能找到柏語笙的線索一點也沒有。柏語笙徹底消失了。

總是這樣，她不小心獲得的寶物，終究不屬於她。越是情感深厚，越是在心底提心吊膽，眞正失去時，卻在痛苦之中又有些坦然。

但……說是不自量力的奢望也好，紀筱涵覺得她們不應該結束在那段不愉快的對話，她還想跟柏語笙說點什麼，不管要繼續聯絡，或好好的告別都可以，總之，她想要一個完整的句點。

不要這麼突然的從她的生命抽離，像寫了一半就永遠擱在哪裡的句子，令她因爲得不到答案而憂傷疑惑。

就跟小時候一樣，小女孩懷著滿滿的疑問，抱著外公的獵刀，執著的在校門口等著，等柏語笙再出現。

好多、好多話想問妳；好多、好多話想跟妳說。

妳遇到什麼事了？爲什麼不留個言呢？不想再聯絡的話，其實妳只要說一聲，我是不會糾纏的。只要妳出現，隨便撒嬌示好，說不定我又原諒妳了。

但是沒有說不定，一切都是虛妄。她固執的等了一個月，然後就跟小時候一樣，柏語笙徹底從她的人生蒸發。

紀筱涵在便利商店的椅子坐了許久，又刷了幾條跟柏語笙有關的新聞，這才回醫院。

✦

左腳康復後，紀筱涵開始求職，她需要賺些生活費和路費。

雖然她的新聞只有小小的版面，但還是有好心人注意到她連一毛錢都沒有的困境。醫院合作的公益單位幫忙募到一些錢，紀筱涵是十二萬分的過意不去，卻不得不接受這份餽贈，不然連重新融入社會都無法辦到。申請銀行卡、健保卡、身分證等等都要付工本費，搭車要錢、吃飯要錢、手術費用要錢……錢錢錢，只要進入社會體系就開始不斷的消耗金錢，沒有錢，在現代社會根本寸步難行。

她需要錢。

感謝您參與本公司人才召募，由於本次召募優異者眾多，名額有限，競爭激烈，未能在此錄取您，致上萬分歉意。您在本公司所登錄之個人履歷資料，已建入人才資料庫，日後若有適合您的職位出缺，我們將會儘快與您聯繫……

她久違的複習起被拒絕的滋味，和到處撞牆的無助感。

如今，處境甚至比七年前更糟糕。唯一的年齡優勢已消失，但她依然不擅社交，也沒有任何能在文明社會生存的技能，甚至補魚生火比製作Excel還熟練。

「紀小姐，請問妳爲什麼七年都沒工作……荒島？只有那位豪門千金被救起吧？咦？原來有兩人被救起來啊？」

比起履歷，面試官對她的孤島生活更加有興趣。津津有味的聽了她的求生故事，然後抱歉的說經驗不符恕難錄用。也有少數人接受她的履歷，但意圖明顯，想利用荒島經驗，把她打造成某種活招牌，紀筱涵嗅出不懷好意的味道，拒絕邀約。

二十初頭遭難，離開島嶼已經二十七歲，再三年就三十歲了。紀筱涵試圖隱藏荒島生活的經歷，但七年的空白時間使她看起來就是一個乏善可陳，社會適應不良的失敗者。

倒是有好幾名八卦娛樂雜誌記者試圖採訪她。採訪也罷，還不停的拋出誘導式的提問，希望紀筱涵配合說出他們想要的娛樂效果。對於這些打探柏語笙的人，她打心底厭惡，煩不勝煩，對其中幾人發了頓脾氣。

有名記者懷恨在心，拍下她在醫院狼狽的模樣，把她寫成個性惡毒的母夜叉，再將柏語笙描寫成在惡劣環境與糟糕同伴雙面夾擊下，努力生存的美好天使，言之鑿鑿，好像眞有那麼回事。有人因此寫信到醫院義正詞嚴的痛罵她，甚至語帶威脅要教訓她這個「讓柏語笙小姐受苦的人」。

她看到後並不生氣，倒是那雲與泥的感覺又更強烈了。

遇難前的租屋房東電話已撥打不通，屋子怕是已經易主。就算有幸聯絡上，七年前驟然失蹤，無任何家屬處理遺物的房客，裡頭的家當恐怕也早就全丟了。她是眞正的身無分文，沒有朋友、沒有親人，就連妹妹的遺物也沒有留下。

滿是鏽斑的獵刀、藏在懷裡的海洋之心、醫院善心人士捐贈的衣物用品和些許愛心捐款，這便是紀筱涵所擁有的全部了。

柏語笙的身家還是被好奇的鄉民扒出來了。

有人鉅細靡遺整理出柏家的資料，雖說都是公開新聞，但不可思議的是，此人連二十幾年前未電子化的舊報紙也去中央圖書館找了出來。

其中一張老照片吸引紀筱涵的注意。巨大的莊園據傳是柏青上上代收購而來，主樓是三層樓高的典雅歐式建築，幾乎圈起半座山頭的遼闊建物。

柏語笙曾說過，她爸爸不喜歡住太高的樓，常住的老家大宅可以眺望整片橘紅色的山景，山茶莊園似乎兩者都符合。

紀筱涵最後找到一份短期打工。白天發傳單舉牌，晚上在網咖棲身。她存了點錢，搭車南下。

「不好意思，請問山茶莊園怎麼走？」

她邊走邊問路，順著開滿山茶花的道路走，步行約莫半小時後，高大的雕花鐵門擋在道路中央，沒法前行。鐵門後還有繼續上行的柏油路，綠油油的樹影間可以看到眞正的居所在更上方。她不死心的抓著鐵欄杆，正思考怎麼翻過去，鐵門後的警衛室，有人推門而出。

「小姐，前面是私人土地。」

「請問，柏……柏懷望先生住這裡嗎？」

她本是想問柏語笙，但過於暴露眞正心思，話到嘴邊就轉彎。那警衛看起來四、五十歲左右，目光炯炯，瞥她一眼沒回答，只輕蔑嗤聲，揮手要她滾遠點。大概把她當作想攀親帶故央求資源的奇怪女人吧。

紀筱涵放開欄杆，蹲在圍牆下，打算就在這兒等。如果這是柏語笙家，她總會等到她進出家門的。

附近人煙稀少，沒有餐廳，最近的店是步行二十分鐘的路口便利商店。因爲地勢較高，晚上有些冷，她穿上外套，買了件輕便雨衣擋風，就這樣睡在鐵門底下。

堅持到第三天，那位警衛偶爾會出來放風，但從來都是斜眼看人，也不跟她講話。紀筱涵沒在意他的態度，畢竟是對方職責。她只想等到柏語笙。

第五天，時至中午，肚子餓得咕嚕響，但她沒有去便利商店。紀筱涵的存款並不多，搭車到這兒，枯等柏語笙的這幾天，已經消耗掉大部分的積蓄，她還得留點餘錢坐公車，便把進食次數縮減到每日一餐。紀筱涵望著天空想，是不是就近找個地方打工再回來，一邊無聊的數著飄過的白雲。

「不吃飯?當神仙啊?」那警衛隔著鐵欄杆，背著手路過她時，居然搭話了。雖然依舊沒正眼瞧人，但確實是向她說話。

紀筱涵勉強笑了下，搖搖頭。

不吃飯沒關係。在荒島曾經兩個禮拜沒進食。飢餓是可以忍受的，有水喝就行了。

思及此處，她又覺得好笑，都已經回來了，還是忍不住思考如何將資源利用到極限，還忘不掉這些在都市毫無用處的求生知識。

她又堅持了兩天，期間偶爾有人開車進出，但都沒看到柏語笙跟她爸，紀筱涵知道自己大概撲空了。柏語笙已經不住這兒了嗎？那接下來該怎麼辦？正思考間，某樣東西戳到頭頂。

她緩緩抬頭，是麵包。麵包套著便利商店塑膠包裝，上頭寫著斗大六個字：海苔肉鬆麵包。警衛手裡拿著麵包，往她身上遞，「哪。」

她還有點愣。警衛不由分說把麵包塞到她懷裡，又走回警衛室端著泡麵出來。他蹲在她面前吸麵條，粗聲粗氣道：「幹，不用謝，也不用說我好心啦。我吃泡麵，妳吃冷麵包。那是我不要的，都快要過期了，妳隨便吃。」

「謝謝……」

「就說不用謝了。」

兩人隔著鐵門沉默進食，頗有些古怪的和諧。也不曉得警衛怎麼就卸下對紀筱涵的防備，大概是這幾天下來她都很老實，沒趁開門空檔做奇怪的事，看起來可憐兮兮又毫無威脅性吧。

那警衛見她快吃完了，邊嚼邊說：「小姐，妳還是回去吧，老爺子不住這了。幾年前天天住，但現在身體沒那麼好，山上濕氣重，就挪到別的地方，已經很久沒回來了。也勸妳一句，要拜訪老爺子呢，循正經管道找，這樣天天等門不大好。」

柏語笙的爸爸不住這裡，看來柏語笙也不在這兒。

「謝謝你。」紀筱涵背著包包正要離去，忽然又復返，「這附近有山嗎？可以過夜的？」

「有。妳回到公車站牌，往北埔的方向坐三站，就可以……」

轟隆！

談話間，一輛紅色的跑車開了上來，引擎嗡嗚作響，駕車者不耐的對擋在門中央的紀筱涵按喇叭。警衛抱著泡麵碗跳起來，慌慌張張的揮手要紀筱涵趕緊離開，忙不迭的幫來客開門。

鐵門開得有些慢，滿臉不耐的女性駕駛搖下車窗，什麼話也不說，就是不停按喇叭催促。

女人染了大紅髮，指間夾著菸，戴著遮住半張臉的墨鏡。那高傲的脾性有點像柏語笙，只是更沒耐性，滿不在乎的鳴按喇叭釋放不滿，舉手投足都是囂張的紈褲樣。紀筱涵路過那車時，女子瞇著眼，嘴角一勾，表情要笑不笑，向她的背影吐菸。

附近確實有座山。

紀筱涵按照警衛的指路，找到這座郊山。這趟她可說是毫無斬獲，雖說這條線索本就是孤注一擲的盲目嘗試，但現在唯一的線索又斷了。紀筱涵看得出那警衛並不知道柏家現在的主宅在哪兒，如今心底茫然，不知何去何從。

最後她決定去山上找外公，這是每次無助時都會做的事。

她來的不湊巧，山道因爲颱風正在整修，但半山腰處有間小型休閒農場，紀筱涵索性直接入住此處。園區內有小木屋跟露營區，她捧著臉，坐在露營區木椅上，看著遠方的紅色斜陽慢慢落下。

扣掉坐回市區的公車費，她身上只剩兩百五。小木屋當然是住不起的，帳篷只能租最小號的空帳加一件睡袋，剛巧足夠在露營區過夜。

文明社會什麼都要錢，在野外過夜也要收妳錢。

其實過夜費本來最低要五百塊，但管理大叔看她可憐，今天又沒遊客，便大手一揮，五折大放送。紀筱涵覺得有點好笑，不管是警衛大哥還是管理大叔都為她破例，大概她看起來真的很落魄吧。

也許有人會說她不夠理智，生活如此窘迫，還不好好珍惜手上每一塊錢。但於紀筱涵而言，有沒有這兩百五十塊其實差異不大，至少她可以得到一個睡眠充足的晚上，醒來以後徹底放棄不切實際的妄想，認命的獨自在都市賺錢生存。兩百五買一個夢醒，夠了。

她躺進帳篷，打開門簾，望著星空。

青草香味縈繞鼻尖，耳邊可以聽到螽斯蟲鳴。山上的夜，有點像荒島，只要忽視山底的霓虹燈光，幾乎可以忘掉自己已經回到都市。紀筱涵被熟悉的氣息聲響環繞，躁動不安的心靈逐漸平靜下來。

紀筱涵已成了荒島野人，回到都市後她幾乎無法入眠，夜半都市有各式各樣的嘈雜聲響，汽車的喇叭聲、小孩哭啼、貓咪發情、夫妻吵鬧。白天還可忽略這些噪音，但夜深時，安靜的背景使喧鬧加倍放大，吵得她精神衰弱。

但無法睡著的主要原因，還是身旁沒有熟悉的肌膚溫度。不知道回來以後，柏語笙睡得著嗎？晚上還抱著東西睡嗎？

之前在醫院裡，她唯一能順利入睡的方式，就是把臉探出窗外看雲數星星。病房附近沒有高樓大廈，可以看得到天空。

只要高高昂起頭部，忽略眼角的鐵皮屋頂和磁磚樓房，聚焦在前方那廣袤無垠的宇宙，能讓她忘記現在的處境。時空轉換，耳邊彷彿傳來浪濤聲響，海鳥嘎嗚，樹葉窸窣，一個溫柔甜美的嗓音在講話：「小小星怎麼一直圍著笙笙星打轉啊，是不是很喜歡笙笙。」

刺耳的剎車聲響，引擎低聲怒吼。她又回到現實，霓虹燈光還在山底閃耀，她並沒有回到島上。

柏語笙離開了。紀筱涵深深吸氣，在心中一字一句說完這句話。

這件事已經不那麼讓人哀傷了，她緩慢的接受現實。

人生總有不如意，失去的向來比得到的多，只要時間夠長，沒什麼過不去。紀筱涵仰望星空，注意到那顆最閃亮的笙笙星依舊明亮。

她往旁邊尋覓，雖然有都市光害，但細細搜尋一番，還是能找到笙笙星右邊角落那顆較小的星子。

天上的小小星還在呢。景不一樣、人不一樣，但至少星空還是一樣的。眞好。紀筱涵笑了起來，同時之間，凝聚在眼角的淚珠慢慢墜下。

好痛苦。

沒什麼比在網路上看到柏語笙的影像還心痛。柏語笙就像那遙遠陌生不再屬於她的星星，如果她從未知道星星的溫度，也許還能獨自一人過下去，但紀筱涵摘過星，就抱在懷裡、捧在心裡，暗自用幸福形容那瞬息，以為她的那顆星永遠不會飛走。於是星星升空的後座力把她狠很甩下，垂直墜落，粉身碎骨，痛徹心扉。

她在島上學過了，不該心存僥倖。怎麼就是學不乖。

砰！

有人很大聲的甩上車門，關門聲響徹整座園區。她被那聲響打斷思緒，注意到停車場有人下車。

這麼晚了，還有人來訪？細聽來人腳步，居然向露營區走了過來。

她現在情緒不穩，完全沒心思跟外人打招呼，也不想被看到紅腫的雙眼，便關上門簾，鑽入睡袋，靜靜等外頭的人走過。

腳步聲越來越近了。她警覺的發現那人似乎在尋找什麼，一路靠過來，繞著她的帳篷打轉。最後，在門口停下來。

陌生人步步逼近，卻什麼話都不說，讓人倍感威脅，紀筱涵敏感多疑的繃緊身體。

「嗨，有人嗎？」對方輕輕晃動帳篷。

聽到熟悉的聲音，紀筱涵心跳漏一拍，呼吸一滯。

「芝門開門？」那聲音越來越顯戲謔，帶著欠打的調侃，「哈嘍，是小矮人的家嗎？

小矮人在家嗎？」

妳才小矮人。

她心中腹誹，不等她出聲回應，那人已經不請自來的拉開門簾。唰的一聲，月光透入，熟悉的臉蛋映入眼簾。恍若多年前的暴風雨夜，毫無心理準備下，那張精緻的臉忽的出現在她面前。

「芝門開門，我可以進去嗎？」門簾只開個小縫，柏語笙只有頭擠入篷內，眼底裝著星光，笑得燦爛無比。

紀筱涵先是因爲見到思念之人心底喜悅，而後又升起無名火，爲什麼這個人可以若無其事的隨意進出她的人生，完全不顧忌她的心情感受。

紀筱涵冷著臉，轉過頭背對門簾，不理會柏語笙。柏語笙拉開門簾，小心翼翼探入。

「小小，我進來嘍？」她輕聲詢問，邊說邊靠近，進入帳篷，緩緩躺在紀筱涵身旁。

紀筱涵不理會她，整個人縮成一團，拉緊睡袋，防備的不讓她靠近。柏語笙才躺一會就不安分了起來，試圖鑽進她的睡袋，雙手放肆亂摸。

紀筱涵忍無可忍，轉過來抓住她的手，抿嘴瞪著柏語笙。拒絕意味明顯，但對方好像沒接收到似的，憨態的笑了。

「外面好冷喔，我想跟妳一起睡。」

「不要碰我。」

「爲什麼？還生氣？我不是來找妳了……」

「第二次了。」

「嗯？」

「妳已經第二次這樣消失了，我不確定我能承受第三次。我好討厭找不到妳的感覺，妳知不知道我一直在找妳，妳知不知道我很難過。我不知道——」紀筱涵撇過臉，嬌小的身體顫抖，尾音帶著哭音，她背過身子抹眼淚，「我不知道妳有沒有把這件事放在心上，有沒有想過我的感受。」

柏語笙歛起笑容，不再玩鬧，柔聲安慰：「抱歉，這麼晚才來找妳。別哭了……」柏語笙想幫紀筱涵揩掉眼淚，紀筱涵拍掉她的手，柏語笙眨眨眼，滿臉無辜。

「好好說話，不要動手動腳。」

「好，我不碰妳。小小，妳轉過來，別哭了。」柏語笙往後挪動身體，離她兩個拳頭遠。

「手貼著身體，不要毛手毛腳。」紀筱涵邊抹眼淚邊命令她，那細細小小又帶著委屈的聲音讓柏語笙聽著心疼，不敢再說胡話，很乖巧的照吩咐辦了。離她遠遠的，方方正正躺好。

紀筱涵擤了下鼻子，等情緒穩定後，才輕聲問：「這段時間，妳跑哪去了。」

「在我家的私人醫院……只是，我沒法聯絡妳。」柏語笙望著帳篷頂部的透氣紗網，

「我惹毛我爸了。」

那天在醫院分開後，柏語笙在自己的病房裡睡不著，腦子亂哄哄的想著事情。她看得出紀筱涵對回歸文明感到害怕，但她覺得只要和自己一塊生活，逐漸習慣現代社會後，不安就能祛除，她自己倒是對此沒有任何心理壓力，或許還如魚得水。她會照顧紀筱涵，不會有問題的。

柏語笙心中轉著許多事，此時有人推門而入，她以爲是護士或醫生，壓根兒沒抬頭。但對方的手杖一下一下的敲擊地面，不疾不徐步向床頭。她才抬起頭，便眼睛圓瞪，不可置信的看著眼前之人，以爲自己看到幽靈或幻影。

「怎麼？幾年沒見，不會叫人了？」

「爸……」

爸爸的祕書接過話來向她解釋。原來柏懷望在大使館有交情不錯的舊識，當對方發現尋求協助的落難公民居然是柏語笙，立刻第一時間通知柏懷望，柏懷望正巧在附近處理東南亞分公司事宜，落腳處離帛琉並不遠，接到通知後，便立刻搭乘私人飛機在十二小時內飛抵此處。

柏語笙安靜的聽祕書解釋，內心還很不踏實。她才剛思索著回去要怎麼面對爸爸，結果一瞬間人就出現在眼前。她跟爸爸簡單說明這七年怎麼過，分心偷偷打量對方。

不敢相信滿頭斑白鶴髮，皺紋又長又深，臉上有明顯老人斑的這個男人，是讓她又敬又怨又畏的爸爸，怎麼看起來這麼老了？

「這七年，妳也不容易。」聽她講完近幾年遭遇，柏懷望點頭，語氣平緩。

聽到爸爸的感想，她略微鬆口氣。

爸爸也在打量自己，雖然面無表情，但她就是微妙的感覺出來。雖然爸爸嘴上和緩，但實則對她很不滿意。

柏語笙有點不自在的拉了下領口，把衣服穿正。她跟紀筱涵剛獲救時的野人裝扮跟赤身裸體差不多，看不過眼的護士給她們舊衣穿。雖然尺寸不合，但至少不那麼衣不蔽體。回歸社會柏語笙本來心理毫無壓力，但爸爸一出現在面前，自小養成的規矩禮教又幽魂附體，坐立難安了起來。

她突然意識到自己在爸爸眼裡各方面都不合格，衣著凌亂，坐沒坐相，講話隨興而不得體，毫無柏家大小姐該有的樣。話說回來，怎樣才能做好柏家大小姐？永遠衣冠楚楚，重視長幼尊卑，使用敬語，講話琢磨三分？不能問太笨的問題、不能講太粗俗的詞彙、不可以漫不經心的對談，生活便是全副武裝戰鬥，挖空刁鑽玲瓏心。

柏語笙心想，我以前到底怎麼跟他聊天的？有這麼尷尬、這麼麻煩嗎？

還好爸爸似乎也沒有促膝長談的打算。

柏懷望看了下手錶，拄著手杖，站起來。

「時間差不多了。待會再繼續說，我們先回國。」保鏢幫他套上外套，戴上禮帽，一副馬上要走的架式。

「回國？現在？這麼急？」柏語笙望著窗外高掛的月亮。

「嗯，妳也一塊。打理好自己，五分鐘後出發。」

「什麼?但是，爸，我有個一起在荒島生活的朋友，我想帶她一起走——」

「什麼朋友?大使館會處理。」柏懷望言下之意，就是沒打算一同帶走。

柏語笙心急不已，講話頓時沒了拘束：「那我不走了，你自己走吧，我跟著大使館安排的飛機，回國後再——」

「混帳東西！」柏懷望抬起手杖，重重敲上磁磚，發出刺耳的聲響，「失蹤七年連禮貌都消失了?還頂嘴！」

柏語笙反駁的話語很自然從舌尖溜了出去。

「是啊，荒島野人，礙您的眼。您就少管閒事了吧。」

話甫出口，她心想：完了。

緩緩抬頭，看到柏懷望氣得滿臉通紅，右手一揮，鐵手杖直接往她身上招呼。但她已經不是那個嬌弱的家養金絲雀。她在荒島面對過鯊魚和風暴，每天體力勞動好幾小時，輕輕鬆鬆擋住爸爸的手杖，好像大人在對付拿著不趁手武器的孩子。

「爸，您小心點，別傷到自己了。」

來往兩、三次，柏懷望完全碰不著她，被輕鬆反制更是讓柏懷望顏面無光，氣得吹鬍子瞪眼。

柏語笙很久沒看過她爸爸發這麼大的火，奇怪的是，她居然相當抽離，也不感到害怕，態度不痛不癢，甚至有點分心思索怎麼帶紀筱涵一塊走。

這態度完全激怒柏懷望，只聽到他怒吼：「把她帶走！」

下一秒她直接被兩個高頭大馬的保鏢架起扛走。

——不行，我得給筱涵留個話！

情急之下，她隨手拉住貼在牆邊，表情害怕的護士。那護士嚇得拚命搖頭，想推開她的手。柏語笙抓住最後一根稻草，懇求對方幫她告知紀筱涵，她會再去找她。然後就被打包送上飛機了。

事實證明，那位護士大概嚇壞了。

一名老人帶著四個黑西裝保鏢闖入病房帶走患者，怎麼看都很像犯罪現場，過程中他們都用中文交談，當地人也聽不懂，大概以爲攤上什麼大事。當時場面混亂，時間緊迫，柏語笙英文講得飛快，護士確實可能沒聽清楚。

總之，紀筱涵最後並沒有得到柏語笙留下的訊息。

「我前幾天才逃出來，眞的不是故意不找妳。抱歉嘛。」

柏語笙一直往紀筱涵身上蹭，好煩人，她還沒決定原諒柏語笙呢。紀筱涵推開柏語笙，保持身體距離，但只要稍不注意，對方馬上像隻哈巴狗黏上來。

「小小，妳有沒有想我？妳眞的好難找喔，差點就找不到妳了。」

「喔？我的錯？」紀筱涵涼涼回道。

柏語笙趕緊陪笑，「沒、沒有。當然不是妳的錯。我很想妳，妳不想我也沒關係，雖然我覺得妳是想我的。」

「完全沒想妳，走開。」

「不要這樣嘛，小小——」

柏語笙眼睛水汪汪的看著她，又想纏過來摟她。紀筱涵哼了聲，懶懶的睨柏語笙一眼，不准對方太靠近。

「妳爸爲什麼急著把妳帶走？讓大使館處理不好嗎？」

剛剛柏語笙講的，怎麼想都有些蹊蹺。她受夠了偷偷揣測，暗自傷懷，這回非要打破砂鍋問個明白，不想不清不楚的和好。

「Bingo！小小偵探，妳抓到重點了。」柏語笙神祕兮兮的對她擠眉弄眼，「追根究柢，是因爲我在法律上，已經是個死人了。」

第二十二章

「什麼意思……」

「妳知道失蹤幾年可以宣告死亡嗎？」

紀筱涵搖頭。

「七年。」

失蹤七年才能宣告死亡。死亡後，若沒有遺囑，資產將由法定繼承人繼承。

也就是柏語笙名下所有資產，包含媽媽在世時的特別信託，她滿十八歲時才能動用，富有紀念性的一些遺產，統統歸給柏語笙的爸爸。

雖然依照島曆計算，她們離開時是六年又三百六十三天，但島曆本來就是登上荒島後自行估算的時間，真正的失蹤日期按照公元標準時間，兩人確實已經失蹤滿七年。

「聽說我失蹤滿七年的那一天，家人就去法院宣告死亡。遺產被切碎成好幾份分給親戚，我猜那兩個便宜弟弟應該也有份吧。結果現在我回來了，吃到一半的肉要吐出來，完全打壞他們的如意算盤。」

「這事怎麼早不早、晚不晚，現在才爆發？」紀筱涵皺眉，「妳爸也太急著分配妳的資產了吧。」

「主要是我失蹤的這七年，我爸跟大房的兩個姑姑鬧翻了，雙方爲了公司經營權打得不可開交。忘了跟妳說，我家是二房，只有我爸這個孩子，大房有兩個姑姑，三房還有一個小叔、兩個姑姑。但小叔喜歡藝術，對經商不感興趣，所以現在家族企業主要是大房跟二房處理。」

「妳們家可眞複雜。」

「是有點複雜，哈。爺爺當初逼我兩個姑姑放棄不少股票，她們也忍了許久。我失蹤期間，我爸讓私生子直接空降到總公司管理最賺錢的業務，擠掉姑姑培養很久的親信，兩邊關係越來越交惡。哎呀，雙方人馬互鬥讓公司亂成一團。」

柏語笙語氣幸災樂禍。

「我爸呢，爲了拉攏人心，把原本在我名下不少資產分給幾個大股東親戚，希望藉此拉攏他們，以獲得股東會支持。利益都分配好了，資產轉移的相關法律材料都準備送件了，結果……」

「結果妳回來了。」紀筱涵悶道，「妳爸這麼缺錢？居然染指女兒的遺產。」

「我出生時母方親戚送了不少好東西，加上我媽的指定信託，我名下確實有不少値錢玩意。」柏語笙悠悠道，「但這不是缺錢的問題，是面子問題。他老人家確實沒落魄到缺我的遺產，如果我沒去荒島，大概也不會把刀動到我這兒。嗯，大概。」

柏語笙笑了幾下，繼續說：「因爲現下跟姑姑她們鬧得不可開交，手上可以動用的流動資產並不多。我的遺產是多出來的，不用可惜嘛。或許也有人本來就眼紅那些沒人管的遺產，主動提了，他就順水推舟。總之，當初要讓所有人都滿意，肯定花了不少時間談判，現在幾乎就只剩下文件流程要跑，談判最後緊要關頭，最忌節外生枝。」

柏語笙枕著自己手臂，看著短短的指甲，無所謂的聳聳肩，「他也拉不下臉，去跟那些股東道歉重新談判，說不定還會被獅子大開口，追加條件。所以他希望我安安分分的躲在家裡當死人，等資產都處理好再出來。說是會給我補償，但誰知道呢——」

「妳爸眞是莫名其妙！」

「對，莫名其妙。」柏語笙有點愉悅的附和，「罵大聲點。」

「那妳怎麼逃出來的？」

「靠朋友和狗仔。」

柏語笙被關在私人醫院好幾天，身邊有保鏢輪班監視，完全見不到外人。還好，她想起這間地處偏遠的私人醫院有位世交長輩長年在此養病。這位長輩的孫女也是柏語笙的舊識，每月初都會找時間看臥床許久的家人，如果七年後那位長輩還健在，那去對方的病房很有可能可以碰著認識的人。

她運氣不錯，趁著如廁的空檔，從廁所上方通氣窗戶溜到隔壁病棟，正巧遇到那位舊識。剛開始她央求對方帶她離開，被斷然拒絕，對方不想惹柏懷望。但柏語笙各種威逼軟磨，最後對方還是答應幫個小忙，她把柏語笙還活著的消息透露給報社。

「我眞不容易啊，連手機都沒有，根本沒法聯繫外人。不過多虧我從前是個不反抗的乖女兒，我爸完全沒想到我鐵了心要搞砸他的算盤。我請記者在指定時間到醫院外頭等，我會把臉探出窗戶放風，只要拍到我活著的照片，之後怎麼寫都可以，越煽情越好。總之把我的新聞送上頭版。」柏語笙頗爲得意，「我送他們這麼大的新聞，這些記者眞該好好感謝我。」

這就是爲什麼剛回來的幾天，紀筱涵始終得不到柏語笙的消息，卻又在半個月後某天，各大報刊頭版突然爆炸式的都在報導柏語笙的新聞。

柏語笙的爸爸發現無法再藏著她，又得處理蜂擁而至的媒體，和看到新聞跑來討說法的親戚，他連好幾日都不在她身邊，管控鬆懈了下來。畢竟當初藏那麼密實就是不想讓人發現柏語笙還活著，現在既然已經洩露了，她的重要性就降低了，看守她的保全有了漏洞，柏語笙趁隙跑出來。

柏語笙講得眉飛色舞，突然她注意到紀筱涵按捺著憤怒的臉，她表情一滯，閉上嘴巴，心想我哪裡講錯話了嗎？總之先賣乖就對了。

柏語笙可憐兮兮的縮起身子貼過去，悄聲問：「小小，妳怎麼啦？別氣嘛。」

「怎麼可以這樣對妳！」紀筱涵氣得拍地板，「妳爸怎麼可以這樣！」

柏語笙的心融化了，感覺千里迢迢回來找她一切值得。

「妳都不生氣嗎？」紀筱涵扭著身體，氣鼓鼓的問她。

紀筱涵的情緒向來外放，在柏語笙面前跟沒穿衣服似的，以前柏語笙覺得她這樣太過稚氣，連情緒都無法隱藏。如今柏語笙知道這個女孩雖然不擅社交，但生氣、傷心、快樂或是實心眼的爲妳心疼，都充滿著無須懷疑的誠摯。柏語笙已經習慣沐浴在紀筱涵坦然的眞誠之中，這讓她感到自在放鬆，也不用再僞裝自己。

「妳幫我氣，我就不氣啦。」柏語笙柔柔的摸著紀筱涵的臉。紀筱涵這次沒再閃避柏語笙的碰觸，只是咬著下唇，眼睛有淚光，貼著她的手掌，輕聲道：「我不喜歡他這樣對妳……」柏語笙值得被更好的對待。

紀筱涵內心有些堵。氣柏語笙的爸爸，氣柏語笙語氣裡的無所謂，氣自己心中的珍寶沒被好好呵護，更氣自己的無能爲力。

她的小臉上有兩道清晰閃亮的淚痕，柏語笙看著內心騷動，忍不住湊過去吻那花苞般的小耳朵，舔掉掛在眼角的淚珠，順著淚痕一路往下親，啄她的脣瓣。紀筱涵雖然沒主動回應，但總算不再趕走試圖親近的柏語笙了。

「妳跑出來以後，又怎麼得知我在這兒？」這點紀筱涵頗訥悶，畢竟來這座休閒農場完全是一時興起，虧柏語笙能找過來。

「卓曦然……我表妹。她說，有個女人在我老家門前等。離開家裡後，我第一個找的就是卓曦然，我大姑的女兒。」原來紅髮女子是柏語笙的表妹。

那老宅是上上代傳下來的居所，三房都曾經住過，只是目前歸柏懷望名下。柏懷望不住以後，便當成家族聚會的場所。卓曦然受柏語笙的託付，回老宅拿東西，正好遇到紀筱涵。

只是卓曦然原先說法不太好聽，她提醒柏語笙換掉老宅警衛，說有奇怪的女人在她家門口徘徊，那警衛卻沒有克盡職責，還跟那矮女人寒暄搭話。

「我發現她描述的人，跟妳有點像，便回來一趟。跟警衛探聽後，知道妳可能來這座山。」

紀筱涵看柏語笙斟酌用詞，小心翼翼的模樣，也猜到她表妹的用詞大概不怎麼好聽。

「原來她是妳表妹……」舉手投足都透露著世界以自己爲中心的自信，那份餘裕只有豐富的物質生活才養得出來。柏語笙跟她表妹，她們是一類人。跟自己不一樣的人。

紀筱涵想起了離島前兩人的爭吵。她們終於又相遇了，但問題也留在原地等她們。

「妳表妹……跟妳有點像。」

「她啊，被寵壞的小太妹，連她媽也管不動，從小到大只聽我的。」

柏語笙有點得意，本想跟她講些家人趣事，但紀筱涵似乎興致缺缺，表情懨懨。她想了下，轉換話題，「妳呢，筱涵？回來後怎麼過的？其實我本來打算去妳待過的醫院，若不是剛好跟我表妹聊天，差點就錯過了。出院後妳跑哪去了？」

「我想找妳，但是沒錢。後來找了短期打工存路費，才有辦法來。」

「這樣嗎……我應該更早出來找妳的。」

柏語笙有點愣住，好像沒辦法想像會遇到身無分文，甚至無法搭車的困境，這種事恐怕從來不在柏語笙的思考迴路中。

紀筱涵目不斜視的直直盯著帳篷頂不願多想，再說下去，她只會感覺到兩人的差距。

「別說這個了。我覺得，自己不太習慣都市。」

「我也不太習慣。不知道爲什麼，我覺得晚上好吵。」

紀筱涵噗哧一笑，終於露出兩個小酒窩，「妳也這樣覺得？」

「——對。好奇怪喔，我眞的變成野人了？明明島上夜晚不算安靜，蟲叫浪潮也挺吵，但是習慣後都睡得著。然而冷氣的聲音、細碎的講話聲簡直魔音穿腦，摀耳朵也沒用；我後來戴了耳塞，才比較好睡。」

「還有呢？還有什麼不習慣？」

「醫院很無聊，太悶了。我跟那些人沒話說。」柏語笙沮喪的吹著額前頭髮，「其實也不能說沒話說吧。比如我吃午餐時吃到滷蛋，就突然很想講個跟傻鳥有關的笑話，不過根本沒人知道滷蛋是隻鳥啊。好煩喔，還要解釋的笑話就不好笑啦。」

「妳講滷蛋人家只會以爲是食物啦。」紀筱涵調侃。

「我眞的要變外星人了。」柏語笙還在那喃喃自語，「七年，世界變好多。」

「對啊。」紀筱涵搭話，輕輕的飄出這麼一句，「我們也變了。」她說得極小聲，但柏語笙耳尖聽見了。

「哪裡變了？才幾天沒見。」柏語笙不認同，「妳覺得我有變？」

「……確實有點不像柏笙笙。」我的柏笙笙。

「哪有？到底哪裡變了？」

哪裡變了？紀筱涵眯著眼睛，就著透進來的微暗月光細細打量。

眼前之人確實有些許陌生，畢竟在島上都打扮得很原始，很久沒見到柏語笙穿得這麼人模人樣。衣服是飄柔的夏季洋裝，不知道是哪家名牌，剪裁與質量俱佳。腰間繫著紅色皮帶，手腕上戴著兩條細手環，臉上有淡妝，本就立體的五官更顯得美不勝收，整個人搶眼又出挑。

而她穿著志工贈送的舊衣。上身是黑色T-Shirt，右上角繡著小小的翅膀，本是一對，但其中一隻翅膀因爲脫線只剩半翼。下身則是一件過度洗刷，導致顏色褪得接近白色的二手牛仔褲。

在島嶼上兩人都穿著草裙，裹著破布，她們「一模一樣」。但套上衣服，階級差異再明顯不過。

「妳今天……很漂亮。」紀筱涵說。

「謝謝，我在島上也很漂亮啊。」

「跟我太好，會讓妳丟臉。」

「哪會。」

「就是會，別人會說話的。」

「誰會說？誰？」

「每個人，大家都這樣想。」

「我要埋了大家，告訴我大家住哪。」

柏語笙越是理直氣壯，紀筱涵越是覺得對方無法同理她的處境。她不明白柏語笙爲什麼要這樣逼她，兩人的明顯差距用若無其事的態度也無法彌補。

「妳不懂。」紀筱涵拔高音量。

「那妳告訴我，讓我懂啊。」柏語笙也動氣了。

「不要，我又不是妳的誰，妳也不是我的柏笙笙！」

「好啊，我不是柏笙笙？妳不是我的誰？那我幹麼閒著沒事跑來找妳！」

柏語笙突然起身，跪坐著就開始脫衣服。

「妳幹什麼啦！柏語笙，穿好衣服！」

柏語笙不理她，繼續脫衣服。她把連身裙往後一甩，開始解胸扣，脫內衣。當著她的面脫得赤條條，紀筱涵轉過頭去，不看對方那白晃晃的肉體。

「穿上衣服，柏語笙，這裡不是荒島！」

「怎麼？還記得一塊待在島上過？幾天沒見就要裝作不認識？來，看看我，妳還記得我的模樣嗎？還認不認得我？」柏語笙逼近，鼻息噴在紀筱涵臉上，因爲動怒整張臉更是艷麗的難以直視，她閉上眼睛。

「不要這樣。」

「哪裡不像妳認識的柏笙笙？妳說啊？」

柏語笙抓過紀筱涵的手去摸自己身體，柔軟、滑膩、因爲激動泛出薄汗，如此熟悉的手感……紀筱涵觸電般的縮回手，想往後爬，柏語笙直接把她翻過來，坐在她身上，捉住她在空中掙扎的右手，抓著她碰觸自己身體。柏語笙往前逼迫，她向後抗拒，兩人的手激烈的在柏語笙曼妙的光裸軀體上下游移，臉、嘴脣、乳房、腹部……

「這兒還是妳認識的柏笙笙？這兒呢？妳全部摸過的，不是嗎？妳很喜歡對嗎？」

「都說了放手！」

兩人扭成一團，柏語笙的手探入她衣襟內，裸露的肌膚一接觸，立刻有激烈的電流在兩人間流竄。柏語笙鼻息灼熱，吸呼急促了起來，壓在身上激烈的又吻又咬她的耳朵和臉蛋。

好熱。紀筱涵被親得迷迷糊糊，感到下體一股熱潮，又有了想做的感覺。

致命的肉體吸引力，不只在荒島，在這兒魔法也依然存在。

不行，如果做愛了，肯定又會不清不楚的扯在一塊，紀筱涵不想用身體交流壓過所有的不快和不安。她在柏語笙懷中推搡對方，傷心哭喊：「不要！放開我！」激烈反應有點嚇到柏語笙。

「好、好，不要了。小小，對不起，不要哭了。好嘛，嚇到妳了，別哭了……」柏語笙眼看又把人弄哭，心有懊惱，語氣緩和，主動道歉，柔柔的安撫她。

好不容易人安撫好了，兩人並肩靠在一塊，紀筱涵在柏語笙身側抽抽搭搭。兩人搞這麼一齣鬧劇似的，吵吵鬧鬧了好一陣子才又安靜下來。柏語笙摟著紀筱涵的腰，摸著她的頭髮，輕輕嘆氣。

「小小，妳不要這樣。我也會難過、也會受傷。我聽到妳的線索馬上就開夜車來找妳，我們不要吵了好不好?給我點獎勵嘛。小小，妳在想什麼?告訴我好嗎?」

紀筱涵心中千言萬語，不知該不該說，最後全部濃縮成一個不可說。

但柏語笙放低姿態，不放棄溝通，想知道她的心底話。或許有些矯情，但這多少讓紀筱涵的防備解除，態度柔軟下來。只是眞的要她說，反倒不知從何說起，只是想起了離島那日的情景：自己萬般不捨，心底懷著對回歸文明的巨大不安和恐懼，柏語笙卻不管不顧，強硬的拖著她離島。想到柏語笙沉浸於獲救的喜悅中，完全沒回頭看那座島，瞬間便將她們七年的點點滴滴拋棄到身後，內心委屈湧上。

「我只是覺得有點捨不得，生活那麼久的地方……我連多看幾眼都不行。我覺得妳一點也不在意我們相處的七年光陰。」

「我沒有不在意。」

這話題開得沒頭沒腦，但柏語笙抓到她不滿的點。等她發洩完，捏住她柔軟的小手。

「我是覺得只要回到現代社會，想回到島上隨時可以出發啊。可是萬一錯過那船，說不定一輩子都離不開島了。」

「所、所以……」紀筱涵吸著鼻子，委屈的啜泣，「妳覺得再回去島上，不難？」

「對啊。都有座標了。隨時可以回去吧。」柏語笙滿臉奇怪，好像她問了匪夷所思的問題。

紀筱涵冷靜下來，終於找到雙方的思維落差。

飛到世界任何一個角落，對柏語笙來說像喝水般簡單，而紀筱涵從未到過國外，對她來說那島就是世界的邊緣，救難的船在她眼中是只去不回的單程票，要再回到島上似乎比登天還難。

「所以，妳想回去嗎？」紀筱涵問。

「會啊。畢竟走得有些匆忙。」

「那……」她的聲音又細又小，「回去會找我嗎？」

「當然。不然找誰啊？只有妳跟我一起處了七年，誰還陪我回那荒島？」柏語笙有點沒好氣，「小小，妳有時候眞的想太多了。」

紀筱涵心中的壓抑和不安突然消褪許多。柏語笙那時候走得毫無牽掛，是因爲她們的世界觀很不一樣，並不是因爲她不珍惜那七年的相處。

她們差異很大。但……柏語笙沒有乖乖聽她爸爸的話躲在醫院，即使搞砸爸爸的算盤也要溜出來，知道老家附近有疑似她的人，立刻飛車前來確認，見了面主動示好，細細跟她解釋失蹤的來龍去脈。

柏語笙眞的在乎她。

冷不防的，柏語笙打了個噴嚏。她還光著身子，身體裸露在睡袋外。雖然正値夏季，但山區夜晚氣溫低，剛剛纏在一塊情緒激昂沒感覺到，現在冷靜下來，就開始打寒顫了。

「小小……」柏語笙在睡袋外不停蹭她，哀叫不止，淚眼汪汪。

紀筱涵看她抱著身體的可憐模樣，默默拉開搗得很緊的睡袋。

柏語笙綻出一抹微笑，鑽進袋內，手很自然的環住她的腰，本來還有餘裕的袋內頓時擁擠了起來。

「好冰。」

柏語笙的身體帶著寒氣，紀筱涵嘴上嫌棄，但還是攏住柏語笙的手，放到嘴巴前哈氣。

「誰叫剛剛有人壞心眼，都不分享睡袋給我。」柏語笙在她身上扭來扭去，手才剛搗熱又開始亂摸，她從牛仔褲裡撈出得寸進尺的手。

眞是打蛇隨棍上，給三分顏色，就開起染坊了。紀筱涵哼了一聲，輕輕咬她的鼻尖表達不滿。

柏語笙笑咪咪的任她在臉上亂咬。

「筱涵，妳檢查的結果如何？身體都還好嗎。我有輕微壞血病耶。」

「我也有，還有左腳的狀況不太好，有開刀。」

「這麼嚴重？會有後遺症嗎？」

「還好，手術算順利。但醫生說短期內不能奔跑或劇烈運動。」

「太好了。」柏語笙鬆一口氣，「其實每次生病我都特別想回來。覺得等我們年紀大，身體自癒能力沒那麼好了，發生意外那該怎麼辦。妳的腳……我也很擔心。能及時開刀太好了。」

柏語笙對她甜甜一笑。紀筱涵內心一熱，不自覺伸手摀住柏語笙的嘴巴。

柏語笙一臉訥悶。

「油腔滑調。」雖是這麼說，但那聲音貓似的，軟糯嬌憨。

柏語笙眞會說話，再聽下去她又要被哄得分不清南北，迷迷糊糊的把不快都拋諸腦後。

就是這張會說話的嘴、好看的臉、驚人的家世讓她沒安全感。以前可以用性愛或是身處孤島的特殊狀況忽略心理壓力，淡化忐忑，但那終究治標不治本。

說到底，柏語笙跟她「一樣」才能有安全感，是一份虛假的安全感。任何兩個獨立個體必然有差異，她跟柏語笙也有。這段時間的分離，就像戒癮，強迫她倆抽離之前泡在情慾中無法自拔的狀態，讓她們有時間審視對彼此的感覺。

分離讓紀筱涵更明白自己的心思。她知道對柏語笙的親近並不是無人可選的妥協，更不是吊橋效應。離開島嶼，她依然很掛懷柏語笙，早上起床想看到她的臉，有趣的事物想跟她聊天分享，晚上想抱著對方纏綿，一塊睡覺。喜歡一個人，是不是很可怕？不論到哪兒，心裡都裝著對方，丟掉了很多的堅持和底線。

「又想什麼？」柏語笙半開玩笑道，「還有什麼不開心一次說全啊。機會難得。」

其實也沒什麼不開心。跟柏語笙相處，多數都是快樂的時光，只不過離島前的爭吵讓她稍微有點在意。

紀筱涵輕聲細語：「不喜歡妳說『不會虧待我』，又不是被妳包養。我也不是古人，第一次被拿走就要負責下半輩子，不要妳這樣形容。」

「抱歉，我沒那樣想，以後不會了。」柏語笙自知那時確實失言，「而且我第一次也是被妳拿走的，妳要不要負責？」

「不要。養不起。」

「沒關係，那不用養，讓我媽養我倆吧。還好我媽的遺產信託是分三段時間給的，十八歲成年給一次、三十歲給一次、五十歲給一次。不多，但過日子還湊合。」這就叫靠媽靠得理直氣壯。

她們對談時，柏語笙的手又探入衣服下擺，試圖往上摸。她把那雙急色的手抓出來，來往幾回，那手才稍微安分的停在肚子上。

關於離島前的爭吵，紀筱涵扭捏半天，輕聲跟柏語笙道歉。

「柏語笙，我那時太凶了……」

「還好啦，我沒覺得妳很凶。」柏語笙撫著她柔軟的頭髮，笑了下，「其實我大概知道妳在怕什麼，但我也會怕啊。我從來沒這麼失控過，整天只想跟妳廝混，其他事情都不想管，好像只有跟妳在一起是最重要的。原以為只是一時新鮮，但那麼強烈的情緒，就這樣燒了一年還沒有停止的跡象，確實可怕……」

柏語笙盯著虛空中的一點，「我眞的很喜歡跟妳親近、很喜歡、非常喜歡。但後來自己也很迷惘，我是只喜歡跟妳做愛嗎？還是……我也不知道。被那麼強烈的情感左右，完全失控眞的好可怕，可是我停不下來。我很怕說得太清會改變現況，但想找妳討論就得攤牌，我可能也怕妳生氣，因爲當時很多事情我都還沒想清楚……」

柏語笙邊說，手指無意識的玩著紀筱涵的髮尾，撓得她有點癢，把那頑皮的手抓在懷裡。

「妳罵得或許沒錯，我也害怕自己無法承受我爸的壓力。從小到大，我從來沒反抗過他。」

「可是妳跑出來了。」紀筱涵輕道，「沒有乖乖待在醫院等風頭過去，爲什麼？」

「爲什麼？因爲妳啊。想到妳那麼愛哭，我如果沒交代清楚就消失了，妳大概以爲我拋棄妳，然後就自己主動避開我，搞個永遠不相見的小劇場，結果……哎喲，我猜對一半吧？」

紀筱涵輕輕搥她兩記，依偎在她臂膀下，嗔道：「明明是妳留言也沒留好。」

「哈哈，事發突然，沒想到那護士眞沒轉告我的話嘛……我在醫院常夢到妳在哭，實在沒法安心待下去，很想趕快出院找妳。」柏語笙笑得像個小惡魔，「我不在，妳有偷偷哭嗎，小小？」

「沒有偷偷哭。」紀筱涵抹掉還掛在眼角的淚珠，「我光明正大的哭。」

講著兩人都笑了，柏語笙淺淺的啄了下她的嘴唇。紀筱涵海貝般的小嘴悄悄打開，柔順的接納她。柔軟的唇瓣碰在一塊，一吻比一吻更深。

柏語笙像隻小狗，胡亂吻她的眉毛和臉頰，稍微平復下呼吸，才繼續說：「其實我那時也不太開心。我又不是所有事情都能游刃有餘的掌控住，我也有很多不明白、也很徬徨。但妳說的話……好像在妳心中，我是個只要離開荒島就翻臉不認的壞人。我覺得妳對我一點都不信任，這讓我很挫折。而且小小，妳從沒說過喜歡我……」

紀筱涵靜靜聽她講。她的確從沒說過喜歡，兩人之間，她從來都是被動接受的一方。

「我以爲妳那麼聰明，應該早就猜到了吧，在妳面前我從來都藏不住情緒。」

「我知道，大概知道。但我不明白妳爲什麼明明很喜歡我，又隨時準備逃跑，也不敢跟妳討論這些事情，我覺得講太明白，妳好像就要跑走了。」

紀筱涵沒回答，有些訝異的縮了下身子。某種程度而言，柏語笙眞是瞭解她。

「還有就是，我自己也有點怕。」

「妳怕什麼？」在紀筱涵眼裡，柏語笙有很多優勢，她不明白對方有什麼好擔憂。

「筱涵，我對自己長久愛人的能力也沒什麼信心。」柏語笙輕聲說，「我爸媽是反面教材，我一直覺得自己很冷血，以前就對身邊的人沒什麼同理心。說到『愛』這個字，妳心裡會浮現什麼？純然的快樂、溫馨的喜悅、永遠幸福美滿？第一時間，妳想到什麼？」

「愛……」紀筱涵遲疑的思索。

柏語笙沒催她，繼續娓娓傾訴：「說到愛，我會想到我媽，她說愛我，結果卻跟人偷情，還死得那麼難看，我會想到我爸，小時候對我溫和微笑……我覺得那時候是被愛的，但我已經很久沒見到這樣子的爸爸。我可能有點怕愛和承諾這類的事，以至於只要聽到有人說『我跟我媽感情很好』、『我最重要的就是家人』、『最喜歡我男友』這種話，或者看到他人自然流露出愛意，我都會打從心底覺得對方很噁心虛僞。我覺得自己大概有些毛病，我是個有缺陷的人。」

「我想到愛，就是……」紀筱涵緩緩說，「一起變老，成爲彼此的依靠和家人吧。」

「成爲妳的依靠，我辦得到，家人的話……」柏語笙斂眉細思，「很奇怪，只有妳，說要成爲我的家人不會讓我排斥。聽起來是不是有點矛盾？其他人提到家人，會讓我想起我爸、想起討人厭的往事。但妳的話，我只會想到我們的島，我們在島上的小屋，還有那些日子的風風雨雨……妳一直都是最特別的。」柏語笙好像想到什麼有趣的畫面，嘴角勾起，「如果跟妳在島上的生活符合家人的定義，那妳已經是我的家人了。」

「騙人。」紀筱涵雙眼通紅，低聲咕噥。

「眞的。」柏語笙又靠過來，邊親她邊說：「我覺得妳……在我心中，很重要。」

「妳不感覺噁心嗎？」

「我也搞不懂。」柏語笙嘀咕，「但我覺得父母和親戚，是一個家，讓我有點頭痛的家。跟妳，在那荒島又是另一個家，妳就是我另一個家唯一的家人……是我自己選的、很喜歡的家人。」語畢，她有點羞澀的對紀筱涵露出微笑

「我很不會社交。不成熟。愛哭。」

「這我都知道啊……」柏語笙抱著她的腰，語氣溫柔，「妳不喜歡跟外人說話，我幫妳說就好啦。我不會逼妳的。

「我常常沒自信，想逃跑。但我不是故意的，是一直以來都這樣。」

「小小，妳眞是膽小鬼。」

紀筱涵聽出那無奈語氣下的縱容，內心一暖，訥訥回道：「因爲……我是小小，連膽子也小小的。」頓了一下，她接著說：「可是如果有下次分離，我會對妳更有信心。」

「我會等妳的。」柏語笙說。

她就是這麼膽小。明明被吸引，卻又小心翼翼，怕被踐踏被傷害，這也許是她一輩子要努力克服的心理弱點。但紀筱涵現在知道，會有個人耐心的等她成長。

「妳要等我、妳眞的要等我。」

「嗯。」柏語笙眉眼彎彎，輕輕握住她的手，「妳也會等我的，對吧？」

等柏語笙變成一個更好的人，等我們的相處磨合成更融洽的模樣，不要輕易放開彼此的手。

過去柏語笙時不時冒出的尖銳言詞，不自覺散發出的優越感經常無意間戳傷紀筱涵。但紀筱涵現在明白，柏語笙就和沒自信、容易逃跑放棄的自己一樣，她們是不完美的普通人，兩人各有各的怯懦，並非一朝一夕能改變。

也許她們都過於小心謹慎，所以沒辦法輕易許下承諾。但她們都相信對方心中有自己，願意等待、相信彼此磨合後，會有更美好的未來。就像荒島七年中的探索，先是探索一座島嶼，再來探索對方的女體，最後探索感情的眞實面貌。

雖然彼此間有很多差異，但紀筱涵現在清楚感受到一份篤定。恍如在海蝕洞昏暗視線中，信號筒煙火般光芒下，看到柏語笙拚命拯救自己的身影那般，確信了她的眞心。

儘管有很多陷阱會咬住她們的腳，困住她們的前路，讓人感到窒息、難以呼吸，但不管有什麼困難，她們都沒打算放棄。

其實，紀筱涵想要確定的，也就僅此而已。

「我眞的很想妳，妳有想我嗎？」柏語笙搖動牽在一起的手，軟軟的撒嬌。

兩人視線相交，紀筱涵不太習慣長時間盯著對方的眼睛，但這次她沒移開目光，看進柏語笙眼底。

仔細瞧那雙琥珀色眼睛，就可以看到柏語笙許多小情緒，柏語笙並不是無堅不摧，沒有情緒的女神，她是凡人，只是優秀的情緒控管讓她很少表現出來。

紀筱涵太容易沉溺在自己的多愁善感中，有時候忽略了柏語笙難能可貴的片段，比如在高潮後的哀慟，比如性愛中宛如小女孩的熱切渴愛，都是柏語笙拋開偽裝，慢慢坦露給紀筱涵的。

野獸會對最信任的人，露出柔軟的腹部，而紀筱涵就是柏語笙最信賴的人。

回歸現代社會以來各種不安、自卑、哀傷、痛苦、責難……心中所有喧囂都安靜下來。紀筱涵慢慢抬起手，擁住柏語笙的腰。內心寧靜無比，塵埃落定。

「我好想妳。」

聽到那軟糯的撒嬌，柏語笙的雙眼晶亮，臉越靠越近，氣息噴在臉頰上，雙方的呼吸都急促起來。她的手探入紀筱涵衣服裡面，好像在確認所有權，遊走全身，最後往下摸進牛仔褲裡面，停在恥毛上，把玩著又捲又短的毛髮。

「那……這兒也想我嗎？」

紀筱涵不回答，柏語笙便一直親她，親到對方雙頰通紅，眼帶媚態。

「想舔妳，把衣服脫掉好嗎？」

紀筱涵害羞的輕輕點頭，柏語笙立刻鑽出睡袋，急不可耐的幫她把上衣脫掉，胸衣的鈕扣被性急的柏語笙扯斷，內褲更是連牛仔褲一起被扒掉。兩人再度貼合在一塊，已經全身光溜赤裸。

柏語笙把頭髮挽到耳後，掰開紀筱涵的大腿。回到現代社會第一次袒露私密處，沒了荒島上脫離禮教的環境，羞恥感特別重。

紀筱涵羞赧不已，但柏語笙就在身旁，聞到對方的體味，又被亂摸一通，下身很早就微微開闔，做好插入的準備。她也完全不想拒絕剛剛心意相通，思念已久的心悅之人。

「我想看清妳……」柏語笙打開手機的手電筒功能，彼此的表情身姿一覽無遺。

「外面可以從帳篷的光影看出我們在幹麼。」紀筱涵有些不安，小聲提醒。

「別擔心，我剛剛一路走過來，整個露營區，只有我跟妳。」柏語笙輕笑。

紀筱涵被柏語笙說服，不再抵抗。她抱著身體，臉頰緋紅，柔順乖覺的將一切袒露給對方看。上了妝的柏語笙美豔異常，看著柏語笙眼神專注，緊盯自己下體的眼饞模樣，小腹有股不受控的熱流，穴口收縮，在柏語笙注視下湧出黏稠體液。

柏語笙注意到她的身體變化。

「筱涵，妳很喜歡吧？我以後打扮得很好看操妳好嗎？」

「妳好吵，專心點啦。」

「口是心非。明明就很喜歡，哼。」柏語笙柔軟的舌頭捲起立起的小肉苗，辛勤的舔拭起來。

紀筱涵壓著柏語笙的頭輕聲哼叫，儘管整個營區沒有外人，但身處文明世界讓她有股隨時有外人闖入的危機感，不敢像在荒島那樣放肆呻吟。壓抑與禁忌讓兩人行事更是熱烈。

「在醫院都不能舔妳，好討厭喔，好想舔妳啊小小。就像這樣，好棒……」柏語笙滿足的搖著屁股，「妳有沒有很想跟我做？」

「沒有。」紀筱涵喘息著回話。

「怎麼可能？」

「眞的、啊。沒有。」這倒是眞心話。那時她以爲被拋棄，太過傷心，壓根沒半點心思。說到底，她的性慾完全圍繞著柏語笙而生，柏語笙一走，她的慾望也死了。柏語笙一回來，身體的饑渴又被喚醒。

「怎麼可以沒有！那以後每天都做愛，每天都舔妳，每天都吃妳好不好？」柏語笙不滿的壓上來，重重撫慰她的乳房，在脖頸種上專屬於自己的紅印，「我每天都很想、很想跟妳做愛誒，妳怎麼可以不想我。」

柏語笙拉著她的手，張開大腿，把紀筱涵的手壓入自己體內。自己的手也往紀筱涵身下伸去，順著濕滑的甬道，進入她最深的地方。

「妳是發情期的野獸嗎？」

「對啊，一見到妳就發情。妳看，妳一進去就濕了……妳再摸摸……全都是妳的。我好想妳。快……插進來……啊……」柏語笙滿足嘆息，「這兒也是我的吧？不准讓別人碰，男女都不可以。」

柏語笙占有欲旺盛的咬著她的乳尖。

「碰過了。」

「誰？」柏語笙停下動作，猛然抬頭。

「護士也不行。以後妳看醫生我都要在旁邊監視。誰啦，亂動我的小小，我要重新弄上味道。」

「護士。」

柏語笙委屈的又咬了一口。

「筱涵，用力操我。妳知道嗎？我是妳的。」柏語笙大聲呻吟，「妳也是我的。妳看到了嗎，好多、好滿、我在插妳、我在愛妳、我好愛妳啊！」

兩人動作越來越激烈，呻吟得越來越大聲，貪婪的看著對方，手指重重抽插進出。她們像野生動物般，分離多日再見對方，內心有股原始的迫切，忍不住嗅聞撫觸對方性器，不停在對方身體每一處肆虐，只爲再度確認懷中之人歸屬於自己。

「筱涵，妳親親我，這兒也是妳的。」柏語笙搖著屁股，央求她吻自己下身的唇瓣，懇求她在自己私密處烙上吻痕：我屬於她，而這個美人也屬於我。

紀筱涵感覺到想把柏語笙吞吃入肚的占有欲和獸性，想被狠狠插入，也想狠狠插入對方。說到底，變成野獸的不只柏語笙，她也是。她們就是對彼此熱烈渴求，毫無節制之力，只要見到對方，兩人都像回到相依爲命的荒島，變成完全克制不住慾望的野獸。

情事過後，她汗涔涔的躺在柏語笙懷裡，因爲激烈運動感到微醺般的睏意。

好像又回到島上的日子，每晚做完愛後，昏沉沉的在柏語笙懷裡睡著。明明前幾個小時，她還因爲失去柏語笙而傷痛不已，現在柏語笙卻躺在身旁。

紀筱涵摟緊柏語笙，喃喃自語：「……好像作夢。」

「就算是夢，也是個好夢吧。」

「正因爲是好夢，會讓人害怕夢醒。」

柏語笙的尖下巴放在紀筱涵頭頂，笑的時候磕得腦門疼。

「妳笑什麼啦。」紀筱涵不滿的瞪她。

「沒什麼。我只是想起剛上島那會兒，我又笨又無能，什麼都不懂，連魚都不會殺。我根本不可能在野外倖存。沒有妳的話，我早就死了。」

紀筱涵安靜下來，良久才悠悠回道：「那不一樣……我願意幫助妳，而且把妳訓練起來對我自己有好處，幫妳也是幫我自己。」

「都一樣的。」柏語笙說，「妳不覺得，這個都市也是座島嗎？妳說得對，在這座城市島嶼生存，我比妳擅長多了。我有家世，資源多，長得好，我知道生存的技術，所以啊……」

柏語笙跟懷裡的紀筱涵視線平行，輕吻她，「這回換我教妳怎麼生存好嗎？我有很多、很多可以教妳，幫妳也是幫我自己，妳懂嗎？其實都一樣的。」

柏語笙握住她的乳房，接近心臟的地方，無關性慾，只是想感受手掌底下生命的脈動起伏。

「可是人生很長，我們只相處過七年。妳跟我這樣過下去，會放棄很多東西……我只是不希望妳後悔。」

「雖然只有七年。但如果是柏語笙二十一歲到二十八歲的七年，那就是柏語笙的一輩子。」

紀筱涵抿著嘴眨眼睛，感覺眼淚又快掉出，她幾乎要被這樣的言語擊墜。

「不要再講這種話了，討厭鬼。」又輕描淡寫講這種深情的肉麻話，只會讓她又陷得更深，「我會當眞的。」

「妳可以當眞。」柏語笙不停吻她嘴唇，說一句吻一次，輕輕揩掉行將落下的淚珠，「妳覺得，我還有可能跟別人在一起嗎？我不可能回去當柏家大小姐、當我爸的乖女兒。我一見到我爸就知道，我回不去以前的生活，也不想回去。和妳度過的七年，把我變成另一個人，而我更喜歡現在的自己。沒有跟妳一起待在島上的回憶，我根本不完整。」

柏語笙輕輕的摸著紀筱涵的頭髮，心情平和，感覺自己有無限的耐心和包容對待懷中人。她知道自己並不是個很有耐性的人，重複溝通解釋根本不是她的本性。可是不知道爲何，面對紀筱涵，卻統統開了例外。

柏語笙知道這個嬌小的女孩，需要人解釋得明明白白才有安全感。柏語笙也樂於跟她解釋。

「我媽死後，我覺得這個世界危機重重。人生總有些時刻，打擊來得毫無預兆，徹底毀掉妳的人生。就像我媽過世或是遇到船難，也許我已經不會再遇到這樣的危機了，也許會。不管如何，如果再次面臨那樣的挑戰，我希望……在我身旁的人是妳。」柏語笙拾起紀筱涵的手，放在自己掌心，十指相扣，「妳願意陪我嗎？我覺得妳在身旁，我好安心。」

紀筱涵點點頭，內心飛揚，貼近柏語笙，縮進她懷裡，握緊相扣的手。

「那我們……女朋友？」她不確定的問。

「嗯，女朋友。我的女朋友。妳好，女朋友大人！」

女．朋．友。

紀筱涵在內心複誦。她還不太習慣這個詞套在自己身上。感到陌生的同時，又覺得脖子被繫上刻著對方名字的掛牌，從此之後，雙方已是名花有主，他人不可覬覦。

柏語笙的女朋友，是我。我的女朋友，是柏語笙。

光是在腦中跑過這些句子，都讓人忍不住笑瞇眼睛，嘴角上揚，露出淺淺的兩個小酒窩。

我是柏笙笙的女朋友啦！

紀筱涵忍不住又更往對方身上鑽，親親咬咬那尖尖的高鼻子和下巴。兩人忘情的吻成一團。幸福到極致，幾乎沒有其他渴求，但紀筱涵心中還有唯一遺憾……想要剛確定關係的愛人陪她一塊完成。

「柏語笙，我想要找一天回去那島，把巧卉帶回家。跟我一起去，好嗎？」

「我也剛好在想這件事情。前天阿辛的家人找上門來，希望我能提供正確的位置，把兒子接回來。這些事情我會安排，我們就一塊回去吧。」

談話間，紀筱涵注意到帳篷頂部隱約透著光，她拉開門簾，看到遠處山頭泛著橘紅色的晨曦。天亮了。

「帳篷幾點歸還？」

「十一點。」

「那我們早點下山吧，先回我表妹那補眠。」

兩人一起收帳篷，很快就把東西收拾妥當。柏語笙雙腳夾著睡袋，姿勢有些不雅的把睡袋塞入收納袋裡。那副光景，讓紀筱涵想起了島上時光，她們常常坐在地上一個編織、一個裁草，很快就編好草棚頂，默契十足的樣子。

柏語笙注意到她的目光，對愛人笑了下。

紀筱涵情不自禁靠過去，摟住柏語笙軟軟的喊她：「柏．語．笙。」

「嗯？」柏語笙拉緊收納袋束口繩。

「沒事……我不能叫我女朋友嗎？」

「可以。」柏語笙啄了一口，兩人歸還器材，膩膩歪歪的往停車場走去。

路過管理室時，管理員大叔假裝看報，餘光卻往她們身上瞥，紀筱涵還來不及有任何反應，柏語笙突然就高舉十指相扣的手，轉頭面向管理員，朗聲問：「我女朋友。可愛吧？」

「柏語笙！妳幹麼啊？」她受到驚嚇想抽回手，對方卻抓得更緊。還有點挑釁的對那男人笑。對方雖然滿臉錯愕，但並沒有更多惡意舉動。

兩人走遠點後，紀筱涵小聲抱怨。

「妳突然發什麼瘋啦？」

柏語笙撇嘴，「我不喜歡他偷看妳。」

「他看的是我們剛剛很親密的舉動……」

「不。他在偷看妳，還看了妳的胸。」柏語笙講得篤定。

……也許吧。

但她私心覺得男人是偷偷打量她倆的親暱舉動，這兩個長髮女人搞同性戀呢！再不然是偷看美人柏語笙，怎麼都輪不到她。

「我們現在交往了，我可以宣示主權，對吧？可以吧？」柏語笙歡欣的靠過來，臉上表情過於得意忘形，有些討打。

「妳不覺得我們應該低調點嗎？」

「有必要的話，比如面對我爸或一些長輩。畢竟我才剛回來，身分和財產都還沒搞定，短時間內還得倚靠親戚。但剛剛那男人又不是什麼重要人物，路人罷了，沒必要這麼小心翼翼。」

「……我不習慣在外人面前那麼親暱。」

「啊？爲什麼，牽手而已。」

其實紀筱涵本以爲就算確認關係了，可能也要做柏語笙櫃子裡的地下女友幾十年。結果柏語笙在路人面前完全不設防的秀恩愛，眞是有點嚇到她。

柏語笙當初腦子什麼都沒想清楚，就把她吃了，現在未來怎麼過日子也還不明確，就想昭告全世界她倆在交往，柏語笙眞的好暴衝。明明平常是個冷靜理智的人，但處理兩人關係跟動物一樣，完全憑直覺行事。

「……妳會告訴妳表妹，我們在交往嗎？」

「會啊。」

「什麼時候說？」

「待會下山就說。」果然。

「要不要緩緩。」

「沒必要吧。我表妹是個雙，以前也交過女友，跟她講沒關係的。」

「……改天吧。我今天有點狼狽，不想丟妳臉。」

柏語笙上下打量一番。紀筱涵這幾天因爲餐風露宿顯得落魄，衣服又是他人贈送，不合身又土氣，看起來確實寒酸。憑卓曦然的性子，就算看在她的份上表面和氣，恐怕心底也是鄙夷。

「那我們先下山找地方休息，然後到商場買衣服，打理好了再一起回我表妹那。」

「……爲什麼堅持今天說。」

「如果瞞著卓曦然，那在她家都不能牽手親親也不能摸妳抱妳。」

這個女人就是黏人精，無時無刻都想親密接觸，半點不想忍耐。

「不能今天說嗎？」柏語笙淚眼汪汪的蹭她，「只是平輩而已，卓曦然不會說什麼啦，我在她家也想親妳。」

紀筱涵嘆口氣，點頭答應。柏語笙跟隻黃金獵犬似的，開心的黏著她又吻又親好一會才罷手。眞是拿這個肉慾的女友沒轍。

停車場停了輛很惹眼的紅色跑車，正是她在柏家大宅門口看到的車。

「這車是妳表妹的？」

「對。她的愛車。全球只有二十臺的限量款，一臺就在妳眼前。」

「妳表妹對妳眞好，愛車都給妳開。」

「她不知道我開出來。」

……紀筱涵瞥向柏語笙，都不知道該說啥好了。

「沒事啦，反正我會好好把車還她的。」柏語笙漫不經心的甩著車鑰匙，「說起來，我以前也撞壞過一次她的車。眞懷念。」

「……她大發雷霆嗎？」

「不啊，她笑翻了。我們還在車禍的地點自拍。我們感情很好的，待會去她家找那時的照片給妳看。」

好難理解的姊妹情。

柏語笙發動車子。因爲是跑車，底盤很低，從滿是石頭的停車場倒車出去時，晃動感特別明顯。

「柏笙笙……」

「嗯？」

「妳眞的會開車？」

「大概、也許、可能會。七年前有駕照。」

「柏語笙！」

「哈哈哈，安啦，別怕。我會開。妳怎麼這麼可愛。」

「我好擔心喔……」

柏語笙邊笑邊踩油門，引擎轟鳴，跑車穩穩的駛動起來。

風景從窗外奔馳而過，紀筱涵右手枕著臉頰，側臉細看駕駛座上的人。柏語笙握著方向盤，太陽光照耀使手上的珠寶手鍊閃爍發光。她看著對方熟練的操作複雜的儀表板，信心十足的開著跑車，整個人容光煥發，再度認知到柏語笙是個理應距離她很遙遠的富家女。

儘管如此，但內心已不會有畏怯和不安。她的心中滿是有所歸屬的安定，不管換了多華麗的衣服、不管開著多昂貴的名車——這個人，都是她的柏笙笙。

跑車疾馳，往南方奔去。紀筱涵看著陌生的風景，內心隱約有股雀躍，不知道柏語笙會帶自己上哪、未來又會落腳何處，儘管有這麼多的不確定，但心中已無所畏懼，只要柏語笙跟她一起，那生活就滿是期待。

✦

後來，柏語笙要回了七成的原有資產。

有些是私下協商、有些是案外和解，還有些是跟親族對簿公堂取回的。因爲這樣爭取到底的態度，她的爸爸登報宣告跟她斷絕親子關係。

紀筱涵知道柏語笙在乎的人很少，父母便是其一，那陣子她很擔心柏語笙的心理狀況。但柏語笙說她已不在乎爸爸對自己的評價，做事只求無愧於心。

離開家族的柏語笙開了間公司，生意不錯，雖然規模無法跟柏青集團相比，只是間普通的中型企業，但兩人日子過得算滋潤。

柏語笙沒了顧忌，徹底投入自己想做的事情，每天過得忙碌而充實。她本想給紀筱涵掛個清閒的經理職，但紀筱涵拒絕了。她不想占虛位，也不喜歡需要跟外人互動的管理職，倒是對手藝專業頗有興趣。

公司規模還小的時候，她協助柏語笙處理內勤雜務，規模大了以後，便開始學習珠寶鑑定和鑲嵌金工相關知識，之後成爲公司金工組的組長。

公司名爲寶藍之海，專門做以海洋材質爲基底的珠寶飾品，主要商品多爲中低價位，一般上班族也負擔得起，頗受年輕人歡迎。業務穩定後，公司又開了新的產品線，是中高價位的機械錶。踏入新領域的代表作是精工機械錶「島」。

島的錶面左高右低，錶盤時針是隻藍白紅三色貝殼拼出的展翅飛鳥，分針是色彩斑斕的熱帶魚，秒針則是藍色的波浪狀指針，整個錶面精緻宛如眞實的島嶼地圖。

有評論家認爲，這款精工錶是柏青知名珠寶項鍊海洋之心的致敬之作，也有些人認爲，這是心的復刻款，代表柏語笙對媽媽的思念，替早逝的媽媽完成那從未上市過的機械錶心。

而柏語笙本人則否認這些傳聞，僅語焉不詳的表示：「這款錶不是過去任何經典的復刻款或致敬作，它有全新的意義。它是往昔的紀念，也是未來的可能性。」之後便不再對此多作評語。

此款情侶對錶在情人節上市，比較特別的是這款錶專爲同性情侶設計。它的宣傳文案寫著：

每個人都是一座島
生而孤獨
脆弱無依

但愛
連結妳與我
兩座小小的島
不放棄
不退縮
不放手

二一到二八
七年
就是一輩子。

全文完

番外
我們的島

回去那座島是有點突然的決定。

那天，紀筱涵在報紙上看到柏懷忘的訃聞。

鼻咽癌末期，半點消息也沒透露，直到死後才發公祭訃聞給各大公關媒體。柏家沒人通知柏語笙參加喪禮，聽說她父親死前特別囑咐：他沒柏語笙這個女兒，不准柏語笙參加任何儀式。

這個消息讓紀筱涵有些擔心，但柏語笙好像沒很放在心上。

那幾天剛好接了大案子，柏語笙忙碌於工作，似乎無暇分心，紀筱涵觀察一段時間，看柏語笙各方面都沒有異常，也就逐漸放心下來。

只是工作結案後，柏語笙便經常不在狀況內，常望著窗外出神。今天，柏語笙也是撐著臉望著外頭藍天白雲發呆。

「我們……是不是該休個假了？」

「有想去哪裡嗎？最近是暑假旺季，我先訂票。」

這幾年柏語笙帶她去過很多地方，有時候爲了工作，有時單純旅遊。頭幾次出國她像鄉巴佬，對許多事情大驚小怪，還好柏語笙從來都不在乎別人眼光，不嫌棄她土氣。紀筱涵的自卑偶爾還是會冒出頭，但柏語笙總是緊緊牽著她的手，耐心教導她基本的人際進退禮儀。

「在現代社會生存我很擅長，我會教妳的。不用怕。」

多年前的承諾，她始終如一，都有兌現。在愛人的帶領下，她們登上凱旋門、在杜拜飆沙、去冰島看極光……紀筱涵現在也逐漸習慣時不時出國一趟，甚至可以獨自出差或幫柏語笙處理出國訂機酒事宜。有時候照著鏡子，紀筱涵好像也不太記得多年前那個從沒出過國，面對陌生人總是怯生生的鄉下女孩了。

接連講了幾個國家和景點，柏語笙都意興闌珊。

紀筱涵再次提議：「不如……我們回去看看？」

不需要特別解釋，兩個人都知道該「回去」哪裡。

「好。」

四天後她們乘風破浪，抵達南太平洋小島。

剛開始的心情還算輕鬆愜意，宛如度假，但隨著快艇越來越接近，島嶼漸漸肉眼可見，紀筱涵既是期待又是緊張。

倒也不是第一次回訪，在回歸現代社會後，她們就曾回來過一次。

那次是爲了接回紀巧卉，注意力都在法事上。千里迢迢請了法師招魂，喪禮有預定行程，爲了確保儀式順暢進行，基本無暇他顧，紀筱涵沉浸於低迷的悲傷氣氛中，也沒有多餘時間精力去探訪原來居住的島嶼。

那時她心中想著，反正之後會再回來，到時再好好看看那島……

但她們並沒有再回來。

回國後柏語笙面臨跟家人的法律訴訟和遺產爭奪，官司纏身許久，好不容易事情底定，柏語笙又開了公司，新的一輪忙碌接踵而來，事情一樁接著一樁，她們在忙碌中適應了現代社會的節奏，對島的念想也漸漸淡了下來。

跟柏語笙一起過日子，即使只是坐在一起聊天也快樂，更何況日子過得滋潤，每天都有好玩的事情發生，生活豐富又多彩。柏語笙相當懂得生活，她帶著紀筱涵去滑雪、穿好看的衣服、吃好吃的東西，做盡世間趣事，享盡人間美味。紀筱涵無法想像自己曾被困在小小的故鄉，世界是這麼大，充滿濃烈色彩，值得她倆窮盡一生探索，那座曾經安身立命的小小島嶼，也被她遺忘在記憶深處。

回到文明社會久了，泡在安寧舒適的物質生活和情人的愛意中，她們似乎都忘卻了那個原始野蠻的自己。

陸地近在眼前。

沒有鯊魚追獵，不需要自己手動划槳，她們只需要好整以暇的躲在遊艇的遮陽板下，便能平安抵達。多年前，兩個女孩子坐在簡陋的木筏上冒死渡海登上這片沙灘；這次再踏上沙灘，她們準備萬全。

「辛苦你們了，衛星電話保持聯絡。」

與導遊約定好接頭時間和方式，留下裝備和糧水，快艇悠悠離開。馬達聲越來越遠，最後只剩她與柏語笙。

柏語笙握緊她的手。

「妳想先去哪裡看看？」

「我想……去看看我們住的地方。」

兩人背著包，慢慢沿著海岸線走，尋找之前的住處。

過了這麼多年，景色變化太大，她們一度認不出路，直到發現以前通往出海口的大岩壁，印象才清晰了起來。通往島內的路雜草叢生，兩人早料到這情況，都穿著適合野外活動的長褲長袖，拿著砍刀清除雜草，慢慢前行。

來到一處平坦的外推土堆後，紀筱涵驚呼一聲，她看到小屋的屋頂了。

她們加快腳步往上走，終於見到睽違多年的荒島小屋。

側面的草棚子不夠結實，無法度過風暴，已經看不到半點痕跡，儲物間雖然地基還在，但屋頂掀開，牆壁只留兩邊半壁。唯有她們賴以生活的主屋因爲有用木頭交叉綑綁再塗上泥磚，加以其中一面牆又背靠山壁融爲一體，因此雖然雜草叢生，但是主建物居然還算完整。

「筱涵。」柏語笙注意到一塊躺在前庭，滿是淤泥的大石板。

那是柏語笙的大島曆石板，雖然中間有巨大的裂痕，右下角斷裂，但拂開灰塵和泥土後，還是依稀可以看到原本的紀錄。

這一切遠比預想的還好。紀筱涵本來以為原來的居所應該已經夷為平地，卻沒想到還算有保留基本的結構，依然看得到過去生活的些許痕跡，熟悉感頓時浮現。

隱約間似乎可以看到她們穿著草裙忙碌的身影，好像兩人從來沒離開過，不過是經歷一場歷時許久的巨大颱風，風暴過後，捲起袖子打理家園便可繼續長久住下。

「今天就在這附近紮營吧，」柏語笙說，「我們回家了。」

屋子暫時無法入住，久未修葺，儼然已經成了自然叢林的一部分，裡面綠意盎然，滿是植物的潮氣。

前庭那延伸出去的樹藤頂蓋是現成的遮雨棚，她們在前庭駐營。兩人這次準備相當充分，也帶了摺疊鏟和砍刀，很快就清出空地，挖出兩條排水溝，搭起帳篷，搜集柴薪，架起營火。

雖然營地搭建跟生起柴火還是得親自動手，但已不用再像以前那樣為糧水奔波。她們帶了滿滿一箱的食物和飲水，就算糧食提前吃完了，也有生火裝置、釣具和海水淡化器。若這樣還不夠，還有衛星電話，接頭的人就在附近待命，不管缺什麼都有人隨時奉上，她們沒有任何生存壓力，有足夠的餘裕愜意的回味往昔。

營地整頓好後，兩人便帶著釣具往海邊前進，雖有準備三天份的食物，但還是很想測試自己抓魚的手感還在不在。

在柏語笙第三次失敗後，兩人放棄用樹枝叉魚，改用海釣工具，反正本來就只是玩耍，並沒有一定要用高難度的魚叉獵魚。

在她們離開後的無人島，怕是再沒有人來訪過了，不被人跡汙染的海岸漁獲豐富，一下子便釣起好幾條魚。她們把漁獲烤熟，灑上調味料，把一起烤熟的牛肉串、馬鈴薯和食蔬包、冰啤酒，帶到海灘上去吃。

彼時已經黃昏，夕陽西斜，望著橘紅色的天邊，迎面吹著晚風，兩人內心無比閒適。

「乾杯！」柏語笙一口喝下啤酒，「以前在荒島我就好想這麼做了，每次烤完魚看著夕陽，就覺得爲什麼手邊沒有酒可喝呢？在微醺的狀態下欣賞海景太棒了。」

「我倒沒想喝酒。」紀筱涵很少喝酒，才小酌兩口就兩頰通紅，渾身輕飄飄，「但我一直都很想烤棉花糖，在島上沒甜食可以吃，偶爾眞的嘴饞，只好啃樹葉。以前我們不是找到一種樹葉，啃起來有點甘甜？我都是啃那樹葉止饞。」

「爲什麼是棉花糖？我從來沒想過要吃這東西。」

「因爲我外公每次烤肉，最後都會用烤棉花糖來收尾……我小時候沒太多零食吃，烤棉花糖是我心中最好吃的糖果。」

「那妳眞的應該帶來！多難得來一趟。」

之後話題又轉到別的地方去，紀筱涵咬了一口魚肉才後知後覺的注意到，若是幾年前的她，恐怕又會爲了柏語笙剛剛的話想太多。包括不吃一般零食的柏語笙與自己的差距，以及羞赧於暴露自己的窮困……過度自卑於她而言是附骨的毒、難以跨越的坎，但剛剛她心平氣和的聽了過去，完全沒多想。

原來我也長大了。紀筱涵心想。

這樣的成長是從何時開始的呢？也許是不自信的時候馬上被愛人發現，隨後耐心安撫；也許是缺乏安全感時，立刻被愛人用力擁抱；也許是看到自己受到傷害，愛人馬上出手捍衛……柏語笙對她似乎有無盡的耐心，用無盡的愛、時間和耐心，慢慢與她磨合。

長期浸泡在愛意中生活，足以讓人漸漸改變，成長為更有自信的模樣。

變得更好，是因為有妳。

思及這件事，讓人連指尖都盈滿幸福。

暮光照耀下，她的愛人傻傻的啃著魚肉，並未意識到自己給予了她這麼多。

即使經過歲月的沖刷，柏語笙在她心中依然美麗如初見。

紀筱涵輕輕的朝柏語笙靠過去，胸口微微發燙，心裡什麼也沒想，只全心感受身邊的愛人。

她們在海邊坐了一陣子，直到月亮出來才回去。

以前可不敢在太陽西下時還留在外頭，但這次有帶頭燈跟手電筒，通往營地的路在白天就整理出來，夜晚走回營地便不再危險。

帳篷早鋪好地墊和睡袋，多年未曾大量勞動的她們早已感到疲累，兩人摟在一塊正準備入睡，柏語笙忽然想到什麼：「筱涵，我們離開的時候，快要到新的登島日了。妳有準備禮物給我嗎？」

時隔多年突擊檢查，有事嗎？紀筱涵在心中嘀咕，但嘴裡還是答道：「有吧……」

「講得好不肯定喔，我都有準備耶。」柏語笙一副被辜負的樣子。

「肯定有準備。」紀筱涵思考許久，「不過時間過去太久了，想不起來。」

「但我記得當時自己準備什麼禮物給妳喔。」

「那東西還有可能會在嗎？」經過幾年風吹日晒雨淋，紀筱涵對此著實不抱任何希望。

「而且那個時候，我們好像正在吵架？」她努力回想當時的情景。似乎她們發現北山區域有船經過，兩人對是否要回歸各有想法，她那時猶豫了，讓柏語笙很不開心。

「吵歸吵，禮物還是要送的。明天走完島，如果還有時間，就去看看妳的禮物。」

翌日，準備好輕裝行李，洗漱完畢她們就出發了。

「筱涵，妳走快點啊。」柏語笙迫不及待想探險，在她面前催促。

當初登上這座小島，她們也曾沿著海岸線小心翼翼的探索島嶼。

今天她們要繞著島西部走。以前對路程不熟時需要耗上整天，但這次會跳過滿是鳥群的北山區，只走西半部，兩人也準備充裕，精神飽滿，應該下午就可以提早走完全程。

初登島的陌生逐漸褪去，雖然經歷多年，植被起伏有些許異動，但基本地貌未變，路越走越熟悉，好像又看到了第一次繞島的風景。

那時柏語笙連殺魚都不敢，兩人好不容易才得到一點糧水，帶著簡陋裝備，小心翼翼探索未知的地圖，因爲對未來毫無把握，內心忐忑不安。

「筱涵，拍個照吧。」

現在的心情可就愜意多了，兩人郊遊般走走停停，最後在即將拐向北山區前的山丘停了下來。

以前沒有這座丘陵，不知道經歷了多巨大的風暴，憑空多出一座丘。兩人爬上小山丘，鳥瞰底下奇景，這兒很接近滷蛋族裔所在的斷崖，可以看到海浪撞擊山壁的壯觀海潮。

「如果當初就有這座小丘，應該更容易發現滷蛋的家人吧。」

「但，如果提早送滷蛋回家，也許我們不會發現第二條海洋之心。」

畢竟當初能找到第二條項鍊完全是天時地利，隨便一個選擇不同了，她們可能就無法離開了吧。如果無法離開又會是怎樣的光景呢？

「如果無法離開……我們應該天還沒亮就起來工作了，哪像某人今天睡到那麼晚。」今天本來也是想效仿以前的起床時間，趁太陽還沒升起，不那麼晒時早點啟程，結果柏語笙大賴床，整整晚了一個小時出發。

「啊，果然還是回現代社會比較好，不用早起砍柴放陷阱。」

「懶鬼。」

兩人打開午餐盒，坐在小丘上用餐。午餐是雞肉沙拉和麵包，一路走來時柏語笙順手撿了兩顆椰子當飲料，兩人迎著風吃起午餐。

紀筱涵注意到遠方一處陰影。她拿起望遠鏡眺望，那是她們碰上海難後漂流至的第一座荒島，不過現在看來，與其說那是島，倒不如說是什麼都沒有的石礁，如記憶中那般荒蕪淒涼。

困死好幾人的小島，現在又遠又渺小，已經不構成威脅。

上次踏上那島，紀筱涵悲傷得無法站直身體，她本來以爲過了這麼多年，自己應該已經放下了，但實際上悲傷一直都存在，越是接近妹妹當初的埋骨之所越是洶湧。

如今她已經可以淡定的遠遠看著，那座可恨的、殺死她妹妹的小島。

突然間眼前視線全黑，紀筱涵放下望遠鏡，挑眉看向堵住鏡頭的人。

「叫妳好幾次都不理我。要吃嗎？」柏語笙滿臉無辜，也不等她回答，便把一塊雞肉塞到了她的嘴裡。

「小小，這個眞的很好吃，我們回去多買點當伴手禮吧。」

「我在多愁善感，都被妳打斷了。」

「嗯？那妳繼續，當我不存在。啊……嘴巴張開。」柏語笙說著又餵了她一塊雞肉。

柏語笙常這樣，用自己奇妙的節奏，蠻橫的打斷紀筱涵的自我耽溺。

不過……

「這樣很好。」

「在稱讚我？」

「不是，在罵妳。」

「什麼啦，寶貝妳講清楚嘛。雞肉不好吃？」

「跟那無關，不要再提雞肉啦。」

笑鬧間，柏語笙突然注意到什麼，她從小丘上滑了下去。

那是一艘木船，埋在小丘下方的樹林中，可能是被風暴吹到島上。

兩人搜索了一番，木船船身破爛不堪，沒找著什麼有趣的東西，但巧的是，船身刻著英文船名Sabina，正巧和柏語笙的英文名字一樣。

大部分的船都會取比較男性化的名字，這艘船居然以女性的名字命名，能見到也是緣分。

柏語笙說要與它合照，於是兩人摟在一塊坐在小船上，拍下一張眺望大海的照片。除了用手機照，也留下幾張拍立得，柏語笙在照片背後寫下日期和她倆的名字。

午餐後，她們沒耽擱太久，繼續上路。略過北山區，只走半座島的路程比想像中還快結束，也或許因爲一路風景熟悉又陌生，讓人倍感新奇有趣，所以時間過得很快，沒多久兩人就走上回程。

柏語笙神祕兮兮的拉著紀筱涵走上小徑，來到庇護所後方的林子裡面。

「妳準備的登島禮眞的還在？」紀筱涵很懷疑，這林子應該就是以前的小菜園。過了這麼久樣貌都變了，除了麵包果依然高掛樹上，底下的蔬果都不太一樣了，這兒不比小屋那兒有山壁，颱風一來所有東西都吹跑了，實在不像能珍藏東西。

柏語笙姿勢有點醜的蹲在一株大樹底下刨土，忽然迸出歡呼。

「果然還在！寶貝，妳快看！」她手上捧著一個小盒子。

紀筱涵好奇的接過去，裡面是一條藤蔓狀的手環，作工精緻，唯妙唯肖，像枝不經意爬上窗頭的頑皮枝椏，輕輕的纏繞在手上。

眞的很好看。但……

「柏笙笙，妳什麼時候偷放的？」

她又不瞎，手環看起來很明顯太新了，就算某人抹了土試圖僞裝成剛挖出來的模樣也沒用。她的眼睛經過這幾年打磨，在金工組練得越來越精，看得出這不是眞的藤蔓。

「哪來的時間？是第一天下午放的？」第一天下午有段時間兩人分開行動，紀筱涵留在營地打掃，柏語笙短暫跑個沒影，說要勘查附近，大約就是那時放的禮物。

「才不是呢，妳看這上面還沾著土。」柏語笙堅持，不配合她還耍小脾氣了。

「好的、好的，珍藏多年的小禮物，給我戴上吧。」

柏語笙送的飾品總是非常襯她。

初看以爲會太素，但實際戴上卻覺得渾然天成，紀筱涵手上本就有一條細鍊，兩者搭配在一起特別好看。

「這是蔓引下一季新品，但我覺得很適合妳。」柏語笙也不裝了，「看起來很像眞的藤蔓吧？要做出這個質感很不容易。」

「確實做得很好。」

蔓引是她們最大的競爭對手，寶藍之海選用的多是海洋材質，蔓引則以山岳爲產品發想。

「爲什麼以前沒想過要用藤蔓？我們在荒島上也很常使用藤蔓，我們可能太侷限了，寶藍之海雖然是以親海素材爲主打，但自然材質都可以試試。」紀筱涵講到一半，看到柏語笙靜靜的望著自己，頓時有點害羞。

「我就猜到送這條手鍊給妳，妳會有很多想法。」柏語笙輕笑。

「寶藍之海董事長送人禮物卻不選自家產品，這說不過去吧。」紀筱涵調侃她。

「我也想啊，但我們家的產品妳一清二楚，怕被妳識破，只好買別家產品，便宜蔓引了。」柏語笙撇撇嘴。

她們自家的飾品都會經過金工組試作，確定可行才量產，基本繞不開她這個金工組組長，如果柏語笙送她自家產品，還眞是一點驚喜都沒有。

紀筱涵張開雙臂，柏語笙意會的靠過去。紀筱涵貼近輕吻愛人的脣瓣。

「謝謝，我很喜歡。」紀筱涵背著手，臉上帶著神祕，「接下來換我了。」

「嗯？」

「去找出妳的禮物。一起去看看妳的禮物還在不在。」

剛剛柏語笙毛毛躁躁、蹲下刨土的醜樣子，倒是讓她瞬間想起了自己當時準備的登島禮是什麼。

她的禮物藏在屋子後方石頭地基的縫隙中。那是一塊金屬板，陽光照耀下會有彩虹般的閃耀光澤，雖爲這麼多年還沒丟失，只是中間部分似乎被什麼東西砸過下凹，印象中這塊板子當初應該是平滑的。

「謝謝……但這可以幹麼？」柏語笙有點納悶。

「誰知道呢？反正很漂亮。」紀筱涵早忘了那時選擇以此爲禮的緣由，但還是學著柏語笙的語氣揶揄她，「妳以前搜集好多沒用的東西，只要夠漂亮就行，我還常吐槽妳。」

「小小妳這樣不行，那時我們還在吵架不是嗎？這樣的禮物沒辦法讓柏笙笙滿意的。」柏語笙語氣很欠打。

「不喜歡還我。」

「不要。」柏語笙把金屬板藏在身後，「帶回去裱個框，每年生日都拿出來，提醒妳對我多不上心。」

「這已經是荒島牌的LV，少嫌棄了。」

兩人吵吵鬧鬧的，帶著手上的禮物回營地。

「我們的禮物搞定了，再來是未來到訪者的禮物。」

這個主意是來之前就定下的。

她倆能平安歸來，很大因素歸功於現代社會往荒島投遞的各種禮物，不論是救生筏帶下來的裝置、海中的垃圾、還是最後找到的海洋之心……那麼，享受前人餽贈的她們，是不是可以留下些禮物給島嶼未來的訪客呢？

她倆準備了結實的防潮箱，裡面放滿對求生有用的裝備，包括釣魚工具、蒸餾水製造機、小鏟子、斧頭、刀、用防水紙寫下的求生指引，以及島嶼地圖與座標等。

希望的火炬要一路傳承下去，也許又有人無意間來到這座島，這便是幫助他們存活下來的寶物。

本來她們還頗爲煩惱防潮箱要置放何處，但既然屋子保存良好，代表這處可以承受颱風和歲月的侵蝕，便決定將箱子埋到主屋地板下，並在旁邊的岩石刻寫留言，提醒到訪者開箱。

柏語笙打算留這麼一句：屋子底下有東西。

紀筱涵卻略有微詞，「落難者看到，會不會不敢挖？感覺超像恐怖片的情節，挖了會有可怕的東西跑出來……」

柏語笙大笑，「那我加個笑臉，這樣俏皮點？還是補充說明埋在地底下的絕對不是屍體？」

「笑臉可以，屍體那句免了。看起來更讓人發毛。」

致到訪者，屋子地底下有禮物：）

後來改成這樣一句話。

埋箱子之前，柏語笙想了想，又打開箱子把一張照片放進去。那是兩人剛剛在小丘船上拍的拍立得，照片中的她們舉止親暱，神采飛揚。

「總該讓收禮人知道是誰送禮的。」

「這樣好嗎？」

紀筱涵想得比較多，提點了下柏語笙。畢竟柏語笙還算是半個公眾人物，這張照片流出去，或許會生出無謂的風波。

「傻瓜，妳想太多了。真有人大費周章，特意找出我們埋在這裡的東西，最後又無聊到僅把這件事當八卦賣給媒體？那我也認了，就送他一個八卦頭條吧。」

柏語笙表情誇張，紀筱涵被她逗笑，柏語笙還接著繼續胡說八道。

「妳不覺得很浪漫嗎？假使我們百年之後，還有人可以藉由箱子裡的東西，看到我們生活過的痕跡……啊！要是放在島上的小禮物一直沒人領走多可惜？我決定要在遺書寫下，我最大的財寶就藏在荒島上，歡迎大家自行尋找，尋獲者可得！」

「萬一真有人信了，好不容易找到島上，結果找到的只是一箱生活工具和一張我們的合照，應該會氣死吧。」

「反正那時候我也不在了。」柏語笙吐舌頭。

紀筱涵歪著腦袋看戀人做出天馬行空的發言，忍不住笑了。

「妳真的很好玩。」

這麼孩子氣又可愛的柏語笙大概只有自己看過吧。

柏語笙幾個稍微親近的親友相處起來都有點微妙，不是像卓曦然那樣互嗆互損，就是同樣優秀且亦敵亦友，偶爾合作偶爾競爭的狀態。

會覺得柏語笙可愛的，恐怕只有自己了。

柏語笙拍掉手上泥土，看著刻在石板上的那行大字，相當滿意自己的傑作。

「我真心覺得埋下的東西很寶貴，裡面不僅有我們的合照，還有親手畫的地圖，根本無價之寶。唉，說得我都想自己再挖出來了。」

「我贊同地圖的部分，小地圖真的很棒。」紀筱涵附和她，「他們能完全理解地圖上的圖示嗎？希望不會真的以為那裡有滷蛋可以吃。」

這張小地圖由兩人共同繪製而成，除了簡略的地形起伏，還畫上島嶼各處的重要地標和特色，紀筱涵在海蝕洞出海口區域畫了一隻海鳥，意味此處有大量海鳥出沒，柏語笙在旁邊加畫了顆滷蛋。

「沒人能猜到我畫的那顆滷蛋是什麼意思吧！」柏語笙大笑。

「那妳還畫？」

「就算沒人猜得到我也要畫，總要留下些專屬於我的痕跡。」

「除了我們，誰也不知道這些東西有過的故事。」紀筱涵慨嘆。

「我們應該把我們的故事寫成小說，不然這些事都沒人知道。」

「別人不知道也沒關係啊……我們只是小人物，那些事妳我知道就好。」柏語笙思索一番，「……還是寶貝妳真的很想紅？倒也不是不能拍成電影……曦然跟夢想工作室的人很熟，我回去跟她聊聊。」

「拜託不要。」眼看柏語笙認真思索起拍電影的可能性，紀筱涵趕緊滅火，「拍成電影，全世界都會知道妳有多好色。」

「嗯，對，不行。」柏語笙點點頭，「拍成電影，全世界都會知道我女朋友胸部很大。我不喜歡這樣。」

「妳是哪來的色老頭？哪有電影講這些啊！」

「不過，全世界都會知道我女朋友很可愛。」柏語笙想像了一下，表情有點糾結，「這樣很好……又不太好。我討厭別人盯著妳。」

「幼稚鬼。」

說起來在來島上之前，因爲飛機抵達時天色已晚，曾在關島住過一晚，隔天一早兩人去酒店泳池游泳，結果柏語笙又鬧了點脾氣。明明滿場男人都是在看柏語笙，她還是單方面的認定男人看的是紀筱涵，也是眞的眼瞎。這種占有欲從當初交往……不，其實在島上就有苗頭了，只是當初島上只有她倆沒有外人，所以症狀不嚴重罷了。但回到現代社會後，這一點一度成了兩人大吵的導火線。

金工組的副組長叫李順伍，中年失業後轉職，重新踏上喜歡的領域，是公司的第五號員工，平時認眞寡言。

以前公司規模小，員工全在一間辦公室，所有人的互動都在自己的眼皮子底下進行，柏語笙還不太在意。後來公司拓展，員工越來越多，金工組不得不分出至另一間工作室，紀筱涵一離開柏語笙視線，柏語笙就開始飛醋滿天飛。

李順伍是她很信任的工作夥伴，紀筱涵實在無法理解柏語笙連這樣的人都能吃醋。

柏語笙占有欲跟控制欲太強，平常她都依著柏語笙，但柏語笙吃她跟工作夥伴的醋，甚至想公器私用更改辦公室格局，和轉調李順伍的職務，這讓紀筱涵非常火大。

把一個熱愛手藝的人調去做行政合理嗎？不等於逼對方走路？紀筱涵因爲不善與人交際，早年在職場上也常遇到莫名其妙的惡意，很痛恨被人這樣無端對待，她不希望柏語笙如此苛待多年老員工。

明明她跟李順伍相處非常規矩，沒有任何曖昧的空間，李順伍也有女友。只是她最近確實太過投入金工，有兩次單獨跟李順伍出差，且在柏語笙大吃飛醋時，出言維護了李順伍幾句，導致一切變得不可收拾，柏語笙更疑神疑鬼了，占有欲爆發起來全無道理，讓人窒息。

某天兩人大吵一架，傷人的話脫口而出。

「妳不要變得跟妳爸一樣！」紀筱涵眞是最懂得柏語笙的人，知道怎麼戳傷對方。話甫出口，柏語笙臉色慘白，竟是哭了，「我不想跟他一樣，不想的……」

之後兩人各自冷靜了幾天，這也是紀筱涵第一次意識到，回到現代社會後，她一直努力追上柏語笙，然而越來越好的自己，原來卻會讓柏語笙沒有安全感，她需要給柏語笙更多的安全感。

因爲柏語笙自信又強大，總是柏語笙給予她安全感，所以當柏語笙頻繁吃醋、纏人到有點誇張時，紀筱涵總是以半開玩笑的心情對待，後來次數多了，甚至有點敷衍對方。直到這次爭吵，她才發現自己對柏語笙的忽視，忘記了回到現代社會，喜歡這件事變得複雜。愛情不再只是兩人間的事，只要在群體生活，就不得不與其他人互動，而柏語笙對於外人靠近她，就像怕寶貝被搶走的小孩，特別敏感不安。

她們花了不少時間溝通，紀筱涵盡量滿足柏語笙黏人的需求，雖然習慣了以後也是甜蜜的負擔，但偶爾也有點想念，在荒島時比較消停的柏語笙。

現在回到孤島，紀筱涵又想起了當初的心情，島上沒有別人，她們不需要在乎別人、不用吃任何外人的醋。而柏語笙，也跟她有同樣的感觸。

「我眞的、眞的很討厭別人盯著妳。」柏語笙對自己的占有欲非常坦然，「妳肯定會說我任性，我偶爾確實會因爲太焦慮，起了想回島上生活的念頭。這兒沒有別人，多好，我一點也不用擔憂有人跟我搶妳。」

「幼稚。」

「啊，就說會被罵的。」柏語笙輕笑幾聲，「妳知道我特別懷念什麼嗎？」

紀筱涵笑著等她下文。

「最懷念在島上睡覺時，在一片黑暗中，沒有光、沒有火，我們只有彼此。」柏語笙靠過去牽起愛人的手，十指相扣，「我們不吵架，不吃醋、不焦慮，沒有別人，只有彼此……說得都有點想再試試回屋裡睡了，我們這兩天把小屋修好，可以嗎？」

「好。」紀筱涵轉過去，「其實我一見到小屋就有這念頭了，但怕小公主睡不好。」

「小公主是我嗎？」

「是啊，妳現在還有辦法在那麼硬的木板上睡覺？」

柏語笙回到現代社會後，沒多久就恢復了過往的生活習性，吃好食、睡好床，晚上睡覺規矩一堆。

「我也不太確定……但還是很想試試看，反正只有幾天，真受不了再回帳篷睡。」柏語笙像隻小狗湊在她脖頸間動來動去。

她們很快著手修繕小屋。屋頂爬滿青苔和藤蔓，沉重的壓在陳破的木屋上，好像一頂厚重的綠色假髮，兩人著實費了些功夫才清除植物，拆掉半毀蛀蝕的屋頂。

還好帶來的工具還算齊全，不管做什麼都比過去快很多，那時她們只有紀筱涵外公的獵刀，經歷七年風霜，刀身爬滿無法清除的鏽漬，再也無法使用，但紀筱涵始終沒丟下這把刀。後來紀筱涵曾找專人修復獵刀，但獵刀再難恢復原本的銳利，她把刀放在客廳櫥窗，定期保養。看著那把刀，便會讓她緬懷起沉甸甸的過往。

屋頂清得差不多後，兩人重新以藤蔓編織屋頂，並趕在太陽下山前粗略的完成。只鋪一層藤蔓的屋頂雖然不夠密實，但此刻並非雨季，天空月亮高掛，至少今夜應該不怕下雨。柏語笙興致盎然，兩人便先試著睡上一晚。

床也是新架的，上頭鋪了草蓆，但不平穩的硬床板躺起來不算舒服，兩人喬了半天位子，好不容易才各自躺好。

躺下後，萬籟俱寂，屋子裡的黑暗超乎想像。沒有任何光害的原始樹林幾乎透不進光，人的感官在黑暗中也變得敏銳起來。

「以前有這麼黑嗎？」紀筱涵有些害怕，忍不住低聲詢問，「我們在這麼黑的地方……怎麼睡得著？」

身旁傳來窸窸窣窣的聲響，一隻手伸了過來，與她十指相扣。

「這樣好點嗎？」

「……妳再靠近點。」

柏語笙靠近、又更靠近，最後整個人貼近抱住她。

「太近了，好熱。」紀筱涵笑出聲。

「我知道了。」柏語笙坐起身子，把上衣脫了。

「妳幹麼啦。」

柏語笙自己脫了還不夠，繼續扒紀筱涵衣服。紀筱涵軟軟的抱怨，沒很用力反抗，任對方動作。

「這才對味。」柏語笙笑嘻嘻的摟住她，肌膚相貼，溫潤黏膩的觸感喚起久遠的記憶。這座島嶼一年四季都炎熱無比，島上沒有冷氣，她們只得脫得赤條條睡。

「以前晚上睡覺我們都不穿衣服的。」經柏語笙這麼一嬉鬧，紀筱涵也沒了剛剛害怕的情緒。

「剛來的時候我也覺得夜晚很可怕。」柏語笙蹭著她說道，「我曾經偷哭過。在荒島每天都很累，黑暗中蟲鳴吵得我睡不著，我常常覺得好絕望，想著這種生活什麼時候到頭。」

「妳晚上偷哭？我怎麼都沒發現。」

「那時候跟妳不太熟嘛，還是要臉的。」柏語笙嘻笑幾聲。「後來，稍微適應了，但還是很難入眠，常常夢到島上只剩我一個人，醒來驚懼不已。因爲跟妳不熟，不好太多要求。我只在妳睡著時偷偷靠近，感覺到妳的呼吸和體溫，就不那麼怕了。我還會在黑暗中小聲念妳的名字，偶爾可能會大聲點，看看能不能吵醒妳。」

「妳那時就喜歡我？」

「……那時應該還沒。只是我喊其他任何人都不會有回應，整個世界只剩妳了，所以喊妳名字。也只有妳能回應我了。」

「妳應該有吵醒過我。」紀筱涵忽然想起有陣子她睡得迷迷糊糊間，感覺有人在呼喚她，醒來以後四周卻是一片安靜，她還以爲自己不適應荒島生活，神經衰弱導致幻聽，「好啊，這麼多年才找到擾我清夢的傢伙。」

「來不及了，我都是妳老婆了，妳捨不得打我吧。」

打打鬧鬧一會，柏語笙擁住紀筱涵，「所以，要是小小覺得太黑會害怕的話，那就感覺我的呼吸或是叫我的名字吧。盡情叫我的名字，吵醒我沒關係的。」

其實紀筱涵已經不感到畏懼了，但還是依言輕聲喚了她的名字：「柏語笙、柏語笙、柏語笙……」

回到現代社會，世界變得很擁擠，生活節奏也變得緊湊，每天起床就有各種忙不完的事。她跟柏語笙都忙，雖然晚上睡在一起，卻很少有機會排除一切雜念，單單純純的與愛人待在一塊。

此刻紀筱涵什麼都不需要做，只需要感受身旁這個人的體溫，她就是自己唯一的熱源、唯一的光。

「我感覺到妳了。」

紀筱涵蜷縮在柏語笙懷裡，心想，不管以後到哪裡，都希望自己可以永遠記住這種感覺。

那天開始，她們晚上便不在帳篷睡了，也重新回到過去在島上的生活節奏。

每天起床洗過臉後，便去搜集柴薪，重修營地。從荒野中取得食物的能力也緩慢甦醒，不需要補給箱也能每天有漁獲，除了麵包果，她們也找到更多可食用植物，三餐不再只有魚肉和補給食品，吃得豐盛而多樣。

小屋在第三天就已經修葺得差不多。柏語笙還是沒那麼習慣木板床，她們只是在尋找適合自己的生活方式，倒也不必刻意受苦，所以直接把睡墊放在床板上，熟悉的小屋再輔以好用的現代工具，結合了原始和文明的小窩更是宜居。

島上野人般無拘無束的日子又重回軌道，剛開始她們還想著回去復工後要做哪些事，漸漸的想到的次數減少了，早上醒來討論的事情從公司的人事物轉變爲島上的待辦事項，牆壁漏風得補強、捕魚陷阱回收、採摘蔬果等等。

由於兩人適應良好，島上漁獲豐富，糧水不缺，本來三天來一次的物資補給，柏語笙改爲七天一次，除了請接頭方注意氣候，若有颱風要通知她們外，幾乎不對外聯絡。

她倆又開始嘗試以前的消遣，比賽獲物大小、釣魚多寡……還有，去海蝕洞撿垃圾。

「找到了！我有五種顏色了！」紀筱涵得意洋洋的高舉手上紅色的瓶蓋。今天的題目是彩虹，誰先湊齊七種顏色的垃圾，誰就贏。

「靛色太難找了吧？這題目誰出的？」柏語笙哀號。

「別怪靛色了，妳其他六種顏色連三種都沒找到呢。」

「如果到天黑都找不齊呢？」

「自然是找的顏色比較多的人獲勝。」

「不找了……好無聊，我們玩其他的。」

「柏笙笙快輸了就要賴。」

柏語笙趴在石頭上，把垃圾全推到一旁，「寶貝，在這麼美的地方撿什麼垃圾，不如幫我拍幾張照？」

柏語笙見紀筱涵不理她，索性自拍起來，玩了一會，發現身旁沒了聲響，這才注意到紀筱涵爬到不遠處的高臺上。見她注意到自己，紀筱涵向她招手。

那高臺可以順著岩壁往上攀爬，柏語笙手長腳長，很快就爬上去。登高後她忍不住驚呼，上面太美了，可以俯瞰整座海蝕洞，陽光淺淺的逗留在水面，照耀得鬼斧神工的海溝粼光閃閃。

「很漂亮吧。」

「住了七年，我都不曉得可以從這邊看景。好棒！」柏語笙以為紀筱涵也是今天才第一次登上高臺。

「好像沒跟妳講過，我就是從這兒摔下去的。有陣子對這兒……有些陰影。」

雖然結局是好的，因爲那場意外讓她跟柏語笙關係突飛猛進，但那次實在摔得夠痛，她好一陣子都不想獨自登高，加上後來跟柏語笙曖昧了起來，心思全被情事占據，也就忘了要分享這塊寶地。

「那時總以爲，會永遠在島上住下去……一時之間沒跟妳說也不要緊。」

兩人靜靜看著海波徐徐推送，海蝕洞裡比洞外涼爽許多，氣溫適宜，紀筱涵幾乎在這種怡人而舒適的氛圍中睡著。

柏語笙看到她的眼睫毛顫動，忍不住拿出手機。

「拍個照吧？」柏語笙摟過她，紀筱涵軟軟的靠在戀人肩膀上，

「這張照片別上傳到網路。」拍完照，紀筱涵特別叮嚀柏語笙。

「我知道。」柏語笙點點頭。「不想讓人知道這裡。」

如此美麗原始的地方若被公開在網路上，很可能會成爲所有人都可以隨意踏足的網紅打卡點，這兒是她們藏著私密記憶的樂園，被獵奇心態的外人踏足，會讓她們產生寶物被褻瀆的不快。

「我想去看看滷蛋住的地方。」

兩人涉水而過，來到海蝕洞後方的石灘。

可能是季節不太對，石灘上的候鳥不全是滷蛋的族裔，有各種類型的海鳥，她們離開

時是夏末，這次來則是初春，鳥群數量並不多。

紀筱涵撿了根完整的羽尾，想帶回去作爲紀念。

「筱涵妳看！」柏語笙指著更遠一點的山壁。

紀筱涵回頭，看到一窩鳥從上方岩壁探頭，是滷蛋的同族。數量雖不多，但有些先行者已經先一步抵達島嶼了，只是看那一模一樣的純白身體和灰藍色鳥嘴，現在就算傻鳥站在她們面前扭動屁股，她倆也絕對認不出來了。

「希望傻鳥今年也能順利回來。」

「那當然。我相信滷蛋會過得很好，現在應該已經有一大窩鳥子鳥孫。牠可是從妳嘴裡逃生，好運至極的鳥。」

「不是這樣說吧，當初又不只我想吃牠！」柏語笙嚴正抗議，「但我認同，牠是個幸運星，若不是想幫牠回家，我們不會找到第二條海洋之心，也不可能回家。妳說是不是啊？親愛的？最有錢的打工妹？」

她調侃的語氣很欠打，紀筱涵睨了她一眼，懶得應答。

柏語笙有陣子喜歡戲稱紀筱涵是最有錢的打工妹，理由是剛回國找不到柏語笙時，紀筱涵口袋裡連一千塊現金都沒有，卻身懷天價珠寶海洋之心。

柏語笙覺得她有點傻，紀筱涵懶得爭辯，這是她與柏語笙的思維差異。立場轉換，柏語笙也許會刻意曝光那條項鍊，好提前跟愛人相認，也許會爲了某些目的短暫賣掉海洋之心，只要早點回到自己身邊，柏語笙認爲一切都可以作爲手段。

而她不會，她就是一隻有點愚笨的小松鼠，貪婪的珍藏她跟柏語笙生活過的唯一證明。

傻瓜柏，一點也不懂屬於她的小浪漫。

她望向柏語笙。

今天柏語笙穿了件細肩紗裙，露出肩膀一個淡淡的齒痕。她鬼使神差的靠了過去，就著海蝕洞的美景，又替柏語笙拍了一張照片，照片裡柏語笙肩上的齒印清晰可見。

柏語笙的肩膀有她的齒印。

那時兩人還沒發生過關係，柏語笙對她有所虧欠，於是她在柏語笙身體上烙下齒印。紀筱涵以前跟柏語笙吵架，或想起童年的事餘氣未消，就會拿柏語笙肩膀開刀。而柏語笙像是要證明自己願意背負十字架般，對此非常容忍，不管紀筱涵什麼時候、爲了什麼原因咬她，都全不反抗。

紀筱涵咬著咬著，突然有一天不再想靠傷害對方身體來消氣，便不再咬了。淺淺的月牙印卻留了下來。

以前紀筱涵總覺得柏語笙欠她，便也心安理得。後來發現柏語笙其實很適合也很喜歡穿露肩禮服，自己似乎讓柏語笙再也無法穿露肩禮服，加上她們已經交往，關係早已昇華到不須靠傷害對方身體來償還虧欠，她開始有些懊惱，曾問柏語笙要不要去整形科去疤，但柏語笙拒絕了。

爲此紀筱涵既感到惋惜，又有著隱密的喜悅。她盯著那牙印，鬼使神差的舔了上去。

柏語笙嚇了一跳，回頭見她，眼神黯下來。

「小小……」

紀筱涵在冷不防襲擊柏語笙後，又沒事般的溜下高臺，好像刻意留下足跡等人找到的小動物。柏語笙順著她離去的路徑，不遠不近跟在其身後。

紀筱涵來到一處較爲乾燥的石灘，靠著石頭回望向她。

「笙。」她微微掀起裙角，臀部微翹，發出無聲的邀請。

紀筱涵是年紀越增長，稚氣褪去後越顯魅力和好看的類型。

柏語笙呼吸沉重起來，摸上她光裸嫩滑的後背，從後面進入她。

完事後，兩人赤裸裸的抱在一起，好像回到母親子宮的嬰兒，處於這般柔軟放鬆的時刻，讓人忍不住想說心底話。

「我爸死前，我見過他。」柏語笙眼睛還閉著。

「什麼時候的事？」紀筱涵睜開眼睛，她的耳朵貼在柏語笙胸口，對方講話會聽到悶悶鈍鈍的回音。

「半年前，現在想想那時他應該病得很重了。」

「……他叫妳過去，說了什麼？」

柏語笙沉默一會，回憶當時場景：「我們在總公司見面，他很瘦，兩隻眼睛深凹進去，滿臉病容。他告訴我，如果能主動爲之前的事向親戚道歉，並把侵占的資產歸還……不用全部，至少歸還堂伯父兩家的部分，那可以讓我回到家裡族譜，也能讓我回公司，也許會把南亞分公司交給我管理。」

「他怎麼能說妳是侵占？那是妳媽媽留給妳的遺產，他們才是侵占。」紀筱涵深鎖眉頭。

「嗯，所以我拒絕了。拒絕以後，他突然發起脾氣，說我跟我母親一樣不知感恩，還說我這輩子再也沒機會知道我媽的骨灰在哪兒。我們不歡而散，沒再聯絡，之後就是在報紙上看到他的訃聞。」柏語笙講完，看到女友發紅的眼眶，溫聲道：「別傷心，我只是想告訴妳，我覺得氣惱遺憾，但不眞的痛苦。」

「我以爲妳前陣子經常恍神，是因爲妳父親過世。」

「影響還是有的。畢竟是我爸，我還是有些傷感難過，也不解這個人居然臨到死前都對自己女兒口吐惡言。我曾想過，如果他沒這麼早死，我們有機會和解嗎？但現在一切已蓋棺論定，再也沒機會翻盤。」柏語笙望著海溝洞頂端狹長的天空，淡然說道：「我以前是眞的好想好想知道我媽葬在哪裡。她就那樣驟然在我生命中消失，一句話都沒留下，什麼都沒有，連墳都沒有。我想要抓住她最後留下的東西，即使是她的骨灰，我想要一個念想，這成了我心中的執念，我可以爲此做出很多我本來不願意做的事。那天我爸拿我媽的骨灰威脅我，我只覺得無力和厭煩。其實我一直難以釋懷的是，爲什麼我不再害怕被他用我媽的骨灰威脅？我的執念已經不在了？我不在意我媽了嗎？這次回來島上，我終於找到了答案。」

柏語笙輕聲嘆息。

紀筱涵看著柏語笙釋然的眼睛，突然覺得埋在心中很久的疑問似乎可以問出口了。

「妳說過海洋之心的鑰匙是唯一的。」

柏語笙點頭。

「妳有想過，七號海洋之心，或許……就是妳媽媽的項鍊？」

當初打開項鍊找到海圖，兩人都處於極度興奮狀態，但沉靜下來後細細思索，許多疑問漸漸浮出心頭。事關柏語笙母親的隱私，若是連自己都有聯想，聰慧如柏語笙怎麼可能沒想到？但柏語笙從不主動提，紀筱涵便也不多問。而現在是個很好的契機。

「也許吧，我不知道。這個世界上存在著很多可能性，也許我們可以把所有線索拼湊起來變成一個可能的故事，兩個大膽的年輕人試圖逃離家庭和身分差距的約束，他們一路奔逃，最後來到一座很喜歡的島嶼，這座島遠離人群，可以讓他們無拘無束的在一起，他們在島上埋下代表愛情的信物，相約幾年後再一起回來取出。但之後發生了意外，沒再能一起回到島上，甚至沒能繼續在一起。然而這條項鍊，卻在多年後，救了其中一人的女兒……這中間有很多巧合，但我選擇相信這個故事。妳不覺得這個故事很美嗎？」

「很美。」紀筱涵輕聲附和。

「我願意相信這故事是真的。我媽留下的鑰匙救了我，我感覺我是被愛著的，媽媽始終守護著我。我有遺憾，但放下了。雖然我爸對我很殘酷，但這已經傷害不了我了。他一輩子都陷在我媽對他的背叛中，但我不在乎，我想往前看——我是有未來的人。」她對紀筱涵微笑。

我是有未來的人，那個未來，就是妳。

柏語笙臉上的笑，是無比美麗、寧和、釋然的微笑。

這樣的柏語笙如何能不讓人喜愛。

紀筱涵忍不住擁抱她，親吻她。

兩人相依許久後，柏語笙才摸著她柔順的頭髮，稍微分開。

「換我問小小了，妳其實也有心事吧？」

「我沒有。」紀筱涵有些詫異，不明白柏語笙爲何這麼問，「我又不像妳家有那麼複雜的豪門恩怨。」

「但小小有時候看起來很哀傷。」柏語笙的眼睛直視她，深深看透她。「妳常常望向那座荒島。」

「我沒有。」紀筱涵飛快回答，沉默一會又道：「……其實有。」

柏語笙點點頭，「小小很常壓抑自己的感受，妳要是覺得難過，那就是眞的難過啊，哪有什麼不夠資格難過。」

「我只是不想給妳帶來壓力……好吧，我說。」紀筱涵無可辯駁，只得坦白。「有一陣子我覺得自己怎麼可以這麼幸福，幸福到都忘了巧卉。我想去做一些特別辛苦的事情懲罰自己。我的未來規畫，本來是有我跟妹妹，但她現在不在了，我卻依然過得這麼好，甚至更美好更快樂，這樣可以嗎……我太用心於現在的生活，很少想起她……如今這麼接近她離開的地方，提醒我是個失職的姊姊，提醒我居然忘了她……這讓我感到有點痛苦。妳明白嗎？」

「能理解一些。」柏語笙點點頭，「我跟妳妹妹幾乎沒說過話，但……妳知道，我對妳妹妹印象最深的是什麼？」

紀筱涵搖頭。

「鞋子。」柏語笙輕道，「那時只剩下我倆，我的鞋子丟了，被珊瑚刺得滿腳都是傷。我們關係還不太好，但妳突然拿了一雙運動鞋給我，當時妳說：巧卉是個好孩子不會介意的。從此之後，只要妳提到巧卉，我就想到這句話，想到一個很好很好的年輕女孩。」

紀筱涵低聲啜泣。

「我想，她都願意出借鞋子給我這個欺負過她姊姊的女人了，這麼心軟的好孩子，怎麼可能不希望自己姊姊幸福呢？她一定希望自己姊姊過得幸福的。」

紀筱涵痛哭出聲，「我已經把她帶回家了，應該要可以放下了才對。但不知道爲什麼，我還是這麼難過。」

柏語笙摟住她，順著她的背脊撫摸，柔聲道：「忘不掉死去的親人這一點也不用難堪，我到八十歲肯定都還會想我媽。」

「我知道、我都知道的……她是個好孩子，我要幸福，我會幸福的。」

紀筱涵覺得自己在島上撿回了某些東西，同時又卸下了某些重擔。

她與柏語笙相依爲命，卻又不僅僅只是孤絕的相依爲命。她們都要好好活下去，爲著愛過的、離去的親人們。

經過這番對談後，紀筱涵便比較少凝望不遠處的荒島，就算偶爾望過去，眉宇間的憂鬱也淡了許多。

她們花更多時間陪伴彼此，勤懇認眞的生活，用帶來的各種調味料，每天變化著吃海鮮大餐。

午飯後，紀筱涵在帶來的筆記本上塗塗寫寫，有時候素描島上動植物、有時候寥寥幾筆臨摹柏語笙午睡的模樣、用筆墨勾勒出島上生活。柏語笙有時候陪她一起，有時則喝點酒，在一旁微醺著看她作畫。

某日，紀筱涵照例坐在海邊草棚下塗鴉，卻聽到一陣轟隆聲響。

船隻的引擎聲？這兒還有其他人？

她嚇了一跳回頭一看，便看到熟識的導遊向她們揮手。

這幾週宛如身處世外桃源，本已延長至七天的物資補充日，又被柏語笙改爲只有特殊狀況才需聯繫，因此幾乎沒再看到外人，紀筱涵連今天星期幾都記不清了。見到導遊，她頗有點恍如隔世的感觸。

柏語笙非常開懷的跟對方打招呼，似乎一點也不意外。導遊下船，拿了一包東西給柏語笙，很快又駕著快艇離開。

「看看我請他帶來什麼。」

棉花糖。

原來柏語笙一直惦記著紀筱涵想吃棉花糖，曾趁著先前聯繫時請導遊留意。除了零食，導遊還捎來了遠方的消息。

「我規定要找我們只能寫信。」柏語笙翻看那幾封信，數了數共有七封，「本來是想讓那些人打退堂鼓，沒想到還眞有人寫了。這封是廠商寄來的，邀我們參加下個月的博覽會……我說過要用手寫，怎麼可以用電腦打字列印呢？沒誠意。差評。卓曦然這小妞也寫信了，我看看……姊，回程幫我買蘭蔻的香水，還有新出的火山泥面霜好像不錯，妳先試一下，好用幫帶三罐。好啊，全是化妝品清單，把我當代購？後面還寫了什麼……跟矮冬瓜分了沒，幫我問聲好……又提陳年老話題。她的字好醜，回去我要好好損她。」

「曦然還沒放棄啊。」

卓曦然從認識到現在，三不五時就惦記著要柏語笙趕緊與自己分手，紀筱涵從一開始感到受傷，後來無感，到現在視作玩笑。說起來其實她跟卓曦然之間的關係已經不那麼緊繃，雖然卓曦然骨子裡的傲慢依舊讓人很無言，但她學會把對方想像成更囂張一點的年幼版柏語笙，便覺得好像沒那麼害怕這個人。

最近兩年卓曦然奚落她時，她會回嗆，把對方唬得一愣一愣，沒想到小白兔還敢回嘴。詭異的是，她嗆回去後，卓曦然對她的態度反而比以前好。難怪柏語笙說過，跟她表妹講話不用太客氣。

柏語笙又看過其他幾封信，有些是親友鬧著玩寫的，有些是眞情實意的關心，她把其中五封挑起來，餘下的遞給紀筱涵。

「這兩封信是寫給妳的。」

「咦？」

粉紅色信封是柏語笙好友的女兒寄過來的，那孩子今年五歲，也許是紀筱涵常陪她玩，所以特別喜歡她，她在信紙上畫了紀筱涵的畫像，還寫著好想兔子姨姨。

另一個黃色大信封裝的是金工組全組一起寫給她的卡片，有交代手上產品的進度，也表示很想念她，且期待看到她的新作。

紀筱涵忽然想起，爲什麼剛來到島上時，她並不預期自己會待太久，甚至覺得也許待個一週就會想離開。

除了遠離荒島生活太久，主要是因爲她現在儼然是個小工作狂，她眞心喜歡做手工藝，以前只是觀看公開影片學習，唯一會欣賞的人只有妹妹，但會做手工藝無法讓她在人力銀行找到工作。現在有計畫的進修學習專業，她體會到了天賦和工作結合的快樂，組員都很尊敬她，也欣賞她的成品，而她做的東西，不僅可以賣錢，還受到眾人的喜愛和稱讚。

原來自己所有的不擅長，只是擺錯地方。

在這個社會裡，她擁有一個屬於自己的恰到好處的小位子。

她心中有感，忍不住抱一下柏語笙。

「謝謝……」

「雖然不知道爲什麼，但是不客氣。」

「不知道我謝什麼還應得那麼快。」紀筱涵被逗笑，露出兩顆小虎牙，「我很謝謝妳鼓勵我去公司上班，還把我放到了金工組。」

柏語笙九彎十八拐的腦迴路動得非常快，居然大致上明白她在想什麼。

「我告訴妳爲什麼……」柏語笙表情頑皮，明明兩人現在也不年輕了，這人卻是越來越神采飛揚，依然耀眼，「因爲紀小小沒眼光，只會把珍寶當普通石頭，而我很擅長……發現眞正的寶物。」

她沒眼光，只會把海洋之心當石頭，認爲自己是不起眼的小垃圾。

而柏語笙獨具慧眼，挑揀打磨不起眼的璞玉，把紀筱涵放到適合她的位置，讓她得以日漸發光，找到自我實現的意義。

「眞沒想到會有這麼多人寫信給我。」紀筱涵開懷的把粉紅色信封拿給柏語笙看，

「潼潼好可愛，會寫注音了。」

「小小好受歡迎，大家都很想妳呢。」柏語笙語氣酸溜溜的，「我天天想妳都沒見妳這麼開心，又不是只有潼潼想妳。」

「五歲小孩的醋也能吃……」

「我是醋桶，現在才知道？。」

「大家眞的好用心……眞是的，我們只是來度假啊，又不是不回去。」紀筱涵小心翼翼收起信封。

「我們也能不只是度假。」

紀筱涵訝異的抬頭，「妳愛說笑呢，公司才上軌道。」

柏語笙看著她，笑而不語，眼底帶著認眞，紀筱涵也收斂起玩笑的心態。

「妳覺得呢？」柏語笙嘴裡叼著根草吸管，啜著椰子汁，看起來頗爲瀟灑，「要留，還是要走？最近這樣的生活也很好，不是嗎？」

確實很好。

適應繁華社會，學會要在什麼場合穿什麼衣服、說什麼話，得花上好幾年時間，但一回來島上，紀筱涵很快就適應簡單原始的生活。這兒對她跟柏語笙還是有著深深的吸引力，幾乎不需要太多的適應期。

孤絕、美妙的生活，只有她跟柏語笙。

再也不用處理公司雜務、不用煩惱人際往來、不用在意外人對她與柏語笙不相配的指指點點。

但……

「我們回去吧。」

「妳確定？」

「嗯，食物總要導遊送過來，也可能會有颱風，不太安全……」

紀筱涵講到一半，看著柏語笙笑盈盈的眼睛，那雙晶瑩剔透的眼睛一眼就望穿了她的心思，她忽然便覺得過多解釋毫無必要，不過掩耳盜鈴。

「好吧，這都是藉口。我要回去，僅僅是因爲我想回去了。我想我們家裡種的花草、想念金工組裡的小夥伴、想我們的朋友、想我還沒完成的作品……我想念我們的家。」

柏語笙微笑，「島呢？」

紀筱涵腳踏細沙，回頭望向島內。

多年前初登島嶼，她踏上溫暖的沙灘，曼妙藤蔓向她招手，島嶼綠意盎然，充滿生機，她們千辛萬苦爬出地獄，終於攀上這暗藏玄妙的美麗島嶼。終其一生，她的心都會有一部分永遠遺落在這座島上。

但她知道，她不能逃避、她不會逃避，她有了更深的羈絆和想做的事待完成，在遙遠的文明社會裡。

「我永遠都想念它。但我想回去，跟妳一起。」她上前牽起柏語笙的手。「一起走？」

「那還用說？妳去哪兒，我就去哪，永遠在一起。」

沒有被逼迫、沒有柏語笙拉著不放。

這次，她自己決定要離開。

一旦決定了，兩人很快著手準備歸國。跟導遊聯繫上，訂好飛機，交待好約定的時間，事情很快全都辦妥。回去的前晚，她們把那包棉花糖烤了。

「我從來沒吃過棉花糖耶。」

「能吃到都是妳的功勞，多吃點。」紀筱涵又遞一塊過去，「這種地方居然買得到棉花糖？」

「也是運氣好，導遊在一家日本人開的雜貨店找到的，裡面有不少日本進口的糖果，就是價格貴得要死，根本搶劫。」

「太貴的話……其實可以不用買的。」

「沒關係，妳不是說，吃完棉花糖才是完美的收尾？」

柏語笙搖了搖串著表面烤得金黃的棉花糖的竹籤，眼睛閃亮，表情如少女。紀筱涵忍不住湊過去吻住她。

完美的收尾應該不只是甜蜜的棉花糖，還有愛人散發著甜味香氣的脣瓣和那顆永遠在乎她、愛護她、給她愛意和安全感的心。

回憶是會疊加的。對於島嶼，除了七年的甘苦相伴，現在又多了這幾天的時光，那是美好的、溫馨的、充滿對愛人信任和喜愛的回憶。這座承載了她們多年記憶的島嶼，就算她們離去，也會屹立不搖的永恆存在。

翌日，導遊與腳夫如約而至，替她們將所有的東西搬上快艇。

在轟隆的引擎聲響中，紀筱涵回頭深深望了島嶼一眼。

她隱約有種預感，這次真的要告別了。

再見、再見、成了我們一部分的島。下次再來看妳肯定又是幾年以後了，到時候妳會變成什麼樣子？我們又會變成什麼樣子？

封閉孤絕於世外的這座島是她永遠的牽掛，但嬰孩要站立起來脫離母親，少年要走出家鄉探索世界，女孩得離開安寧祥和的伊甸園，去看看更大的世界、去探索、去冒險。

我不能再停駐，我得走了。紀筱涵默默在心裡告別。

「筱涵。」

柏語笙叫了她一聲，她回神過來，在愛人專注的眼睛中看見自己的倒影。

紀筱涵走向晨曦下的柏語笙，輕輕的牽起那雙修長的手，柏語笙彎腰，吻她的額頭，兩人一同望向漸行漸遠的島嶼。

「我們走了。」她遠遠對著島呼喊，「再見、再見——」

珍重再見。

番外完

後記
不後悔的選擇

網路娛樂文中，百合文很多，但荒島文很少，荒島百合文幾乎沒有。

選這個題材時也曾想過，這種小眾中的小眾故事會有人要看嗎？我確實沒把握。但我想看，似乎沒人寫過，就自己試試看。

荒島求生類的文很少有讓人印象深刻的女角，我想一個原因是大部分人很難想像，在艱困惡劣的環境中，女人可以扮演怎樣的角色。

大部分的女性向故事，會給女主角超能力或異能空間之類的金手指，讓荒島變成完全不具備實質威脅的地方，簡單繞過可能面臨的困境，淡化外在惡劣環境，聚焦在其他想寫的方面。

這也是一種寫作選擇，種田文我也愛看，但偶爾想看認眞求生的文就找不太到，相當殘念。

而另一種荒島故事類型，就是純粹的男性向小說，冒險劇情的安排通常寫得不錯，但作爲一個女性讀者，我確實不太喜歡這類故事中把女人寫成花瓶，所有的女性角色都只是男性倖存者冒險犯難後的最終獎勵。我對這樣的安排不怎麼滿意。

畢竟，我認識很多聰明勇敢的女人，我不覺得她們在極限環境下就只能尖叫跳腳被拯救，所以我想寫一個女性在艱辛環境下，運用任何可用資源，費盡渾身解數努力自救的故事。

所以這個故事沒有異能、沒有金手指、女角們依然脆弱，每個月流麻煩的經血。一切不利的條件都還存在，但是她們是最終倖存者，她們存活了下來。

再來說個小祕密：這篇文原是打算寫成清水文的。

之所以這麼打算，是因為我剛開始在設想目標讀者時，認為會想看這篇文的主力讀者不見得一定會是百合讀者，只要劇情好，或許他們也會願意嘗試閱讀，那麼如果我把故事寫得太慾，可能不是聰明的選擇。

但行文至中間，我認為這兩個角色不可能是清水關係，甚至，她們之間肉慾橫流、野性官能意味濃厚——腦中都還沒想明白，但身體已經清楚慾望所向，她們的關係就是這樣開始的。

這對於更廣泛受眾的推廣也許不是好的選擇，但身為作者，我寫到有肉的情節才開始看到她們心中更深層的脆弱和面貌，不管讀者喜不喜歡，總之，角色做了選擇而不是我（？），身為作者的我也只能盡量維持角色該有的人設，讓故事進行下去，我想這才是不會後悔的選擇。

總之，謝謝簽下這本書的高高、謝謝辛苦製書的修貝、謝謝在網路連載期間留言投珠的所有讀者們，有你們的鼓勵和協助，這本書才能問世。

最後，拿起這本書的你，謝謝你陪我走到這兒。
希望你喜歡這段文字的旅程，我們下一個故事再會。

鹿潮

國家圖書館出版品預行編目資料

荒島七年／鹿潮作 . -- 初版 . -- 臺北市：城邦原創股份有限公司出版：英屬蓋曼群島商家庭傳媒股份有限公司城邦分公司發行, 民 111.06 冊； 公分 . --（PO 小說；67-68） ISBN 978-626-96192-0-7（上冊：平裝）. -- ISBN 978-626-96192-1-4（下冊：平裝） 863.57 111008543

PO 小說 68

荒島七年（下）

作　　者／鹿潮
企畫選書／楊馥蔓
責任編輯／林修貝、吳思佳
行銷業務／林政杰
版　　權／李婷雯

網站運營部總監／楊馥蔓
副總經理／陳靜芬
總 經 理／黃淑貞
發 行 人／何飛鵬
法律顧問／元禾法律事務所　王子文律師
出　　版／城邦原創 POPO 出版　城邦原創股份有限公司
臺北市中山區民生東路二段 141 號 6 樓
電話：(02) 2509-5506　傳真：(02) 2500-1933
POPO 原創市集網址：www.popo.tw　POPO 出版網址：publish.popo.tw
電子郵件信箱：pod_service@popo.tw
發　　行／英屬蓋曼群島商家庭傳媒股份有限公司城邦分公司
聯絡地址：臺北市中山區民生東路二段 141 號 11 樓
書虫客服服務專線：(02) 25007718．(02) 25007719
24 小時傳真服務：(02) 25001990．(02) 25001991
服務時間：週一至週五 09:30-12:00．13:30-17:00
郵撥帳號：19863813　戶名：書虫股份有限公司
讀者服務信箱 email：service@readingclub.com.tw
城邦讀書花園網址：www.cite.com.tw
香港發行所／城邦（香港）出版集團有限公司
地址：香港灣仔駱克道 193 號東超商業中心 1 樓
email：hkcite@biznetvigator.com
電話：(852) 25086231　傳真：(852) 25789337
馬新發行所／城邦（馬新）出版集團 Cité(M)Sdn. Bhd.
41, Jalan Radin Anum, Bandar Baru Sri Petaling,
57000 Kuala Lumpur, Malaysia.
電話：(603) 90578822　傳真：(603) 90576622
email：cite@cite.com.my

封面設計／Gincy
電腦排版／游淑萍
印　　刷／漾格科技股份有限公司
經 銷 商／聯合發行股份有限公司
電話：(02) 2917-8022　傳真：(02) 2911-0053

□ 2022 年 (民 111) 6 月初版　Printed in Taiwan.

定價／ 360 元

 ISBN 978-626-96192-1-4